ROYALTEEN

Couverture : Hachette Romans studio
Conception : Nicolas Carmine ; Visuel : Shutterstock

Traduit du norvégien par Aude Pasquier

L'édition originale de cet ouvrage a paru
en langue norvégienne chez Aschehoug sous le titre :

ARVINGEN – HALVE KONGERIKET 1

Cette traduction a été publiée avec le soutien financier de NORLA.

NORLA
Norwegian
Literature Abroad

Hachette Livre, 58 rue Jean Bleuzen, 92170 Vanves

Randi Fuglehaug
Anne Gunn Halvorsen

ROYALTEEN

Livre 1 - L'héritier

Traduit du Norvégien par Aude Pasquier

hachette
ROMANS

1

NOUVEAU DÉPART

— Allez, Lena, debout !

Une voix fraîche mais impatiente montait de la cuisine en même temps que l'odeur du café matinal.

— Je suis déjà debout, maman !

Lena fixait les petites joues douces et rebondies de Theodor. Elle ne s'en lassait pas. Maintenant, il avait même des fossettes : un petit creux qui apparaissait de chaque côté de la bouche chaque fois qu'il riait à une grimace ou qu'elle le chatouillait sur le ventre. En fait, il riait presque tout le temps. Du coup, elle se sentait obligée de rire elle aussi, même maintenant, alors qu'il était beaucoup trop tôt et qu'elle était vraiment fatiguée. Debout dans son lit à barreaux, Theodor balançait ses petites fesses à droite et à gauche. Elle se pencha vers lui et pressa son nez contre sa joue. Inspira son odeur. Il sentait le lait et, apparemment, sa couche était pleine.

Un bruit de pantoufles traînantes se rapprocha ; bientôt, sa mère apparut et se planta dans l'embrasure de la porte, bras croisés.

— Tu exagères, je trouve. Tu as juste réussi à sortir du lit, c'est tout. Va t'habiller !

Pour sa part, sa mère portait son hideux peignoir rose qu'elle avait depuis au moins cent ans. Elle prit Theodor dans ses bras ; le petit agita joyeusement ses jambes courtes et dodues.

— Tu sais que tu dois être au lycée pour huit heures ? enchaîna sa mère. Ce n'est pas la meilleure idée du monde d'arriver en retard le premier jour. Tous les élèves sont censés être là avant… avant *eux*, non ?

Lena prit la direction de la salle de bains en traînant les pieds.

— Parmi toutes les classes et tous les lycées qui existent en Norvège, il a fallu que j'atterrisse dans celle-là. Toi au moins, tu comprends que je préférerais rester avec toi, hein, Theo ?

Sa mère secoua la tête.

— Je pense que ce petit tyran serait d'accord avec moi : tu as de la chance, c'est une véritable opportunité. Tu réalises le nombre de jeunes qui rêvent d'aller dans cette classe ? Allez, ma chérie, va mettre une belle tenue. Et n'oublie pas de te coiffer !

Lena fit un clin d'œil à Theodor avant de fermer la porte derrière elle et d'ouvrir le robinet de la douche. Elle resta les yeux fermés sous le jet d'eau chaude un peu plus longtemps que raisonnable.

Une serviette enroulée autour du corps et une autre sur la tête, elle sortit de la salle de bains fumante et ouvrit la porte de la penderie. Prit son chemisier blanc sur un cintre et son jean taille haute. Elle opérait en mode pilote automatique, sans se demander – comme ça avait été son réflexe jusqu'alors – si c'était approprié pour l'occasion, ni quelle impression elle allait donner. Dans une autre chambre, dans une autre ville, Liv était sûrement en train d'essayer la moitié de sa garde-robe avant de se décider. Peut-être avait-elle déjà choisi ses vêtements la veille au soir. Avant, c'était le genre de choses qu'elles planifiaient toutes les deux plusieurs jours à l'avance.

Maintenant, ça ne comptait plus vraiment.

Lorsque Lena entra dans la cuisine, sa mère était en train de donner sa bouillie à Theo. Elle sortit du pain et de la confiture et grignota debout, devant la planche à découper, tout en se préparant quelques tartines pour le déjeuner. Pour la première fois depuis plus d'un an. Elle fit glisser sa dernière bouchée de pain avec un verre de lait, passa aux toilettes, et entendit sa mère lancer dans son dos d'une voix faussement enjouée :

— Ne t'inquiète pas, je dirai au lait d'aider le fromage à se ranger dans le frigo !

En temps ordinaire, Lena aurait répondu : « La confiture s'en chargera très bien toute seule ! » ou une réplique de ce genre. Aujourd'hui, elle s'abstint. Tout en se brossant les dents au ralenti, elle se rendit compte qu'elle ressentait un écœurant mélange de tension et d'indifférence dans tout le corps. Elle n'était pas prête.

Pas prête à commencer cette journée.

Pas prête à commencer cette année scolaire.

2
ELISENBERG

Le lycée d'Elisenberg ne ressemblait à aucun des établissements que Lena avait fréquentés avant.

Elle resta un instant devant le portail à observer l'immense bâtiment de briques jaunes. Avec ses grandes fenêtres aux larges cadres blancs, certaines carrées, d'autres en ogive, il faisait un peu penser à un château. Il était ancien mais venait sûrement d'être rénové car il avait l'air impeccable, comme s'il s'était fait tout beau pour la rentrée. Ce n'était pas un hasard. Ici, on ne pouvait pas vraiment se permettre d'avoir de la peinture écaillée sur les murs ou des poignées de porte branlantes.

Alors qu'à Horten, oui. Le lycée d'Orerønningen (qu'on surnommait en général Horreurønningen) avait beau avoir été rénové lui aussi quelques années plus tôt, il ressemblait toujours à un baraquement provisoire de couleur indéfinissable. Par rapport à son nouveau lycée à Oslo, dans le quartier chic de Frogner, l'ancien, soyons honnêtes, avait tout d'un vieux musée croulant. Tout au lycée d'Elisenberg était si… soigné. On sentait que les bâtiments avaient une histoire ; ils étaient bien entretenus, débordants de confiance en eux, et donnaient l'impression de prendre leurs aises. À croire qu'ils avaient toujours été là – ce qui, dans une certaine mesure, était le cas, le lycée ayant plus de cent ans, d'après ce que Lena avait lu sur Wikipédia.

La cour d'Elisenberg était sur le point de se remplir de filles aux cheveux longs et raides et de garçons en doudounes légères qui se pavanaient, tête haute. Inaccessibles. De vrais chevaux de cirque.

Peu importait. Lena n'était pas là pour se faire des amis.

Ses parents n'arrêtaient pas de répéter qu'ils espéraient que leur déménagement dans la capitale serait « l'occasion pour elle de renouer avec une vie sociale ». Ils pensaient que tout s'arrangerait du moment qu'elle « recommençait à zéro », comme ils disaient. Mais la seule chose qu'elle voulait, *elle*, c'était en finir avec ces trois années, obtenir son bac, et avancer dans la vie. Ses parents n'avaient pas l'air de le comprendre, mais selon elle, son adolescence était déjà terminée.

Ils auraient tout à fait pu continuer à vivre à Horten. Elle s'en était très bien sortie là-bas, même après que tout le monde lui avait tourné le dos. Elle savait parfaitement comment se comporter, où elle pouvait se rendre – et quand – sans que sa solitude transparaisse de manière trop évidente et sans rencontrer aucune connaissance. Elle avait fait aller. Mais quand son père avait reçu une proposition de mutation à Oslo pile au moment où elle était censée reprendre les cours, ses parents étaient devenus obnubilés par cette idée et, tout à coup, ils avaient trouvé ça très pratique pour toute la famille de déménager. Au fond, Lena les soupçonnait de n'avoir pensé qu'à eux. Ils avaient certainement envie d'un nouveau départ eux aussi.

La sonnerie la tira brusquement de ses réflexions. Elle sursauta, resta immobile quelques secondes, le temps que le vacarme cesse et qu'elle puisse à nouveau s'entendre penser. Après quoi elle prit une profonde inspiration.

— Bon, quand faut y aller… murmura-t-elle.

Et elle franchit le portail.

3
LENA AVEC UN A

Lena s'assit à la table double encore libre au fond, près de la fenêtre.

Jusqu'à présent, tout s'était déroulé sans douleur. Leur professeur principal, un homme chauve qui s'appelait M. Ove, les avait accueillis avec gentillesse ; pour un premier jour au lycée, il semblait parfaitement détendu, lui. Lena observa les nouvelles têtes devant elle. Certains élèves étaient assis seuls et ne parlaient à personne. Comme elle. D'autres, penchés vers un ou une amie par-dessus leur bureau, avaient l'air de bien se connaître. Elle se demanda s'ils étaient nombreux à venir du même collège. En tout cas, il était clair que cette nouvelle classe possédait déjà son groupe phare : quelques filles super jolies, très minces, toutes en vêtements de marque, ainsi qu'un garçon un peu gros au rire communicatif dont la confiance en soi montrait qu'il avait beaucoup d'argent et beaucoup d'amis.

Heureusement, personne n'adressa la parole à Lena. Elle serait là en simple observatrice. Et sa première observation fut la suivante : sa mère avait eu raison. *Ils* arriveraient probablement en dernier.

Elle ouvrit son sac et en sortit le bloc-notes qu'elle n'avait pas utilisé depuis plus d'un an. Comme c'était étrange de voir sa propre écriture au stylo à bille sur la couverture… « Justin Bieber » avec un cœur autour. Pff. Trop gamin. À côté, « Lena + Liv 4-ever ». Ça lui semblait déjà une autre vie. Aujourd'hui, son ancienne meilleure amie entrait en première au lycée de Horten. Continuait-elle en section sportive ? Lena l'imaginait devenue une élève sûre d'elle, expérimentée. Cette année, elle faisait peut-être même partie de ceux chargés d'aider un nouveau de seconde à s'intégrer. Saisissant son stylo à bille, Lena se mit à gribouiller par-dessus le nom dans le cœur. Soudain, elle ressentit une douloureuse piqûre de nostalgie.

À cet instant, le bruit d'un puissant moteur se fit entendre. Se tournant vers la fenêtre, elle vit une voiture noir métallisé s'arrêter juste devant le portail. Impossible de distinguer quoi que ce soit à travers ses vitres teintées. Un homme vêtu de façon ordinaire mais portant une oreillette descendit côté conducteur. Il inspecta un instant les alentours avant d'adresser à la voiture ce qui ressemblait à un signal convenu. Les deux portières arrière s'ouvrirent de manière quasi simultanée, et le prince héritier Karl Johan et la princesse Margrethe apparurent chacun d'un côté. Lui portait un sweat bleu à capuche, un jean et des baskets blanches. Elle, un pantalon blanc, un T-shirt rouge et des nu-pieds. Tous les deux étaient bronzés, avaient les cheveux plus clairs que dans le souvenir de Lena, mais à part ce détail, il était presque étrange de constater à quel point ils étaient… ordinaires. Bien sûr qu'ils avaient l'air ordinaire ! C'était elle la provinciale, la plouc de service, incapable d'arrêter de les fixer. Il fallait avouer que c'était dingue d'être témoin d'une telle scène : les jumeaux princiers, qu'elle avait vus un nombre incalculable de fois à la télévision, dans les journaux people et sur les réseaux, sortaient d'une voiture comme des personnes normales. Tout sourire, ils continuèrent à discuter en passant le portail, comme s'ils poursuivaient la conversation entamée dans la voiture.

Quelques secondes plus tard, ils se tenaient déjà dans l'encadrement de la porte.

— Vive le roi ! lança le prince héritier.

Toute la classe se mit à rire.

— Désolés pour le retard, enchaîna la princesse Margrethe en s'adressant au professeur. C'est la faute de Kalle, il lui faut toujours un temps fou pour se coiffer.

— Ça va, répondit M. Ove en souriant. Asseyez-vous. Nous allons pouvoir commencer. Je vous souhaite la bienvenue au lycée d'Elisenberg !

Margrethe s'assit immédiatement au premier rang et prit chacune de ses voisines dans ses bras pour leur dire bonjour. Lena remarqua que, si beaucoup d'élèves semblaient déjà connaître les jumeaux, d'autres les regardaient avec de grands yeux. Elle essayait de ne pas les fixer, mais c'était difficile. Ils étaient là, dans la même pièce qu'elle ! Karl Johan, sans se laisser affecter par les regards braqués sur lui, souriait gaiement à tout le monde et à personne en particulier. Il continua d'avancer vers les tables du fond.

Sérieux ? Il ne comptait quand même pas s'asseoir là ? Lena scrutait obstinément ses pieds. Elle regrettait de s'être assise à côté d'une place libre. Oh, non… Du coin de l'œil, elle le vit se laisser tomber sur la chaise vide. Elle sentit qu'il la dévisageait. Heureusement, le professeur se racla bruyamment la gorge, sortit sa tablette, plissa un peu les yeux pour consulter l'écran, et releva la tête.

— Bon. Bienvenue dans la seconde 1A. Que dire ? Certains élèves n'arriveront que dans quelques jours, mais vous formez déjà une belle équipe.

Il tapota encore un peu sur sa tablette. Lena se demanda s'il était nerveux. C'était pourtant un adulte.

— Commençons par les présents aujourd'hui, reprit M. Ove.

Et il lança l'appel :

— Karl Johan ?

— Appelez-moi Kalle, répondit Karl Johan en souriant.

La cloche venait de sonner l'heure de la pause et tout le monde s'était levé pour quitter la salle. Seul le prince héritier de Norvège était encore assis à sa place, et voilà qu'il tendait la main à Lena. Elle se tourna vers lui et prit sa paume dans la sienne tout en essayant de sourire aussi naturellement que possible.

— Lena, dit-elle.

— Ravi de faire ta connaissance, Lene.

— Lena, s'empressa-t-elle de le corriger.

— Pardon ?

— Je m'appelle *Lena* avec un *a*, dit-elle.

Elle ajouta :

— Comme dans la chanson.

— Quelle chanson ?

— De Håkan Hellström. *Kom igen, Lena.* Tu connais pas ?

Elle ouvrit les bras et fit quelques pas de danse.

— Tu sais bien… *Tududuidu, tududuidu, allez, Lena.*

Kalle la regarda avec stupéfaction. Lena poursuivit en toute hâte, dans l'espoir de clore le sujet :

— Un vieux truc des années 1980. Ma mère adore Håkan Hellström et elle a décidé de m'appeler comme dans la chanson. Bref : Lena. Enchantée.

Kalle, sourire aux lèvres, haussa les épaules.

— Je ne sais absolument pas de quoi tu parles. Mais d'accord, *Lena*, répondit-il en plissant malicieusement les yeux.

Elle n'avait jamais remarqué à quel point ils étaient bleus.

— Comme je disais, ravi de faire ta connaissance.

Sur quoi, il jeta son sac sur son épaule et s'en alla. Lena piqua un fard et se donna des claques sur les joues. Quelle idiote ! Parler de sa mère et de Håkan Hellström pendant qu'elle était en train de faire connaissance avec le prince héritier ? Se mettre à *chanter* devant lui ? Et *danser* ?

4

COMME UN POISSON HORS DE L'EAU

C'était certainement le genre de lycée où les premières et les terminales avaient leur table attitrée à la cantine et où les secondes rêvaient d'en avoir une aussi. Lena ne supportait pas l'idée de prendre la place de quelqu'un sans le savoir, surtout si c'était pour s'en faire éjecter ensuite – ou, pire, de se retrouver assise à côté d'un élève qui serait alors *obligé* d'être sympa avec elle. Elle alla donc s'asseoir sur un banc dans la cour, même si les nuages étaient noirs et qu'il n'allait sûrement pas tarder à pleuvoir. Elle aimait la sensation particulière de l'air avant l'orage.

Elle se sentait encore embarrassée après sa première rencontre avec le prince avant la pause, et elle ne lui avait plus adressé la parole depuis ; c'est à peine si elle osait le regarder. En ce moment, il était probablement assis avec ses amis à ce qui était déjà sa nouvelle place habituelle, en train de leur parler de la fille bizarre de sa classe. Peut-être même qu'il leur imitait sa danse.

OMG.

Elle sortit son déjeuner de son sac et déplia la feuille d'aluminium. Aussitôt, une odeur de maquereau à la tomate se répandit aux alentours. En croquant la première bouchée, Lena réalisa qu'elle avait commis une erreur de débutante et choisi le mauvais banc. Trop exposé. Elle s'attaqua avec ardeur au reste de son gros sandwich. Il fallait faire vite pour aller ensuite se mettre à couvert. Au fond, ça ne la dérangeait plus trop d'être seule. Ça ne devenait pénible que quand les autres la dévisageaient et – elle frissonnait rien qu'à cette pensée – se mettaient en tête de remédier à la situation.

Elle engloutissait des bouchées tellement grosses qu'elle faillit s'étouffer. En même temps, elle balaya rapidement la cour du regard pour donner l'impression qu'elle cherchait quelqu'un de précis, qu'elle avait un plan. Elle repéra quelques élèves qui n'avaient eu personne à qui parler à la première heure et qui, évidemment, se raccrochaient maintenant les uns aux autres. Dans la cour, au lycée, tout le monde essayait de se trouver quelqu'un. C'était comme ça. Lena repensa aux récréations en compagnie de Liv et de leur bande. Elles s'asseyaient sur un banc et papotaient pendant toute la pause. Il y avait toujours beaucoup de choses à débriefer : qui était sorti avec qui le week-end dernier, ce qui s'était passé sur Insta, sur Snap, sur TikTok. Ce qu'il fallait poster sur Newzzz, son compte Insta anonyme – un sujet qui n'était pas spécialement le préféré de Liv, à tel point qu'à la fin, Lena ne pouvait même plus en parler sans plomber l'ambiance.

Quand elle pensait qu'elle avait réussi à tout gâcher…

Elle la méritait, sa solitude.

— Tu manges vraiment ce truc ?

Lena sursauta. Elle n'avait pas remarqué qu'elle n'était plus seule. Levant la tête, elle découvrit le prince à quelques mètres d'elle. Elle regarda à droite et à gauche pour vérifier que c'était bien à elle qu'il s'adressait.

— De quoi tu parles ?

Il s'approcha.

— De ton sandwich, répondit-il en faisant la grimace. T'es sûre que c'est comestible ? On dirait un crash aérien. Y a du sang partout. Du sang de poisson !

D'un coup, la solitude et la tristesse de Lena changèrent de couleur et prirent la teinte rouge et libératrice de l'exaspération. *What the fuck ?* Il ne venait quand même pas la voir simplement pour lui dire qu'il trouvait son repas dégueulasse ? Ne pas commenter ce que mangeaient les autres, c'était de la politesse niveau maternelle, et s'il y avait bien quelqu'un censé connaître les bonnes manières, c'était lui. Le maquereau à la tomate, ce n'était pas assez bien pour un membre de la famille royale, c'est ça ?

— C'est vrai que c'est une source d'oméga-3, de vitamine D et de calcium, répondit Lena. Ce qui devrait me permettre de vivre carrément plus longtemps que toi.

— Ouais, ouais. Génial comme perspective, vivre une éternité seule, recluse dans une cabane. Parce que personne ne supportera de rester à côté de toi une seule seconde.

Piquée au vif, Lena engloutit une énorme bouchée de son sandwich. Mais avant de répondre à Karl Johan, elle attendit de ne plus avoir la bouche pleine. *Elle*, elle avait de bonnes manières. Elle soutint son regard, prit tout son temps pour mâcher, et se passa la langue sur les lèvres pour souligner à quel point elle s'était régalée.

— Je serai probablement très heureuse dans ma petite cabane. Et toi, tu n'auras qu'à rester dans ton château à te goinfrer de charlottes aux fraises de trois étages et de… de caviar russe !

Il rit.

— Du caviar russe ! Tiens donc. Tu sais quoi, je n'en ai jamais goûté. Mais je suis sûr que je n'aimerais pas. Je déteste tout ce qui vient de la mer, conclut-il en frissonnant de tout son corps.

Lena fit un effort pour ne pas lever les yeux au ciel.

— Tu détestes tout ce qui vient de la mer ? Mais quel âge tu as ? Six ans ?

— Presque. Seize.

— Vous n'avez pas de cuisinier au château ? Pas de dîners chics avec d'autres membres de la famille royale ?

Qu'est-ce qu'ils te servent quand il y a du poisson ou des fruits de mer au menu, alors ? Une pizza surgelée ?

C'était sorti tout seul. Comme si elle pouvait enfin s'exprimer librement après plus d'un an à se sentir bâillonnée. Comme si les mots n'avaient fait que couver en elle pendant tout ce temps. Elle réalisa que sa réaction n'était peut-être pas très appropriée, mais tant pis. Oh là là, qu'est-ce que c'était bon de retrouver un zeste de… d'impertinence. D'ailleurs, ça ne poserait sûrement aucun problème à Kalle. Après tout, il était prince. Et pas n'importe quel prince, mais *le prince à scandales*.

Lena repensa aux photos qui avaient envahi la presse et les réseaux l'année précédente, après Halloween. Le prince héritier Karl Johan en mode sagging, une bonne moitié de son caleçon dépassant de son pantalon, un T-shirt oversize au logo « ROI DES ALLOCS », une grosse chaîne en or autour du cou et – c'était le pompon – le visage peinturluré en noir. Le lendemain avait commencé à circuler une vidéo de lui en train de rapper sur une scène, complètement bourré ou camé, en tout cas, c'était absolument abominable à écouter. Lena se demandait ce qui était pire : qu'il apparaisse comme un raciste ou qu'il révèle ne pas avoir le moindre sens du rythme. Ce week-end-là, à Horten, et peut-être même dans tout le pays, il n'y avait eu qu'un seul sujet de conversation : le blackface du futur roi de Norvège. Lena avait suivi les réactions sur le net. Seule. Elle aurait tellement aimé commenter l'événement avec quelqu'un. Elle aurait tellement aimé, elle devait l'admettre, poster quelque chose sur Newzzz, même si elle avait gelé son compte.

— Ma préférée, c'est la pizza Grandiosa royale, répondit gaiement Kalle.

Soudain, il s'avança jusqu'à elle et se pencha en avant. Qu'est-ce que c'était que ça encore ? Il était si près qu'elle pouvait sentir l'odeur de son gel douche et de son parfum.

Il leva vivement la main et lui frotta le coin de la bouche du bout de l'index.

— Voilà, dit-il. Comme ça, tu peux retourner en cours sans avoir de la sauce tomate partout sur la tronche.

5

UN PEU DE VERDURE

Lena dégrafa son soutien-gorge, s'extirpa de son chemisier, ouvrit la fermeture éclair de son pantalon et se débarrassa ainsi de son premier jour de lycée. Elle se mit à fouiller, en simple culotte, dans l'un des grands cartons de déménagement du grenier surchauffé qui était désormais sa chambre. Mais remettre la main sur ses robes d'été était sans espoir. Elle opta donc pour les vêtements les moins chauds qu'elle trouva, passa ses longues jambes dans un short en coton noir délavé de chez H&M et enfila un débardeur trop grand. Puis, d'un geste routinier, elle attacha ses longs cheveux blonds en queue-de-cheval.

Voilà. Enfin libre.

Elle se fraya un passage dans l'escalier, encombré de cartons de déménagement et d'un grand pot de fleurs qui n'avait toujours pas trouvé sa place ; en bas, l'entrée était tout aussi embouteillée. Tout, absolument tout, baignait dans une odeur d'oignons frits. Depuis le salon, la voix de fausset de Håkan Hellström inondait le rez-de-chaussée. La mère de Lena avait mis le volume à fond pour couvrir le bruit de la hotte dans la cuisine. Theodor, assis sur sa chaise Tripp Trapp, la regardait danser gaiement devant une casserole de sauce blanche.

Lena n'allait pas supporter de rester ici très longtemps.

Elle entra dans la cuisine, souleva Theo de sa chaise, enfila ses claquettes en vitesse, et entreprit de sortir le grand landau rangé sous l'escalier.

— On part se promener, cria-t-elle par-dessus le vacarme de Håkan et de la hotte.

— Maintenant ? s'écria sa mère. Je veux que tu sois rentrée à cinq heures et demie, le gratin de poisson sera prêt ! Tu emmènes vraiment Theodor ? Tu n'es pas obligée, tu sais !

— Ça me fait faire du sport, répondit Lena en manœuvrant le landau.

Il était vieux, lourd comme une enclume, mais « aussi bien qu'un neuf » selon sa mère qui, avec une fierté non dissimulée, avait réussi à déterrer cette antiquité du grenier à la naissance de Theo. Elle avait fait la sourde oreille à tous les arguments soulignant que, aujourd'hui, il en existait sur le marché de plus légers, et surtout de plus maniables.

Tout en longeant la rangée de maisons qui bordaient la forêt, Lena ouvrit la carte sur son téléphone. Au moins, ce déménagement lui donnait enfin de nouveaux buts de promenade. Elle prit le petit passage piéton sous la rocade et se dirigea vers les collines verdoyantes qui ondulaient autour de ce qui, d'après la carte, était Rikshospitalet, l'hôpital principal.

Le soleil d'août cuisait ses épaules nues. Elle déploya la capote du landau au-dessus de la tête de Theodor pour le protéger. Les gens semblaient nombreux ce jour-là à rechercher la tranquillité et l'ombre de la forêt : le large chemin menant à Nordmarka était bondé de personnes de tous âges. Lena dépassa rapidement un groupe de filles qui marchaient, serviette sur l'épaule, l'une d'elles avec un sac de plage d'où une enceinte crachait de la musique. Elles allaient certainement se poser sur l'un de ces grands rochers plats et lisses au bord du lac pour débriefer le premier jour de cours. Lena en reconnut quelques-unes, qui allaient elles aussi à Elisenberg. Elles avaient peut-être leur coin habituel, comme Lena et Liv avant. À cette époque de l'année, Liv et Lena aimaient bien passer chez elles après les cours, juste pour jeter leurs sacs dans l'entrée et repartir à vélo par la forêt jusqu'au parc de Reverompa, où elles piquaient une tête dans le fjord, étalaient leurs serviettes sur le ponton et restaient là jusqu'à ce que le soleil se couche.

Lena pressa le pas. Pourquoi se promenait-elle sans rien écouter ? Elle avait mieux à faire. Elle ouvrit son appli de podcast, brancha ses écouteurs, et lança un nouvel épisode pour se changer les idées. Elle monta le volume, secoua légèrement la tête, et tenta de se concentrer sur les commentaires des animateurs au sujet de la famille Kardashian. Elle leva les yeux vers la couronne verte des arbres et poursuivit sa marche d'un pas régulier sur le large chemin parfaitement adapté aux landaus. Un moustique se posa dangereusement près de son œil. En le chassant d'une petite tape, elle remarqua, agacée, que sa joue était moite.

« Reprends-toi ! » se dit-elle.

Le podcast était passé depuis longtemps à l'épisode suivant lorsque Lena s'arrêta brusquement. Elle aurait déjà dû approcher du chalet qu'elle avait choisi comme but de promenade, or se dressait maintenant devant elle une pente raide à quasiment quatre-vingt-dix degrés. C'est là qu'elle remarqua que plus personne d'autre ne suivait le chemin goudronné, qui d'ailleurs n'en était plus un, mais s'était transformé en un étroit sentier couvert d'épaisses racines, de cailloux tranchants et de grosses pommes de pin. Hors de question qu'elle pousse le landau en haut de cette côte.

Elle rouvrit le plan sur son téléphone. C'était pourtant bien par là que le panneau bleu pointait tout à l'heure : « Ullevålseter, 3 km ». Ça faisait au moins quatre kilomètres qu'elle marchait dans cette direction ! À l'écran, clignota le message : « 3 % de batterie ». Merde. Elle mit immédiatement son téléphone en mode économie d'énergie, mais eut à peine le temps de voir qu'il était six heures moins le quart – six heures moins le quart ! – avant qu'il devienne tout noir.

Merde et re-merde.

Elle se fit mal au pied en marchant sur un caillou. Qu'est-ce qui lui avait pris de partir se promener en forêt en claquettes ? Et comment était-il possible que le coin soit aussi désert ? La capitale n'était pas censée regorger de gens en forme olympique qui venaient s'entraîner dans la forêt pour participer à des courses et à des marathons ?

Il ne lui restait plus qu'à faire demi-tour. Sa mère devait commencer à se demander ce qu'ils fabriquaient. Lena enleva ses écouteurs et rangea son téléphone déchargé dans le sac à langer. C'est alors qu'elle entendit un petit *pschhh*. Un sifflement au niveau des roues du landau. Elle se pencha.

Merde, re-merde et re-re-merde !

L'un des pneus n'avait pas résisté au terrain accidenté ; il était complètement à plat, ce qui rendait le landau encore plus lourd à pousser. Lena essaya de le tirer derrière elle pour voir, mais elle avait l'impression de remorquer un âne mort. Soudain, elle se rendit compte qu'elle n'avait rien mangé depuis le déjeuner. Et Theo ? Elle fouilla dans le sac à langer. « Allez, allez… s'il vous plaît. »

— Yes ! s'exclama-t-elle quand ses doigts rencontrèrent un bouchon en plastique.

Elle sortit la gourde de compote, dévissa le bouchon et la donna à Theodor, dont le visage s'illumina. Il la saisit aussitôt à deux mains. Au moins, ils ne mourraient pas de faim. « Enfin, pas Theodor, en tout cas », se dit-elle en posant la main sur son estomac qui gargouillait. Ça faisait presque un podcast entier qu'elle avait quitté la route très fréquentée pour suivre le panneau bleu indiquant le chalet d'Ullevålseter. Donc, une heure. Pouvait-elle abandonner le landau sur place et ramener Theo à la maison ?

Elle s'assit sur le chemin et regarda son Theo aux joues rondes aspirer la compote de fraises.

— Qu'est-ce qu'on fait maintenant, mon petit sumo ? Je vais vraiment devoir te porter pendant plus d'une heure ?

Theo sourit et gazouilla.

— Daaah, répondit-il.

Lena, poussant un soupir, se laissa tomber en arrière.

6

DÉMARRAGE EN CÔTE

Tout à coup, Lena entendit des halètements, des piétinements, et vit un garçon torse nu et en short dévaler la pente. Elle se redressa pour s'asseoir et plissa les yeux pour mieux voir. Elle venait juste de se décider à lui demander de l'aide, ou au minimum à déplacer le landau hors du chemin pour qu'il ne se fasse pas renverser, quand le garçon fit brusquement demi-tour et repartit en sprint à l'assaut de la colline. Arrivé au sommet, il fit à nouveau demi-tour et redescendit à petites foulées – avant d'attaquer encore une fois la montée.

En haut, un homme apparut, lui aussi en tenue de sport, mais immobile, les yeux rivés sur son smartphone. « Génial ! pensa joyeusement Lena. Je vais pouvoir lui emprunter son téléphone. » L'homme resta planté là-haut tandis que le garçon en short sprintait encore une fois dans la descente. Il ne faisait pas semblant : la sueur perlait sur ses abdominaux bien dessinés et son torse bronzé. Le tissu élastique de son short, qui s'arrêtait à mi-cuisse, adhérait parfaitement à sa peau. Ses cheveux blonds tombaient en boucles devant ses yeux. Au moment où il les dégagea vers l'arrière, Lena le reconnut.

— Salut, Kalle, lança-t-elle.

Elle se leva et épousseta les aiguilles de pin restées collées à son short.

Il leva les yeux de sa montre.

— Lena ?

Elle remarqua avec satisfaction qu'une teinte rose envahissait son visage déjà rougi par l'effort. Elle essaya de ne pas sauter de joie à l'idée qu'il se souvenait de son prénom.

Les héritiers du trône subissaient sûrement un entraînement intensif pour retenir des centaines de noms. Et puis, il faut dire qu'elle l'avait pas mal bassiné au sujet de son prénom le matin même.

— Qu'est-ce que tu fais en pleine forêt ? Du running ? Toi aussi tu t'entraînes en côte ?

Lena eut tout juste le temps de secouer la tête qu'il reprenait déjà :

— Parce que, franchement, c'est la meilleure montée d'Oslo et il n'y a jamais personne, alors ne va pas le crier sur tous les toits. Mais qu'est-ce que tu fais ici ? Pourquoi tu trimballes ce truc ? Tu fais du baby-sitting ou quoi ? dit-il en désignant le landau d'un signe de tête.

Un vrai moulin à paroles, tout à coup. Était-il stressé ?

— Oui. Enfin non, c'est mon frère, et comme j'ai crevé, y a plus moyen de bouger ce truc d'un millimètre. J'allais au chalet d'Ullevålseter, j'ai suivi les panneaux bleus tout du long, mais après la route s'est transformée en sentier, le pneu a crevé, mon portable est mort et ma mère nous attend… Voilà.

Elle essaya de sourire, mais découvrit à son grand effroi que ses lèvres restaient pincées et commençaient même à trembler.

Oh non. Il ne fallait surtout pas qu'elle se mette à pleurer !

Kalle la regarda d'un air grave et lui dit sur un ton plus tranquille :

— Si tu veux aller à Ullevålseter avec un landau, il faut suivre la route goudronnée. Pas le sentier d'été, en tout cas, dit-il en s'accroupissant devant Theodor et en lui tirant la langue.

Theo, ravi, poussa un grand cri.

— Qu'est-ce que tu veux dire ?

— Les panneaux rouges, ça signifie piste d'hiver. Les bleus, piste d'été. Les pistes bleues, c'est seulement des sentiers. Alors que les rouges, c'est des chemins bitumés. On ne peut pas prendre les bleus avec un landau… T'es pas juste nouvelle au lycée, t'es aussi nouvelle à Oslo ! conclut-il en se relevant.

Lena hocha la tête. Elle était soulagée de ne pas devoir lui répondre par une phrase, car la boule dans sa gorge l'empêchait de prononcer le moindre mot.

— Mais c'est aussi bien. Ullevålseter, c'est toujours blindé. Pareil à Sognsvann. En fait, ici, on est juste à côté de Båntjern. C'est carrément mieux pour se baigner. D'ailleurs, ç'aurait été génial d'y aller tout de suite, mais c'est pas si facile avec…

Il fit de grands cercles du bras pour désigner Theo et acheva :

— … avec ça.

Aussitôt, le nœud disparut dans la gorge de Lena.

— Je te signale que « ça » s'appelle Theodor, répliqua-t-elle.

— Mais non, je ne parlais pas de lui, patate ! Je voulais dire ça, là… dit-il en faisant de nouveaux cercles avec sa main. Ce vaisseau spatial où il est assis.

Lena eut un petit rire.

— Oui, je sais. En fait, ce landau était à moi, mais comme dit ma mère, « pourquoi en acheter un neuf quand l'ancien est tout aussi bien ? » lança-t-elle avec ironie, secouant légèrement le landau pour illustrer son propos.

Avec son pneu à plat, l'engin se cabra.

— Ouais… Tu as clairement un problème. Comment tu comptes rentrer ? Tu attends quelqu'un ?

Elle fit non de la tête.

— Tu crois… tu crois que je pourrais lui emprunter son téléphone ? dit-elle, se demandant tout à coup comment appeler l'homme en short avec une oreillette, toujours debout au sommet de la colline, qui regardait avec obstination en direction de la forêt.

— À Rolf ? Bien sûr. Mais où est-ce que tu habites ? On n'est pas très loin du métro.

— 75, rue Grevlingveien. Juste à côté du court de tennis.

Le visage de Kalle s'illumina.

— Hemingbanen ? Du coup, tu peux juste traverser la forêt par là, tu retomberas sur la route principale. À mon avis, ça sera aussi efficace que d'essayer d'expliquer à quelqu'un où tu es.

Ils considérèrent un instant les épais fourrés, puis l'énorme landau.

— Bon… si tu portes ton frère, je prends le vaisseau spatial, dit-il.

Lena hocha la tête, détacha Theo et le serra contre elle. Elle essaya de ne pas trop dévorer Kalle des yeux pendant qu'il saisissait le landau et le soulevait, bras tendus au-dessus de la tête. Après quoi il pénétra dans la forêt. Droit dedans. Il n'y avait pas de sentier, aucune trace de passage, rien.

— Euh… Tu es sûr que ça va le faire ? demanda Lena en jetant un coup d'œil à Rolf, le garde du corps, qui avait commencé à descendre à pas lents vers eux, apparemment complètement indifférent au fait que le prince héritier s'enfonçait torse nu dans des buissons d'épines. Avec un landau en équilibre sur la tête.

— Ouaip. Reste bien derrière moi, je vais me servir du vaisseau spatial pour ouvrir la voie.

Ils s'engagèrent lentement dans les fourrés. Kalle luttait pour garder l'équilibre. Lena l'imagina culbuter et atterrir dans le landau. Et si jamais ça se produisait réellement ? L'idée lui chatouillait le ventre. Tout à coup, ce fut plus fort qu'elle, elle éclata de rire.

Kalle se mit à rire lui aussi.

— Ce genre d'exercice, ça gaine, et en même temps ça muscle. Tu pourras le dire à ta mère et la remercier de ma part.

— OK, répondit Lena en suivant son dos nu et bronzé qui progressait dans la verdure.

Au bout de quelques minutes, ils entendirent la rumeur de la route. Peu après, ils se tenaient sur une petite pelouse bordant une piste cyclable. De là, Lena pouvait voir à la fois le court de tennis et la cheminée de leur maison. Quel détour elle aurait fait s'il n'avait pas été là pour lui montrer le chemin !

Kalle posa soigneusement le landau à terre et tendit les bras vers Theo.

— Voilà ! Tu vas pouvoir rentrer, dit-il en le plaçant avec douceur à l'intérieur.

Lena fixa Kalle. Les branches lui avaient lacéré les bras.

— Franchement, merci beaucoup. Et désolée. Ça t'a laissé des marques. Tu sais que tu saignes ? dit-elle en montrant son omoplate.

Kalle se retourna si vite que la main de Lena rencontra sa poitrine en sueur. Elle la retira vivement pendant qu'il se tordait le cou pour voir sa blessure.

— Je vais probablement survivre. Tout plutôt que de grimper cette côte une fois de plus, dit-il en chassant du revers de la main un petit insecte posé sur sa poitrine.

Il ne bougea pas.

Kalle frotta encore plus fort. Peine perdue.

— Putain, s'exclama-t-il en trépignant. Putain, putain, putain. Il me lâche pas, il me lâche pas ! Ah, c'est dégueu. Qu'est-ce que c'est ? Me dis pas que c'est une tique !

Il avait crié la dernière phrase d'une voix perçante et aiguë. Le voyant gratter fébrilement le petit point noir, Lena, sans réfléchir, lui saisit fermement le poignet.

— Arrête ! dit-elle d'un ton ferme, se penchant pour observer la bestiole noire qui s'était collée à son torse.

Avec doigté et détermination, elle attrapa la petite tique et la brandit sous le nez du prince héritier.

Il fit un bond en arrière.

— Et voilà ! dit-elle. Je te présente la coupable. Il ne faut pas se gratter, sinon tu risques de ne pas réussir à l'enlever en entier. Regarde.

Elle s'approcha pour la montrer à Kalle.

Effrayé, il recula de quelques pas.

— Euh, je ne vais pas te la lancer dessus, hein. Regarde, je te dis.

Kalle déglutit et s'avança lentement vers elle.

— Elles ont six pattes. Là, c'est la tête. Tu vois que les pattes sont intactes, alors que sur ton torse – et elle caressa rapidement du bout de l'index la marque rouge où il avait été mordu – il ne reste rien. Par contre, si un cercle rouge apparaît autour de la morsure, il faut que tu ailles voir ton médecin. Enfin, je ne sais pas où va la famille royale dans ce genre de cas.

Un petit sourire commença à se former au coin de la bouche de Kalle. Vite, il fit signe à son garde du corps de lui rendre son portable et se planta à côté de Lena.

— Tiens la tique en l'air, dit-il.

Lena obtempéra pendant qu'il faisait un duckface et mettait l'appareil photo en mode selfie sur Snap. En voyant son propre visage en sueur apparaître dans le cadre, Lena frémit. Elle eut à peine le temps de s'immobiliser que Kalle avait déjà pris la photo. Il tapa, en lisant à haute voix ce qu'il écrivait : « J'ai survécu à une tique ! Trop fier. »

Kalle appuya sur « Envoyer » et rangea le téléphone dans la poche invisible de son short.

Où avait-il posté la photo ? Pourquoi ne lui avait-il pas demandé avant si elle était d'accord ? Et si jamais… Elle avala sa salive. De toute manière, que pouvait-elle faire maintenant ? C'était sûrement juste pour un copain. La photo ne finirait pas en ligne ; Kalle devait faire attention à ce genre de choses.

Il sourit d'un air espiègle.

— Bon, eh bien c'était pas du tout la honte. Merci.

Et il poussa lentement le landau au pneu crevé en direction des habitations.

— Du coup, on est quittes. Je t'ai sauvée de la forêt, et toi tu m'as sauvé d'une mort par attaque de tique. On ne va pas rater la soirée. Comment tu y vas ? C'est un peu loin de la rue Grevlingveien, non ?

Lena ne répondit pas. La soirée ? Elle n'était invitée à aucune soirée. Elle se creusa la tête pour changer de sujet.

— Tu viens, hein ?

Lena haussa les épaules avec indifférence et essaya de fixer son regard quelque part derrière Kalle, sur le fjord qui scintillait au loin. Elle aurait peut-être l'air de penser à toutes les fêtes où elle était allée avant et à toutes les bandes de copains auxquelles elle appartenait. Comme si une soirée à Oslo n'avait pas la moindre importance pour elle.

— Oh ! dit-il en se donnant une tape sur le front. Mais au fait, tu ne dois pas encore être dans le groupe de discussion. En tout cas, c'est vendredi chez Ingrid. C'est la fête de la rentrée. Tout le monde y va.

Il s'arrêta à l'entrée du passage souterrain sous la rocade et se tourna vers Rolf, qui sortit son téléphone. Probablement pour commander une voiture qui passerait les chercher.

Et voilà.

Fin de l'histoire.

Dans un flash, Lena imagina comment, quelque temps auparavant, elle aurait pu exploiter cette aventure. Elle lui aurait fourni du contenu pour Newzzz pendant des jours, la photo serait devenue virale, aurait probablement été reprise par tous les tabloïds, et boum ! Son compte Insta jusqu'ici confidentiel aurait explosé ! Peut-être que ça lui aurait permis de faire la percée dont elle s'était mise à rêver à l'époque.

Elle aurait eu une chance de décoller.

Mais là ? Personne ne la verrait, personne n'en saurait rien. La seule preuve de leur aventure, c'était ce Snap probablement déjà ouvert et effacé par la personne à qui il avait été envoyé. Lena n'aurait pas la moindre petite photo souvenir, ce serait comme si tout ça ne s'était jamais produit, avait été complètement vain. Stop. Il fallait qu'elle arrête de penser de cette manière.

Elle allait rentrer chez elle, rendre Theo à sa mère, prendre une longue douche, et se mettre au lit.

Voilà à quoi ressemblait sa vie maintenant. Il fallait bien qu'elle s'en contente.

— Donc, sept heures ?

Kalle, qui venait d'interrompre le fil de ses pensées, la regardait d'un air interrogateur.

Lena sentit une bouffée de chaleur lui monter au visage. Elle n'avait pas suivi.

— Hum, tu disais ?

— J'ai dit : sept heures vendredi ? Je peux passer te prendre. Vu que tu m'as sauvé la vie. Ingrid n'habite pas très loin de la marina, ça te fait une trotte. N'oublie pas ton maillot de bain, elle a une piscine. Alors ?

Lena réfléchit. Ingrid. Y avait-il une Ingrid dans leur classe ? Comment aurait-elle pu le savoir, puisqu'elle n'avait été présentée à aucune des filles ?

— Merci, mais de toute façon, demain, je ne peux pas.

— Ce n'est pas demain, c'est vendredi.

— Vendredi. Je voulais dire vendredi. Je ne peux pas vendredi.

Kalle, curieux, soutint son regard. Elle détourna les yeux et poussa le landau de quelques centimètres vers le passage souterrain.

— Tu fais quoi vendredi ? demanda-t-il.

— J'ai pas mal de devoirs, et puis avec le déménagement et tout, il y a plein de trucs à faire dans la maison. Merci encore. Salut, dit-elle en commençant à lever le bras pour lui dire au revoir.

Elle interrompit son geste et laissa retomber sa main. Elle ne s'était pas rasée sous les aisselles depuis… elle ne savait même pas combien de temps.

Le sourire de Kalle s'agrandit. Ses yeux brillaient, comme ce matin dans la cour du lycée.

— Pas mal de devoirs ? Complètement pourrie, ton excuse. On n'a même pas encore reçu les livres de cours. Donc, sept heures ?

Lena secoua la tête.

— Désolée, je peux pas, dit-elle, cherchant désespérément une issue. On a des invités.

Kalle lui tourna le dos et agita joyeusement les doigts en l'air en signe d'adieu.

— Et le chien a avalé le cahier où tu avais fait tes devoirs. On dit sept heures, vendredi. 75, rue Grevlingveien.

7
PREMIÈRE BONNE IMPRESSION

Les toilettes des filles étant désertes, Lena prit le temps d'inspecter son reflet dans le miroir après s'être lavé les mains. Ça faisait cinq jours d'affilée qu'elle arrivait en avance au lycée. Son père avait insisté pour la conduire en voiture chaque matin la première semaine, et elle n'avait pas eu le courage de protester. Ayant encore un quart d'heure à tuer, elle ne voulait pas aller s'asseoir sur un banc et regarder les autres élèves emplir peu à peu la cour. Elle ne pouvait pas se permettre de devenir « la fille toujours assise toute seule sur un banc ».

Elle se pencha en avant et étudia sa peau, les pores autour de son nez. Elle était loin d'avoir reçu sa dose de soleil estival et ne donnait pas du tout l'impression d'avoir profité des grandes vacances. Cela dit, pouvait-on vraiment parler de vacances ? Le plus gros de son temps avait été consacré au déménagement : faire ses cartons, se laisser embarquer des après-midi entiers par ses parents dans des grands magasins de bricolage ou chez Ikea, et faire des allers-retours en voiture depuis Horten. Il n'y avait pas eu de longues journées à se dorer la pilule sur un grand rocher plat au bord de l'eau, pas de bières dans son sac, pas de retour à la maison à vélo au coucher du soleil.

Elle rassembla ses épais cheveux blonds, qui tombaient un peu en désordre dans son dos, les fit passer par-dessus son épaule et les tressa rapidement comme elle avait vu certaines filles de sa classe le faire. Elle maintint le bout de la tresse d'une main tout en cherchant un élastique de l'autre, mais elle n'en trouva ni dans son sac ni dans ses poches de pantalon. Elle relâcha alors ses cheveux, qui retombèrent en boucles sur son dos. Pourquoi se donnait-elle cette peine ? Son apparence n'avait strictement aucune importance. De toute façon, pas une seule fille ne l'avait remarquée. Une semaine entière s'était écoulée et, aux yeux des autres, elle n'était toujours que du vent.

En principe, elle aurait dû être contente. Contente d'avoir la paix et que personne ne lui pose de questions, puisque c'était son plan depuis le début.

C'était juste que… elle ne s'était peut-être pas préparée à être transparente *à ce point*. Elle qui était habituée à tout savoir, la fille toujours au courant de ce que les gens faisaient, de ce qui se passait… Elle se retrouvait mise à l'écart pour de bon et avait l'impression d'être complètement invisible. C'était dingue, mais il n'y en avait qu'un qui semblait faire attention à elle : lui.

Le plus visible, le plus en vue de tous.

Il était cool, même s'il avait un côté énervant et qu'il était quand même un peu fake. Le genre de garçon qui parle à tout le monde et donne à chacun l'impression d'être spécial alors qu'il voit des centaines de milliers de personnes en une journée. Être poli et manifester de l'intérêt pour les autres, ça faisait probablement partie de son job. Personne n'était plus dépendant des likes que la famille royale. Tout à coup, Lena se remémora ses gémissements effarouchés et sa manière de trépigner au moment où il avait découvert la tique. Elle sourit. Ça, au moins, ce n'était pas du bluff. Elle aurait payé cher pour pouvoir poster cette story. Et puis, ça avait été gentil de sa part de l'aider dans la forêt. Il n'était pas obligé, il aurait sûrement pu demander à son garde du corps de s'en charger.

Soudain, Lena entendit quelqu'un descendre l'escalier qui menait aux toilettes et appuyer sans ménagement sur la poignée. D'instinct, elle rouvrit le robinet, fit couler un peu de savon dans sa paume, et fixa obstinément le fond du lavabo pendant qu'elle se lavait les mains. Du coin de l'œil, elle ne voyait que les ballerines de la fille qui venait d'entrer dans la pièce. Or celles-ci, au lieu de poursuivre leur route, s'immobilisèrent juste à côté d'elle.

— Salut ! Je t'ai vue sur le snap de Kalle, dit une voix claire. On ne s'est pas encore vraiment présentées, je crois ?

Lena leva les yeux.

La fille aux boucles brunes qui lui faisait face portait un chemisier blanc et un jean skinny soulignant l'extrême minceur de ses cuisses. Elle était dans sa classe.

— Salut. Euh, non, je ne crois pas, en effet.

La fille lui tendit la main. Mince, bronzée, du vernis rouge sur les ongles.

— Je m'appelle Ingrid. Il y a une soirée chez moi ce soir. N'oublie pas ton bikini !

Wow. Voilà ce qu'il fallait pour qu'on remarque son existence ? Un snap du prince héritier attaqué par une tique ? Dans ce cas, elle préférait laisser tomber.

— Lena, répondit-elle en lui serrant la main. Merci pour l'invitation. Malheureusement, ça tombe mal. J'ai… des trucs à faire. Une prochaine, peut-être.

Ingrid haussa les sourcils, à croire que c'était la première fois de tous les temps que quelqu'un refusait une invitation de sa part.

Puis, à la grande surprise de Lena, elle lui sourit d'un air entendu.

— Une prochaine, c'est clair, dit-elle. En attendant, un petit conseil… Et si je te dis ça, c'est parce que je te trouve cool. À ta place, je me bougerais pendant qu'il est temps. La seconde, ça passe vite. Tu n'auras pas beaucoup d'autres chances de faire une première bonne impression.

— Une bonne première impression, tu veux dire ?

Ingrid lui fit un clin d'œil.

— Je voulais bien dire ce que j'ai dit.

La porte s'ouvrit à nouveau. Cette fois, ce ne fut pas le bruit qui fit sursauter Lena, mais la vue de celle qui entrait dans les toilettes des filles.

Aucun doute sur son identité. Ses merveilleuses tresses africaines étaient reconnaissables entre mille. Elle portait un combi-pantalon noir et un blouson d'été jaune et léger. Mais que faisait-elle ici, dans les toilettes des filles du lycée d'Elisenberg ?

— Hello, chérie ! lança Ingrid, prenant la fille dans ses bras pour lui dire bonjour avant de se tourner à nouveau vers Lena. Lena, je te présente Tess. Tess, je te présente la nouvelle de notre classe… celle du snap de Kalle.

Aussitôt, une lueur féline s'alluma dans les yeux en amande de Tess. Lena remarqua son sac Louis Vuitton. Il devait coûter une fortune, se dit-elle avant de se corriger : une fortune pour n'importe qui, sauf pour ces gros riches de Frogner.

Tess lui tendit la main. Lena fixa, fascinée, le motif noir et blanc sophistiqué de son vernis à ongles impeccable.

— Mais t'es la Princesse de Bel-Air ! s'exclama-t-elle.

— Ouais, t'as raison, c'est moi !

Tess et Ingrid éclatèrent de rire. Lena sentit qu'elle piquait encore un fard. Cette sensation commençait à devenir familière. Qu'est-ce qui lui arrivait dans cette ville ? Était-elle devenue une fille qui rougit tout le temps ?

— Ravie de te rencontrer, dit Tess en souriant aimablement. Tu es fan ?

Lena ne pouvait détacher ses yeux de la peau d'ébène si parfaite de Tess. Elle était encore plus jolie dans la réalité. Combien d'heures Lena avait-elle passé à regarder les tutos maquillage que postait cette fille ? Quand elle essayait de l'imiter, sur son visage à elle, pâle et parfois plein de boutons, cela ne rendait jamais aussi bien. Peu importe, elle adorait quand même ses vidéos. Et voilà qu'elle se tenait devant elle, la Princesse de Bel-Air de YouTube et de TikTok en personne. Dans son lycée. Et dans sa classe ? Ah, Oslo… Cette ville était à la hauteur de tous les clichés qu'on véhiculait sur elle. Si seulement Lena avait pu appeler Liv et lui raconter ça !

— Oui, je suis fan ! répondit-elle. Enfin, je suis abonnée. Tu es douée. Je ne savais pas que tu étais dans ce lycée.

Ingrid donna un petit coup de coude à Tess.

— T'es une staaaar ! dit-elle pour la taquiner.

Tess leva les yeux au ciel.

— Ils m'ont laissée commencer avec quatre jours de retard. Je suis rentrée de Londres hier, dit-elle, sans expliquer ce qu'elle avait fait là-bas. Mais j'ai déjà été informée qu'il est strictement interdit de poster un seul truc sur ce qui se passe à Elisenberg, exactement comme au collège. Grâce à nos chers jumeaux princiers. Super, quand tu vis de création de contenu et que les cours te prennent toute la journée…

On aurait dit que c'était plutôt à Ingrid qu'elle s'adressait maintenant.

— Rappelle-moi pourquoi j'ai choisi ce lycée, déjà ?

— Parce que tu veux continuer à passer du temps avec tes amis pendant trois ans, évidemment ! Si tu étais allée ailleurs, on te manquerait déjà et tu serais super malheureuse.

— Bien sûr, répondit Tess avec amertume. N'empêche, ç'aurait été sympa de pouvoir écrire et partager tout ce que je veux sans que d'autres s'en mêlent et donnent leur avis sur tout. Surtout que ces deux-là n'ont pas la moindre idée de ce que je fais vraiment…

Elle poussa un soupir.

Lena ouvrit la bouche. Elle avait tellement envie de dire quelque chose, de lui confier qu'elle comprenait à cent pour cent ce qu'elle voulait dire. Au fond, elles étaient presque collègues, Tess et elle. Tess était-elle déjà tombée sur Newzzz ?

Lena avait lancé son compte Instagram anonyme sans but particulier. Au début, elle ne l'avait utilisé que pour partager des mèmes qu'elle trouvait drôles. Et puis, un dimanche (c'était en automne, elle était en quatrième), elle était venue voir Liv. La veille, elles étaient allées à l'une de leurs premières soirées, et elles discutaient de tous les trucs complètement dingues qui s'étaient passés. Entre autres, deux garçons avaient sorti un maquereau du congélateur et l'avaient cloué au mur du salon. Sans réfléchir, Lena avait trouvé une image de poisson et écrit en commentaire : « Qui a cloué un maquereau dans le salon ? Jakob, Arne ou Kjell ? » Elle avait ajouté la géolocalisation de la maison où la fête avait eu lieu, posté le tout sur son compte Newzzz, et n'y avait plus pensé. Mais au bout de quelques jours, les likes et les abonnés avaient commencé à affluer, et tous ceux qui étaient allés à la soirée avaient écrit des commentaires en se taguant.

La machine était lancée. Au début, il s'agissait juste de blagues innocentes, d'allusions et de petits poèmes sur ce qui s'était passé le week-end. Et puis ça avait pris de l'ampleur. Lena avait reçu des messages, des photos, et le site n'avait pas tardé à avoir un contenu digne de son nom idiot. À devenir des *news*, de vraies infos. Qui s'était tapé qui, qui était rentré bourré en voiture, qui s'était endormi sous la table du salon. C'est là que Liv avait commencé à stresser. Elle avait de la peine pour tous ceux qui étaient tagués et trouvait Lena impitoyable. Résignée, elle s'était mise à la surnommer Madame Tout-noir-ou-tout-blanc. Elles s'étaient beaucoup disputées à ce sujet. Quand Lena lui expliquait qu'elle ne faisait que poster des faits avérés et traitait tout le monde à égalité, Liv refusait de l'écouter.

De toute manière, c'étaient des potins que tout le monde finirait par apprendre – et il valait probablement mieux que ça sorte là plutôt que de laisser des tonnes de rumeurs se répandre sans contrôle, non ? D'ailleurs, Lena avait essayé de l'expliquer à Liv, ou Liv-la-Flippée, comme elle l'appelait quand elles se disputaient : si les gens ne voulaient pas attirer l'attention, ils n'avaient qu'à s'abstenir de boire comme des trous et de faire autant de conneries. Ils savaient très bien ce qui se passerait après !

Au bout d'un moment, Lena avait entendu des gens parler de son compte au collège. « Prends une photo pour Newzzz. » Et ils lui envoyaient des MP sur Instagram. Mais personne ne savait qui était derrière, et en tout cas, personne ne soupçonnait Lena, l'élève de quatrième un peu BCBG.

Et puis il y avait eu l'histoire avec Guro.

Pendant une soirée, Guro, la grande sœur de Liv, était sortie avec un mec de Tønsberg. Pas de quoi en faire un plat. Mais le dimanche, Liv avait appelé Lena pour être sûre qu'il n'y aurait rien là-dessus sur Newzzz. Lena avait rigolé. Sérieusement ? Elles avaient déjà eu cette discussion douze mille fois ! Le concept de Newzzz, c'était justement qu'on traitait tout le monde pareil !

Lena s'était sentie découragée, peut-être comme Tess à cause des jumeaux. Ce n'était pas parce que les gens avaient une opinion sur un sujet qu'ils y comprenaient quelque chose. Ou qu'il fallait tenir compte de leur avis. En plus, c'était juste une histoire d'un soir. Guro et le mec s'étaient embrassés devant tout le monde, en plein milieu du salon, et même si, visiblement, lui avait déjà une copine, Guro, elle, était célibataire. Lena avait reçu au moins dix photos de la scène. Elle ne pouvait pas *ne pas* la publier, ç'aurait été trop bizarre. En plus, si elle ne le faisait pas, les gens pourraient croire que c'était Guro qui était derrière le compte ! Alors elle l'avait postée, même si ce n'était pas très intéressant. Liv avait piqué une crise et décrété que Newzzz faisait du *slut shaming*. Que sa sœur n'avait pas mérité d'être stigmatisée à cause de son attitude. Après ça, elles avaient arrêté de parler du compte de Lena. Qui s'était retrouvée seule, sans le soutien de son amie, incapable de la comprendre.

Aujourd'hui, elle aurait payé cher pour changer le passé.

Y avait-il beaucoup de choses que Tess ne postait pas ? À qui pouvait-elle en parler ? Elle avait tellement l'air d'une pro. Elle devait avoir sa team, un éditeur ou quelqu'un à qui demander son avis, non ?

Lena avait tellement de questions en tête.

— Bon, à ce soir alors, conclut Tess.

Et Ingrid et elle allèrent s'enfermer chacune dans une cabine des toilettes.

Lena jeta son essuie-mains à la poubelle et poussa lentement la porte.

Rien que l'idée de poster à nouveau un truc lui donnait des frissons. C'était fou ! Si seulement elle avait pu raconter ça à quelqu'un, envoyer ne serait-ce qu'un petit snap à Liv : « La Princesse de Bel-Air est dans ma classe. »

Mais elle ne sortit pas son téléphone de son sac.

Pas moyen. C'était fini, tout ça.

8

CHAUFFEUR PRIVÉ

Neuf heures plus tard, Lena fermait la porte de sa chambre et s'affalait sur son grand lit moelleux, où elle resta une minute sans bouger. Rassemblant ses forces, elle tendit la main vers son ordinateur et lança la série qu'elle gardait en réserve pour un moment où elle aurait besoin de se vider la tête. En cet instant, la chose dont elle avait le plus envie au monde, c'était un peu d'évasion. Ce n'était que sa première semaine au lycée, et elle était déjà épuisée. Pas seulement parce qu'elle avait rencontré des célébrités TikTok, les jumeaux princiers et tout le tralala, mais aussi parce qu'elle avait passé des heures assise en cours. Aujourd'hui, pendant les deux heures de norvégien, elle avait sérieusement lutté pour garder les yeux ouverts. C'était comme si elle était devenue incapable de se concentrer quarante-cinq minutes d'affilée. Que son cerveau avait été abruti par tout ce qui s'était passé.

Elle lança le premier épisode, mais quelques minutes plus tard, ses paupières commençaient déjà à tomber. Elle repensa à ces personnages de dessins animés qui s'obligeaient à garder les yeux ouverts avec des cure-dents… Ça devait faire mal… L'écran devint flou, et elle sombra dans le sommeil.

En se réveillant, elle commença par rester quelques secondes immobile, aux aguets, car elle entendait des bruits en provenance de l'étage en dessous. D'abord la voix de son père, puis celle d'un homme parlant suédois. Elle ne la reconnaissait pas. Qui ça pouvait bien être ? Elle s'assit dans son lit, se frotta les yeux pour essayer d'émerger et chercha son téléphone. Depuis combien de temps dormait-elle ? Elle regarda par la fenêtre et vit qu'il faisait encore jour. Des rires résonnèrent dans le salon. Dont celui de sa mère. Son rire forcé, celui qu'elle n'utilisait que quand ils avaient des invités.

Elle trouva enfin son téléphone. Sept heures et quart.

Qui sa mère essayait-elle d'impressionner ?

Non, ça ne pouvait pas être ça... Kalle n'avait quand même pas mis à exécution sa menace de passer la chercher ?

La voix du Suédois était plus étouffée que les autres, comme s'il était un peu loin. Ah, mais bien sûr : ses parents étaient sûrement devant une émission de télé. Qu'allait-elle s'imaginer ?

Elle sortit du lit et enfila un pantalon de survêtement et un vieux débardeur troué. Son ventre gargouillait. Ça faisait longtemps qu'elle avait mangé, et elle s'était endormie avant que le dîner soit prêt.

À mi-chemin de l'escalier, elle s'arrêta brusquement.

La télé était éteinte.

Et ses parents n'étaient pas seuls.

Ils s'étaient installés à la table à manger du salon – celle qu'ils avaient déjà à Horten, mais qu'ils n'utilisaient presque jamais. Sa mère, tenant Theodor sur ses genoux, parlait à quelqu'un au téléphone. Et la personne qui tenait le téléphone pour cet appel vidéo n'était autre que...

Kalle ?

Il portait une chemise bleu clair et un short kaki. Il avait poliment enlevé ses chaussures dans l'entrée. Ses cheveux parfaitement coiffés retombaient en boucles autour de sa tête.

Oh non ! Il ne fallait pas qu'il la voie comme ça ! Qu'est-ce que sa mère avait bien pu lui raconter ? Elle tenta de faire demi-tour et d'aller se réfugier à pas de loup dans sa chambre.

— Ah, te voilà, Lena !

Putain. De. Merde.

Elle se retourna lentement. Kalle lui adressa un sourire. Il rayonnait.

— Descends, Lena ! Karl Johan est venu te chercher ! Et puis viens, que je te présente Håkan !

Le père de Lena considérait le prince d'un air dubitatif. Quant à sa mère, elle avait l'air d'avoir gagné au loto. Kalle, toujours souriant, tourna le téléphone vers Lena. Un homme aux cheveux bruns en bataille lui faisait coucou à l'écran. Lena lui rendit son bonjour. Elle se sentait bête.

— C'est Håkan Hellström ! lui expliqua Kalle du bout des lèvres.

Puis il tourna à nouveau l'écran vers lui et dit :

— Écoutez, je vous rappelle dans une minute, d'accord ? Pour vous laisser le temps d'aller chercher votre guitare. Il faut absolument que vous nous chantiez une chanson.

Comme si elle ne savait pas comment manifester son enthousiasme, sa mère prit les poignets de Theodor et le fit battre des mains en rythme. Son père secoua discrètement la tête tout en continuant à sourire aimablement à leur invité. Lena gardait les bras croisés sur la poitrine, en une vaine tentative de dissimuler son débardeur immonde et trop décolleté.

— Il est vraiment trop mignon, ton petit frère, dit Kalle en enfonçant un doigt dans les minuscules bourrelets de l'enfant.

Theodor se mit instantanément à rire sous les chatouilles.

— Regardez, il m'aime bien !

Lena, croisant le regard de son père, secoua imperceptiblement la tête. Il comprit aussitôt ce qu'elle voulait dire.

— Ça doit être génial, une aussi grande différence d'âge, non ? poursuivit Kalle. Moi, je suis né cinq minutes avant ma sœur, et il y a des fois où ça me semble vraiment pas assez.

Il tendit les bras vers Theodor et, à la grande surprise de Lena, le petit gamin dodu l'imita. Puis il descendit des genoux de sa mère, se dirigea à quatre pattes vers Kalle, et s'installa tranquillement sur le prince en souriant. Lena sentit une vague de chaleur lui envahir la poitrine. Aussitôt suivie d'un frisson de peur.

— Bon, il est temps de rappeler, dit Kalle en se penchant en avant et en tapotant sur son téléphone.

Il fit un grand sourire à Lena et dit :

— Soit tu descends vraiment et tu chantes avec nous, soit tu remontes te préparer.

Lena fit demi-tour juste au moment où Håkan décrochait le téléphone. Elle entendit sa mère dire à son père :

— Prends-nous en photo, Bjørn !

Lena monta les marches quatre à quatre et se dépêcha de se déshabiller pour enfiler son bikini. Puis elle passa une vieille robe d'été par-dessus. Ça suffirait amplement.

Maintenant, il fallait s'éclipser. Et vite.

9
DÉCOLLAGE

Et voilà.

Ils étaient sur le perron.

Impossible pour sa mère de se donner en spectacle plus qu'elle l'avait déjà fait ; quant à son père, il n'avait pas dit un mot. Ses deux parents étaient désormais hors d'état de nuire de l'autre côté d'une porte fermée. Rien n'avait été divulgué. Tout était sous contrôle.

L'espace d'un instant, Lena ne ressentit qu'une immense vague de soulagement. Comme c'était bon ! Elle inspira à fond l'air de cette soirée d'été dans l'espoir de rafraîchir son visage échauffé. Les paillettes de la pochette en strass qu'elle avait saisie au passage lui chatouillaient la main. Elle se tourna vers Kalle.

— D'où tu nous as sorti cette session Håkan Hellström ? Tu as quand même compris de quoi je parlais, finalement ?

— Non, non. Mais tu te doutes bien que j'ai d'excellentes relations en Suède grâce à ma famille. Enfin, ça reste bien pourri, cette musique. Ta mère peut se la garder pour elle !

Il lui prit la main et l'entraîna à sa suite.

— Viens. Je suis garé là.

Tout était allé si vite. D'un coup, elle se rendit compte que ses talons hauts lui faisaient mal aux pieds par rapport à la dernière fois où elle les avait mis. Elle n'était plus habituée, et lutta pour garder l'équilibre en sentant les talons s'enfoncer dans le gravier. Elle se laissa entraîner par la main, parfaitement consciente que sa mère les espionnait sûrement par la fenêtre de la cuisine et que, à ce moment précis, elle était probablement en train de s'évanouir de joie.

— Comment ça, tu es garé là ? Ton *chauffeur* est garé là, tu veux dire ?

— Nope. Ce soir, c'est moi qui conduis. Ta-da ! Je te présente ma bécane, dit-il fièrement.

Une moto d'un rouge flamboyant bloquait l'allée du voisin. Il lui tendit un casque, qu'elle enfila à regret car elle venait juste de mettre un coup de spray et de sèche-cheveux à sa coiffure pour lui donner du volume.

Il attacha son casque en un clic.

— Allez, grimpe. Tiens-toi bien et ne bouge pas plus que si tu étais sur un vélo. Par contre, tu ne peux pas monter avec ça, déclara-t-il en désignant d'un signe de tête les chaussures vertes de Lena.

Elle les retira avec réticence.

— Mets-les là-dedans, dit Kalle en se redressant pour ouvrir le coffre dissimulé sous la selle de cuir rouge.

Lena déposa les chaussures dans le compartiment, ainsi que son sac à main, et resta plantée pieds nus sur le gravier frais.

— C'est permis ? demanda-t-elle.

Elle ne s'y connaissait pas trop en motos, mais ne pensait pas avoir jamais vu un motard en short ou les doigts de pied à l'air.

Elle insista :

— C'est pas un peu foufou – et stupide – quand on est… toi ?

— Du calme. Elle fait moins de 125 centimètres cubes. J'ai passé mon permis le jour de mes seize ans. De toute manière, c'est le seul moyen si tu veux te déplacer en ville. C'est devenu complètement impossible de circuler et de se garer. Rolf a presque une crise cardiaque à chaque fois qu'il doit me conduire quelque part, dit-il en démarrant le moteur.

Lena jeta un coup d'œil au garage bloqué du voisin. Le bruit du moteur couvrait tout. Elle se hissa sur l'arrière de la selle, trouva à tâtons la poignée derrière son dos et l'agrippa fermement des deux mains. Kalle s'engagea sur la chaussée. Lena sentit son corps osciller dangereusement d'un côté à l'autre. Renonçant à tenir la poignée, elle passa les bras autour de la taille de son chauffeur. Une moto plus grosse que la leur mit son clignotant avant de s'insérer sur la route devant eux ; le motard fit un signe de tête à Kalle.

Celui-ci s'élança sur la route principale.

En se retournant, Lena vit qu'une troisième moto les suivait.

Ils étaient au complet.

Sur la rocade, le trafic était dense. Kalle jetait des coups d'œil exercés par-dessus son épaule gauche et zigzaguait rapidement entre les voitures coincées dans les bouchons. Pendant un long moment, il fila droit au milieu de la route. Lena ferma les yeux et en oublia de respirer. Les voitures étaient si proches, le trafic venant en sens inverse aussi… Non. Finalement, c'était encore pire de ne rien voir. Elle ouvrit d'abord un œil, puis l'autre. Tout défilait autour d'eux à toute vitesse : fragments de voitures, de maisons et d'arbres, comme dans un film.

— Ne va pas si vite, murmura-t-elle, avant de réaliser qu'il n'entendait rien.

Tout ce qu'elle pouvait faire était de bien s'accrocher.

Pour la première fois en près de deux ans, elle n'avait rien de précis à faire. Elle pouvait s'abandonner à l'instant présent.

Elle posa la joue contre la veste en jean de Kalle et espéra que la route était longue jusqu'à chez Ingrid.

10

ACCRO AUX ÉCRANS

— Kalle !

Ingrid, une couronne de boucles brunes lui entourant la tête, et vêtue d'une simple robe rayée à bretelles, levait les bras en l'air, un verre dans chaque main. Kalle abaissa la béquille et gara sa moto au bout de la longue allée. Il ôta vivement son casque et se dirigea à grands pas vers l'imposante maison de briques blanches.

Lena, encore étourdie par les virages, vacilla légèrement lorsque ses pieds touchèrent terre. Elle se débattit quelques secondes avant de réussir à détacher la sangle de son casque. Après quelques tâtonnements, elle parvint à ouvrir le couvercle du siège, en tira ses chaussures et son sac à main et y déposa le casque.

Kalle avait déjà atteint la porte d'entrée.

— C'est pas trop tôt ! s'écria Ingrid en lui entourant le cou de ses bras tendus.

Tout en se dirigeant vers eux, Lena essaya de redonner un semblant de vie à ses cheveux tout aplatis.

— Et toi, Lena, c'est super que tu aies pu venir, finalement ! dit Ingrid en lui tendant l'un des verres qu'elle avait à la main. Tiens, prends ça. Bienvenue chez moi.

Lena sourit, cherchant fébrilement du regard un miroir ou une autre surface réfléchissante dans laquelle elle aurait pu vérifier son allure. Elle but une grande gorgée et voulut rejoindre Kalle, mais il avait déjà disparu, englouti par la maison.

Tess arrivait vers elles à grands pas. Elle portait un maillot de bain et un jean sous un caftan ample. Elle enfila la paire de chaussures à talons qu'elle avait laissée à côté de la porte et adressa un sourire aimable à Lena. Elle semblait pressée de s'en aller.

Elle prit Ingrid dans ses bras et dit :

— Bon, j'y vais, d'accord ? Franchement, j'ai la flemme de supporter les commentaires et les soupçons de cette fille. Je vais plutôt aller à la soirée de lancement du nouveau Mac.

— Tu ne veux pas revenir après ? répondit Ingrid. Elle ne devrait pas partir très tard.

— Oui, peut-être. Amusez-vous bien ! Salut, Lena !

Et elle disparut.

— Qu'est-ce qui s'est passé ? demanda Lena.

Ingrid passa un bras autour de son épaule et l'entraîna à l'intérieur.

— Juste de vieilles histoires entre elle et Margrethe. Viens, que je te fasse visiter la maison. Là, c'est l'entrée, dit-elle en écartant d'un coup de pied quelques chaussures qui traînaient dans le passage. Où tout le monde doit se déchausser. C'est pas que je déteste les talons ou les filles qui ont des jambes sexy, mais ma mère est une vraie fétichiste du parquet.

Lena enleva ses chaussures et essaya de se repérer dans la maison, tout en se concentrant sur le flot de paroles que débitait Ingrid. L'entrée donnait sur une vaste cage d'escalier qui montait jusqu'à l'étage supérieur. Une grande double porte s'ouvrait sur un salon désert, dont l'un des murs était replié comme un accordéon. Visiblement, tout le monde était dehors.

Où était Kalle ? Avec qui Lena allait-elle passer la soirée ?

Instinctivement, elle s'appuya un peu plus sur Ingrid, qui la tenait toujours par le cou.

— Tu as faim ? Sandra a préparé à manger. Il y a des petits trucs à grignoter dans la cuisine, dit Ingrid en désignant le fond du salon.

Un garçon que Lena reconnut, car il faisait partie de la bande de Kalle, se tenait à côté du réfrigérateur ; il essayait d'obtenir des glaçons dans une sorte de trou dans le mur, mais ne réussit à en récupérer que la moitié dans son verre ; le reste s'éparpilla au sol.

— Arnie ! s'écria Ingrid, agacée, en lui arrachant son verre de la main. Je t'ai déjà dit d'aller prendre les glaçons au distributeur du pool house. Ma mère va péter un câble s'il y a des marques sur le vernis.

Elle s'agenouilla au sol et entreprit de ramasser les glaçons. Lena l'imita, contente de trouver une occupation. Elles déposèrent les glaçons dans l'évier et s'essuyèrent les mains sur un torchon.

— Merci, lui dit Ingrid. En principe, j'ai des gens pour m'aider. Mes parents ne me laissent jamais organiser de soirée s'il n'y a pas du personnel pour nettoyer. Mais ils sont sûrement dans le jardin, puisque c'est là que la fête se passe.

Elles traversèrent le salon.

Lena s'arrêta au niveau du mur replié en accordéon.

Dehors, un large escalier de pierre menait à une immense terrasse carrelée. Au milieu trônait le rectangle turquoise de la piscine et, à une extrémité, une version miniature de la maison. Le gars un peu gros et sûr de lui qui était dans la classe de Lena – et dont elle savait maintenant qu'il s'appelait Arnie – se servait à nouveau des glaçons, mais dans ce qui ressemblait à une cuisine extérieure, cette fois. Un groupe d'amis l'entourait. Les haut-parleurs disposés le long de la piscine diffusaient du hip-hop tranquille. De grands saules élancés encadraient l'immense jardin verdoyant et, au-delà, scintillait le fjord d'Oslo.

— Wow ! Quel endroit ! C'est magnifique, dit Lena.

Ingrid hocha la tête.

— Oui. En fait, c'est mon arrière-grand-père qui a construit la maison lui-même, alors je trouve ça important qu'on l'utilise. Par respect pour nos aînés.

Elle lui fit un clin d'œil joyeux, but une gorgée de son verre, et descendit les marches.

Lena s'empressa de la suivre. Elle reconnaissait pas mal de personnes de son lycée, dont plusieurs de sa classe. Surtout des membres de la bande qui se fréquentait déjà au collège. Ils étaient assis autour de la piscine sur des chaises basses, et pas un seul ne leva les yeux vers elles. Lena chercha fébrilement Kalle du regard dans le jardin.

Et le trouva.

Il était près du pool house avec les autres garçons. Ils formaient un cercle serré et ils étaient morts de rire. Pouvait-elle s'approcher d'eux ?

Non.

Pas moyen de s'incruster.

Soudain, une voix lança dans son dos :

— Lena Karlsvik ?

Se retournant, Lena fut aveuglée par le soleil du soir qui brillait juste au-dessus de l'horizon. Mettant la main en visière pour mieux voir, elle découvrit la silhouette de deux filles minces vêtues de robes à fleurs aux manches longues qui leur tombaient jusqu'aux chevilles. Il était clair qu'elles ne s'étaient pas encore baignées.

— Fanny, dit l'une d'entre elles en lui tendant le bras.

Sa poignée de main était ferme.

— Lena.

Pour la première fois de sa vie, Lena ne se sentait pas sûre d'elle au moment de se présenter. Avait-elle pris trop mollement la main de la fille dans la sienne ? Trop fort ? Trop brièvement ?

— Ah mais oui, bien sûr. Vous n'avez pas encore fait officiellement connaissance toutes les trois, dit Ingrid.

Elle ajouta, avec un geste du bras :

— Lena, voici Fanny et Margrethe. On était à Urra ensemble – je veux dire, à Uranienborg. Fanny, Margrethe, je vous présente Lena.

Fanny força un sourire en tripotant un fin bracelet doré.

La princesse Margrethe, bras croisés, toisa Lena des pieds à la tête.

— C'est bien que tu sois venue, lâcha-t-elle enfin. Ravie de te rencontrer.

Lena hocha la tête. Elle ne savait plus du tout quoi dire. C'était tellement étrange d'être présentée à quelqu'un dont elle connaissait parfaitement l'identité ! Peut-être valait-il mieux dire les choses telles qu'elles étaient.

— Oui, c'est vrai que c'est une classe assez spéciale. Je veux dire, à cause de Kalle et toi – même si je sais bien que la situation est parfaitement normale. Que c'est ce que vous voulez tous les deux. Que tout soit tout à fait normal.

Lena se rendit compte avec horreur qu'elle était sûrement en train de passer pour une fan absolue des jumeaux princiers – une fan incroyablement culottée.

Elle se mit à parler de plus en plus vite :

— Parce que, je veux dire, vous êtes normaux, non ? Comme tout le monde ? Tout le monde est normal, non ?

— Eh bien, c'est justement ce dont je voulais discuter un peu avec toi, l'interrompit Margrethe. Figure-toi qu'il y a beaucoup de choses qui ne sont pas tout à fait *normales* avec Karl Johan et moi.

Lena remarqua que Margrethe avait utilisé le nom complet du prince héritier. Celui qui avait fait parler de lui depuis sa naissance. Celui auquel sa mère, Katharina, de nationalité suédoise, avait à tout prix voulu donner le nom de Karl Johan, qui avait été catapulté roi de Suède à peu près à l'époque de Napoléon tout en régnant aussi sur la Norvège.

— J'aimerais bien que les gens soient un peu mieux briefés avant d'être mis dans la même classe que nous, reprit Margrethe. Crois-moi, ce n'est pas qu'on ait besoin d'un traitement spécial. (À ces mots, Ingrid et Fanny éclatèrent de rire, comme si l'idée même était absurde.) S'il y a bien une chose dont on pourrait se passer, c'est un traitement spécial. Je pense que tout le monde en est conscient.

La princesse lança un regard lourd de sous-entendus en direction de deux hommes en costumes équipés d'une oreillette assis dans un coin du jardin.

— Sauf que les gens sont complètement dingues. Et je ne parle pas des journalistes, mais de tous ces imbéciles qui ont zéro limite avec leurs téléphones. Ceux qui pensent que tout ce qui compte, c'est les likes et les upvotes sur Jodel. Étant donné que Kalle et moi passons un temps fou à éviter de nous faire remarquer, ça serait bien que notre entourage fasse preuve de la même prévenance.

Lena, incapable de déterminer si elle était en train de se faire passer un savon ou de recevoir une confidence, resta figée sur place et s'efforça de prendre une mine compatissante et concentrée. Fanny hochait régulièrement la tête d'un air entendu. Ingrid, elle, semblait avoir petit à petit perdu tout intérêt pour la conversation : elle essayait de mimer quelque chose à quelqu'un à l'autre bout du jardin. Elle avait probablement déjà entendu cette tirade.

— Le moindre truc est utilisé contre nous. Les autres ont souvent l'impression que c'est Kalle et moi qui sommes derrière alors que tout ce qu'on fait, c'est *exister*, déclara Margrethe sur un ton mélodramatique.

— Oui, dit Lena, pas très sûre de ce à quoi elle acquiesçait.

— Les choses qui sont complètement normales ailleurs, que ce soit à Horten ou au fin fond de je ne sais quel patelin paumé, les stories, les selfies, tout ça… ici, c'est un peu une monnaie d'échange. Une monnaie dont on se sert contre nous. J'aimerais tellement que les gens s'en rendent compte, poursuivit Margrethe d'une voix tremblante.

De quoi parlait-elle ? Connaissait-elle Newzzz ?

Ou faisait-elle allusion à la Princesse de Bel-Air ? Était-ce pour cette raison que Tess avait quitté la fête ?

Soudain, Lena remarqua une lueur accusatrice dans les yeux de la princesse.

Le selfie dans la forêt !

Voilà de quoi elle parlait.

Lena fronça les sourcils.

— Tu penses à la photo de Kalle… de Karl Johan dans la forêt ? Ce n'est pas moi qui l'ai prise, si c'est ce que tu crois. Mon téléphone n'avait plus de batterie ! On s'est croisés complètement par hasard. J'ai à peine eu le temps de réaliser qu'il prenait une photo.

Fanny, qui faisait défiler du bout du pouce le contenu de son téléphone, s'arrêta sur un post. De Kalle et Lena. Elle, les cheveux humides de sueur, lui, bronzé et l'air ravi. Avec, en lettres majuscules barrant la photo : « C'EST QUI CETTE PETITE NOUVELLE ? »

Margrethe poussa un soupir.

— Quoi ? s'écria Lena, fâchée de sentir une fois de plus le rouge lui monter aux joues. Où vous avez trouvé ça ? C'est pas moi qui l'ai postée !

Pourquoi se sentait-elle gênée ? Après tout, elle n'avait rien fait ! Qu'est-ce que ces filles avaient derrière la tête, à la fin ?

— Non, non, on sait bien, répondit Margrethe. J'ai juste pensé que je ferais mieux de t'en parler tout de suite, tu comprends. Pour t'éviter des situations embarrassantes plus tard. On ne peut pas dire que Karl Johan soit le roi du contrôle des impulsions. Et en plus, leur groupe de chat n'est pas crypté.

Soudain, Margrethe adressa à Lena un grand sourire chaleureux.

— Mais assez parlé de ça ! C'est super que tu sois venue à la soirée. Tu viens de Horten, c'est ça ? Il faut qu'on t'ajoute dans le groupe de discussion. On organise toujours plein de choses au premier trimestre, dit-elle sans quitter Lena des yeux.

— Merci, mais je n'ai pas Snapchat.

Ces mots tirèrent Ingrid de sa torpeur.

— Hein ? T'as pas Snapchat ? Qui est-ce que je viens d'ajouter, alors ? Comme je n'avais pas ton nom d'utilisateur, j'ai cherché directement Lena Karlsvik et j'en ai trouvé une, alors j'ai cliqué. Je voulais juste t'envoyer l'adresse pour ce soir. J'espère que je n'ai pas envoyé une demande à une parfaite inconnue, dit-elle en pouffant de rire.

Elle prit son portable.

Deux secondes plus tard, elle brandissait la page du profil de Lena. Avec son nom complet et une tête blonde comme Bitmoji.

— C'est toi, non ? Faut que tu m'acceptes.

— Oh. Désolée, répondit Lena, qui sentit une sensation de démangeaison se diffuser dans tout son corps. En fait, oui, j'ai Snapchat, mais je ne m'en sers pas. J'essaie de réduire mon temps d'écran, si tu vois ce que je veux dire.

— Un score de… 1 100, annonça Ingrid aux autres en consultant le profil de Lena.

Elle rit.

— En effet, je vois que tu rigoles pas avec ça ! Tu as mis du temps à t'y mettre ou tu as supprimé ton ancien profil et tu t'en es créé un nouveau ?

Margrethe fronça les sourcils. Lena sentit une bouffée de chaleur l'envahir. Elle fit de son mieux pour ne pas se crisper, haussa les épaules, fit mine de ne pas remarquer leurs regards impatients. Et attendit. Il fallait qu'elle dise quelque chose. Mais quoi ? Jetant un coup d'œil autour d'elle, elle croisa le regard de Kalle, qui leur fit un signe et s'approcha des quatre filles en longeant le bord de la piscine.

— Ah, te voilà, Lena ! Tu viens avec moi ? Je voudrais te montrer un truc.

Il aurait tout aussi bien pu arriver sur un cheval blanc.

11

DANS LE BROUILLARD

Il ferma la porte derrière eux. Ils se trouvaient dans une sorte d'annexe, un minuscule studio jouxtant l'entrée principale. Contre le mur, un grand lit paré d'une couverture en crochet. À côté de la porte, un bureau ; près de la fenêtre, un coin cuisine avec des plaques chauffantes. La fenêtre donnait sur le jardin. Kalle ôta le loquet et ouvrit les battants en grand, laissant entrer la mélodie d'un vieux titre de Kanye West.

— Ah ! Ça, c'est autre chose que les chansons de Suédois pleurnichards ! dit-il, hochant la tête en rythme.

Lena suivit son regard. Kalle était absorbé par la fête. Quant à elle, sa robe d'été lui collait au corps, et après le trajet en moto, elle se sentait couverte de poussière. Elle contempla avec envie la surface lisse de la piscine déserte.

— Je ne suis pas sûre qu'on puisse vraiment considérer cette soirée comme une pool party. Si j'avais une piscine dans mon jardin, je passerais tout mon temps dedans, dit-elle.

Elle était sincère.

Pendant deux ans, elle s'était levée à cinq heures du matin pour se rendre à l'entraînement de natation avant les cours. Elle aurait probablement fini par arrêter de toute façon, mais en cet instant précis, elle sentait à quel point ça lui manquait. L'odeur du chlore, les muscles des bras flageolants, la sensation d'épuisement, de propreté jusqu'au bout des ongles après une séance... Ç'aurait été tellement parfait de s'enfoncer dans l'eau fraîche.

Kalle eut un petit rire.

— Attends. Il y a certaines traditions à respecter, annonça-t-il en tendant le bras vers les buissons.

En fait, il désignait le garçon aux glaçons, qui était assis avec quelques copains. Chacun tenait une bouteille à la main.

— La piscine attend Arnie, et les autres aussi.

Lena ne voyait pas ce que Kalle voulait dire, mais ne se sentait pas le cran de poser des questions. Tout ça, c'était un peu comme entamer une série par le huitième épisode. Ou plutôt, intégrer le casting d'une série au huitième épisode. Sans avoir lu le scénario. En résumé, c'était fatigant, embarrassant, et étonnamment ennuyeux.

Lena s'assit au bord du lit. Kalle se laissa tomber à côté d'elle, mais pas assez près pour que ça soit bizarre.

— Merci de m'avoir accompagné ici, dit-il en souriant imperceptiblement. J'ai pensé que tu avais peut-être besoin qu'on vienne à ta rescousse. C'est un peu ça notre truc, non ? Je te sauve, et tu me sauves ?

Lena haussa les épaules.

— Ça allait très bien. Elles sont sympas ces filles. Vous vous connaissez tous depuis longtemps, c'est ça ?

— Oui. On est dans la même classe depuis le début du collège. Je ne sais pas s'ils ont choisi eux-mêmes de s'inscrire à Elisenberg ou s'ils se sont laissé persuader de venir. « Nous souhaitons avoir un environnement stable autour de la famille royale », poursuivit-il d'une voix contrefaite.

Lena ne voyait pas du tout qui il imitait.

— Et on a fini par devenir copains. Fanny, Ingrid, Astrid, Gunnhild, Arnie et moi. Et Margrethe, évidemment.

— Elle est un peu parano, ta sœur, non ?

Kalle laissa échapper un rire. Ou plutôt un lourd soupir.

— Ha ! « Parano », c'est le mot. Le truc avec Mags, c'est qu'elle est vraiment super, sauf qu'elle a peur de… de tout. De quoi elle voulait te parler ? Laisse-moi deviner… De la bonne conduite sur les réseaux ? Ma sœur, c'est Madame Sérieux. Une mamie de quatre-vingts ans coincée dans un corps de seize.

Il rit et poursuivit d'une voix chevrotante :

— « Le but dans la vie, c'est de survivre et de faire une bonne prestation. »

Puis il leva les yeux au ciel.

Il y eut un petit silence.

— En tout cas, merci d'être venue ici avec moi, dit-il, pour la seconde fois. Bon, pour être honnête, ce n'est pas seulement pour te rendre service que je te l'ai proposé. J'avais aussi mes raisons.

Il la dévisagea. La distance entre eux s'était-elle réduite ? Possible. Toujours est-il qu'elle remarqua soudain qu'il avait des taches de rousseur sur le nez. Il avait aussi une petite coupure au niveau de la mâchoire. Est-ce que ça datait de leur traversée de la forêt ? Ou bien s'était-il blessé en se rasant ? Gratté jusqu'au sang ? Ou alors…

Elle ne savait plus où poser les yeux.

Le silence effleurait son corps comme des doigts espiègles.

C'était insupportable.

« Respire, pensa Lena. Respire. Reste calme. »

Glissant la main le long de la ceinture de son pantalon, Kalle sortit de sa poche une petite boîte noire.

— C'est le seul moyen pour que Rolf et les autres gardes du corps me fichent la paix. Ils ne me suivent jamais dans une pièce quand je suis avec une fille, dit-il en se laissant tomber en arrière sur le matelas.

Les yeux fixés sur le plafond, il conclut :

— Même pour eux, il y a des limites.

Lena, décontenancée, se décala un peu plus loin sur le lit et plaça ses jambes en position du lotus. Quelle était cette chose qu'il tenait entre ses mains ? On aurait dit une batterie de secours, un genre de powerbank auquel on se branche quand on n'a pas de chargeur sous la main. Kalle pressa un bouton, attendit que le témoin de couleur violette cesse de clignoter, introduisit l'embout dans sa bouche et inspira résolument. Puis il expira de la vapeur et prit une deuxième profonde bouffée. Une odeur lourde et douceâtre se répandit dans la pièce, rappelant celle qui planait dans les chambres des élèves un peu à part qui fumaient des joints dans les soirées à Horten.

— Pas mal, dit-il en fermant les yeux.

Puis il les rouvrit et lui tendit la petite boîte.

— T'en veux ?

Lena prit la chose et la tint gauchement entre le pouce et l'index.

— Tu fumes ? demanda-t-elle.

— Je vapote, répondit-il en se redressant sur un coude. Suffit d'appuyer sur le bouton et d'inspirer lentement. Mais prends juste deux ou trois lattes si t'as jamais fait ça avant. Ou si ?

Lena secoua la tête et lui rendit l'e-cigarette comme s'il s'agissait d'une grenade susceptible d'exploser à tout moment.

— Non, je ne fume même pas de cigarettes. Et clairement pas de haschisch. Pas d'e-cigarettes non plus.

Elle entendait bien à quel point ces mots sonnaient faux dans sa bouche. « Clairement pas de haschisch » : on aurait cru l'infirmière du lycée. Et quand elle avait dit « e-cigarette », ça faisait vieille mémé essayant de prononcer un mot anglais pour la première fois de sa vie.

Elle n'était pas vraiment une marginale, mais la capitale, Kalle et tous les autres lui donnaient l'impression d'en être une. En permanence.

Kalle, haussant les épaules, appuya à nouveau sur le bouton et inspira à fond.

— C'est pas de la brune, c'est de la verte, lança-t-il.

— Hein ?

— C'est pas du haaaasch, dit-il, en imitant Lena. C'est de l'herbe. Mais chacun ses trucs.

— Chacun son truc, corrigea Lena.

— Exactement. C'est ce que je dis. Perso, je ne vois pas l'intérêt de boire des litres de pain pendant une soirée.

Lena ne put s'empêcher de rire.

— Boire du pain ? C'est ça, l'alternative ?

— La bière. Les glucides. Dans la bière, il n'y a que des saloperies. Et l'alcool fort, ça tape… Tu perds le contrôle, tu peux vite déconner. Surtout si t'es moi, dit-il en serrant les mâchoires.

Il inspira une bouffée. Lena se taisait. Elle venait de se rappeler un énième scandale lié au prince. L'année précédente, il avait été pris en photo sur une plage ensoleillée. Pas n'importe où : un lieu de villégiature, un bord de mer chic avec du sable blanc et de gros yachts – probablement l'île Maurice, les Maldives ou quelque chose d'apparenté. Quoi qu'il en soit, il portait un short et des lunettes de soleil, et un cocktail coloré était posé sur la table à côté de lui. On voyait aussi clairement des fesses de filles en bikinis. Les articles s'étaient multipliés lorsque d'autres photos floues du même voyage avaient été publiées : l'héritier du trône conduisant un jet-ski sans bout de remorquage.

Elle ne savait pas quoi dire. « Je comprends » ? Ça n'aurait pas été très honnête. Elle le regarda, allongé là, bras croisés sous la nuque, sa chemise bleu clair découvrant légèrement ses abdominaux, les yeux fixés sur le plafond et les dents serrées.

— Il y a pire, comme vie, conclut-elle.

C'était une réplique que son père utilisait souvent. Il avait été affecté au Liban dans sa jeunesse, et cette phrase était sa façon de l'emporter dans toutes les conversations. À chaque fois que Lena se plaignait qu'elle ne voulait pas de poisson au dîner ou que les jours de pluie, c'était nul, il soupirait et lâchait d'une voix sombre : « Il y a pire, comme vie ! » Et là, tout le monde se mettait à penser aux victimes de guerre et aux personnes démunies. C'était une repartie très efficace – et très agaçante.

Kalle la dévisagea un instant, surpris, avant d'éclater de rire.

— Tu as raison, mais c'est quand même génial d'échapper cinq minutes à cette espèce de reality-show, déclara-t-il en se levant. Bref, assez parlé de moi. Sérieux, j'en ai marre de ma tronche. Comment ça va, toi ? Tu viens de Horten, c'est bien ça ? Ça te plaît, la vie à Oslo ? Qu'est-ce que tu fais quand tu n'es pas en train de tourner en rond dans des forêts impénétrables avec ton landau ?

Il sourit joyeusement, les yeux un peu voilés, et Lena regretta de ne pas avoir apporté son verre. Pouvait-elle aller se servir à boire dans le coin cuisine sans que ça fasse bizarre et sans gâcher ce moment ? Avant qu'elle ait eu le temps de se décider, Arnie fit irruption dans la pièce.

— Oh, merde, désolé ! dit-il en mettant une main sur ses yeux, comme pour se protéger de leur vue sur le lit.

Il fit demi-tour, sortit, mais claqua la porte si vite qu'elle lui percuta le front.

Kalle bondit sur ses pieds, mort de rire.

— Arrête, arrête, c'est pas la peine. Entre, espèce d'andouille !

Arnie avança à l'intérieur, les yeux fermés et les mains tendues en avant comme s'il avait les yeux bandés.

— Vous êtes présentables ? Faites pas attention à moi, je suis pas là. Je venais juste en reconnaissance, dit-il en se dirigeant vers la fenêtre.

Et, levant les yeux vers le toit de la maison principale, il marmonna :

— Mhh.

Kalle s'approcha de lui et passa un bras autour de son épaule.

— Non, mon pote. Pas de là-haut. Tu vas te casser le cou. Je te l'interdis.

Arnie serra les poings et frappa avec humeur le rebord de la fenêtre.

— Mais non. J'ai juste besoin d'un peu d'élan, répondit-il.

Kalle rit encore plus fort.

— Veto, mec. Je te fais bannir du royaume si tu essaies !

Arnie soupira, fit semblant de se vexer, tourna les talons et sortit.

Kalle lui courut après.

— Hé, attends ! J'ai une idée !

Dehors, quelqu'un monta le volume de la musique. Lena resta seule dans la pièce. Leurs corps avaient laissé leur empreinte sur le lit.

Kalle avait oublié sa cigarette électronique.

Elle la glissa dans sa pochette et quitta le petit studio en fermant doucement la porte derrière elle.

Une chanson de Cezinando passait maintenant dans le jardin. Toujours personne dans la piscine. Lena s'éloigna de quelques pas et s'assit d'un côté des marches qui menaient dehors. Si seulement elle avait eu une bière !

Ingrid était en train de ramasser les verres ; elle fit un signe de la main à Lena. Margrethe, Fanny et quelques autres étaient assises dans des poufs poires au bord de la piscine. Aucune place libre parmi elles.

Soudain, elles se tournèrent toutes vers Lena. Celle-ci essaya de baisser les yeux – trop tard. Les filles lui adressèrent un signe de tête en lui montrant leur téléphone. Lena sentit le sien vibrer dans son sac. Elle n'y était plus habituée. C'étaient trois nouveaux ajouts sur Snap. Fanny, Astrid et Gunnhild.

Elle remit rapidement son smartphone dans sa poche.

Kalle, Arnie et quelques autres garçons, debout près du pool house, discutaient en montrant quelque chose du doigt. On aurait dit qu'ils préparaient un gros truc. Ça avait probablement quelque chose à voir avec une de leurs « traditions ». Incapable de se contenir, Lena ressortit son téléphone. Aucun message de la part de ses parents. Elle se demandait comment ça allait à la maison. Theodor dormait-il ? S'était-il réveillé à cause d'un cauchemar, comme ça lui arrivait de temps en temps ? Son Theodor à la peau douce, avec sa tétine et son petit pyjama. Si ça se trouvait, en ce moment, ils étaient tous les trois sur le canapé en train de regarder la télé. Lena poussa un soupir. Il n'était que vingt et une heures. Encore trois heures avant que son père vienne la chercher. Les marches de pierre commençaient à lui donner froid aux fesses. En fait, en s'asseyant là, elle s'était installée en surplomb des autres. Comme si elle était montée sur scène pour exhiber son statut d'exclue devant tout le monde.

Putain, pourquoi s'était-elle laissé entraîner dans cette soirée ?

Aux toilettes, elle sortit son poudrier vert et se tapota les joues et le front avec son éponge à maquillage. Ces derniers temps, son visage avait changé. Étant donné qu'elle avait minci, ses traits étaient devenus plus anguleux, et ses gros yeux paraissaient encore plus gros. Elle fit la grimace, tordit la bouche. Elle aussi était trop grande par rapport à son visage. « Insistez soit sur vos yeux, soit sur votre bouche » : tel était l'éternel mantra de Tess et des autres influenceuses make-up sur YouTube. Lena ouvrit son tube de rouge et redonna de la couleur à ses lèvres. Voilà : comme ça, elle attirerait moins l'attention sur ses yeux tristes. Elle remit la poudre et le rouge en place, consulta son téléphone. 21 h 20. Lorsqu'elle le laissa retomber dans son sac, il heurta un objet dur.

La cigarette électronique.

Elle la prit dans une main. Appuya sur le bouton du bas.

Inspira à fond.

Et plongea dedans.

12

PLONGÉE EN EAUX PROFONDES

Dans la cuisine, personne n'avait encore touché à la nourriture. Lena saisit une assiette et se servit. « Boulettes fourrées », indiquait le petit panneau à côté du plat. Lena en prit quatre. Elle se sentait légère, heureuse et, pour la première fois depuis longtemps, en sécurité. Elle se servit aussi de ce qui semblait être une salade de papaye. Puis d'une généreuse louche d'ailes de poulet. Pour compléter le tout, elle s'empara d'une bière et retourna dehors.

Le soleil s'était couché dans le fjord, ne laissant plus qu'une lueur rose sombre flotter dans le jardin. Lena s'assit sur la première chaise libre qu'elle trouva et s'esclaffa toute seule car elle avait failli tomber par terre. Elle se fourra une première boulette dans la bouche, et regretta aussitôt son geste : la farce à l'intérieur était brûlante. Elle lança un regard désespéré autour d'elle mais elle n'avait pas de serviette, nulle part où recracher la nourriture. Elle se força à avaler. Viande et sauce glissèrent dans son œsophage, et elle ouvrit la bouche pour prendre une goulée d'air.

Tout à coup, des rythmes de synthé déchaînés qu'elle connaissait bien résonnèrent dans le jardin. Elle s'immobilisa un instant et pouffa de rire. C'était bien ça ! *La Havana, ooh na-na, half of my heart is in Havana, ooh na-na.* Des images de Liv pendant leurs soirées à Horreurønningen défilèrent devant ses yeux. Quelques gorgées d'energy drink et d'alcool fort au coin de la rue, et hop, elles fonçaient dans le gymnase plongé dans l'obscurité. Liv adorait cette chanson. Elle avait inventé une chorégraphie spéciale, qu'elle appelait « la danse des crevettes » et où elle se laissait tomber en position fœtale à même le sol quand venait le refrain, *I knew him forever in a minute, that summer night in June.*

Autour de la piscine, on commençait à deviner quelques premiers signes de danse. Ou au moins de balancements timides. Kalle était toujours avec ses amis devant le pool house. Pourquoi avait-il insisté pour emmener Lena avec lui si c'était pour la laisser tomber juste après ? Pourquoi les filles prenaient-elles la peine de l'ajouter sur Snap mais ne lui faisaient pas de place avec elles au bord de la piscine ?

Tout ça était ridicule.

Elle avait l'impression de planer au-dessus d'eux. En un sens, ils étaient tellement… minuscules. Kalle avait raison en ce qui concernait Margrethe : elle avait peur de tout. Mais elle n'était pas la seule. Tout le monde avait peur. Ils étaient là ce soir, dans un environnement familier, et malgré cela, ils passaient la soirée dans un silence total, cramponnés à leurs bouteilles. Sans se rendre compte à quel point une telle soirée était précieuse. Au fond, ils n'étaient pas arrogants, mais bêtes. À la manière des enfants qui ne connaissent rien d'autre que leur horizon limité.

Elle n'était pas des leurs. Heureusement. S'il y avait une chose qu'elle avait apprise ces derniers temps, c'était qu'il fallait profiter de l'instant présent. Tant qu'on pouvait.

Elle se leva et se dirigea vers la piscine, dont la surface scintillait. Elle enleva vivement sa robe, se retrouva en simple bikini.

Et plongea la tête la première.

Elle ne produisit quasiment aucune éclaboussure et se coula souplement dans l'eau.

Elle avait réussi son plongeon et pris un bel élan. Elle tendit les bras en avant sous l'eau. Nager dans cet état était un peu comparable à faire du vélo quand on avait trop bu : ça allait très vite et c'était super marrant. Elle se retourna et, après un coup de talon sur le rebord, revint rapidement à son point de départ. En crawl.

Ah, la natation… Le sens de la vie.

Elle remarqua vaguement des silhouettes au bord de la piscine. Les autres trouvaient peut-être ça bizarre qu'elle se baigne seule, mais au fond, est-ce que le plus bizarre, ce n'était pas de *ne pas* se servir de sa piscine quand on en avait une ?

Elle s'arrêta, étendit bras et jambes pour faire l'étoile de mer et leva les yeux vers le ciel. Des basses assourdies parvenaient à ses tympans à travers l'eau chlorée. Les premières lueurs des étoiles s'allumaient dans le ciel bleu pâle. Alors elle se retourna sur le ventre, les membres toujours en X. Elle avait l'impression d'être allongée sur un lit, sur le matelas le plus moelleux au monde.

Un énorme « splatch » vint briser ce moment de paix, et Lena sentit quelqu'un la saisir à bras-le-corps.

Sous l'effet de la surprise, elle but la tasse. Un bras musclé lui entoura fermement le cou et l'entraîna vers le fond. Désorientée, Lena se dégagea et sortit la tête hors de l'eau, découvrant alors toute la classe réunie au bord de la piscine, en train d'observer la scène avec terreur.

On avait éteint la musique. Ingrid, la main sur la bouche, écarquillait les yeux. Margrethe, les bras croisés, secouait lentement la tête. Plusieurs personnes brandissaient leur téléphone. Kalle, toujours vêtu de son short kaki, barbotait dans l'eau à côté de Lena. Il l'avait entraînée vers le bord de la piscine et essayait en vain de la tirer hors de l'eau.

Elle le repoussa et se hissa sur le bord.

— Mais qu'est-ce que tu fous, putain ? s'écria-t-elle, furieuse, recrachant dans le bassin l'eau qu'elle avait avalée.

— Qu'est-ce que tu fous, *toi* ? rétorqua-t-il.

— Tu as failli te noyer, intervint Ingrid de l'autre côté de la piscine.

Des larmes roulaient sur ses joues. Elle s'approcha d'eux, portant des serviettes blanches soigneusement pliées.

— On a carrément eu les jetons, renchérit Kalle.

— Les jetons ? Mais atterrissez un peu. Ce qui fout les jetons, c'est de serrer le cou de quelqu'un pendant qu'il est dans l'eau et de jouer les maîtres nageurs alors qu'on n'a pas LA MOINDRE IDÉE de ce qu'on fait ! s'égosilla-t-elle.

Elle remarqua que de nouvelles personnes s'étaient mises à filmer la scène.

Montrant tous les téléphones brandis en l'air, elle dit :

— Vous êtes tous complètement tarés !

Elle se mit debout, s'enveloppa dans une serviette, ramassa sa robe et se dirigea vers l'escalier. Elle tremblait de colère.

— On a juste eu peur pour toi, protesta Ingrid, déconcertée.

À mi-hauteur des marches, Lena se retourna.

— Peur pour moi ? Parlons-en. Vous devriez peut-être essayer d'avoir un peu moins peur, justement. Là d'où je viens, dit-elle – agitant le bras en direction du fjord comme si elle sortait tout droit de la mer – la nourriture, on la MANGE. Quand il y a de la musique, on DANSE. Et dans les piscines, on NAGE. En plus, j'étais pas en train de mourir, je faisais L'ÉTOILE DE MER, putain !

— Attention, c'est parti !

Le cri en provenance du pool house les fit tous se détourner.

Il fallut un moment à Lena pour le repérer.

Arnie se tenait sur le toit du pool house, en slip jaune vif maintenu par des bretelles.

— Je déclare la nouvelle année scolaire ouverte ! beugla-t-il. 3, 2, 1…

Sur ce, il étendit les bras sur le côté et se jeta dans la piscine.

Lena fit volte-face et grimpa l'escalier. Dans son dos, elle entendit qu'on montait le volume de la musique à fond et que tout le monde se précipitait dans la piscine.

Une seule personne était restée assise au bord de l'eau, immobile, les yeux fixés sur les marches.

Quelqu'un en short kaki dégoulinant.

13
PETIT FRÈRE

Comment était-elle rentrée chez elle ? Avait-elle parcouru tout le chemin depuis la maison d'Ingrid à pied ? Avait-elle pris un taxi ?

Elle essaya d'ouvrir l'appli de sa banque pour voir ses dernières dépenses, mais elle était incapable de se souvenir de son mot de passe. Elle regarda autour d'elle, assez confuse. Ce qui était certain, c'était qu'elle se trouvait à présent devant la porte de sa maison. Ouf. Mais venait-elle d'arriver à l'instant ? Pourquoi avait-elle l'impression d'avoir dormi ? S'était-elle assoupie sur les marches ?

Elle avait la désagréable sensation d'avoir fait un black-out. Soudain, des bribes de souvenirs lui revinrent.

Une piscine.

Une foule de gens qui la fixaient.

Elle en train de crier qu'elle était une étoile de mer.

Elle n'avait qu'une envie : entrer chez elle et se mettre au lit. Elle n'avait pas la force de réfléchir à ce qui s'était passé. Elle n'avait la force de rien, là. Au moment où elle s'apprêtait à pénétrer à l'intérieur, tout se mit à tourner autour d'elle. Elle fut prise d'un tel vertige qu'elle dut se rasseoir sur les marches. Et le vertige fut bientôt suivi de sa fidèle compagne, la nausée. Avant même qu'elle ait eu le temps de s'en rendre compte, Lena avait vomi ses tripes sur le rosier de sa mère.

Elle resta un bon moment penchée au-dessus du buisson, jusqu'à ce qu'elle se soit suffisamment ressaisie pour pouvoir entrer à l'intérieur. Lorsqu'elle ouvrit la porte, elle fut surprise de constater qu'il y avait de la lumière dans l'entrée. La télé était allumée dans le salon. C'étaient les infos.

Mais enfin, ce n'était pas la nuit ?

— Lena ? Tu es déjà rentrée ? lança son père depuis le salon.

Pas moyen de monter l'escalier quatre à quatre pour se réfugier dans sa chambre : il apparut dans l'embrasure de la porte.

La surprise se lisait sur son visage.

— Je n'étais pas censé venir te chercher ?

Merde.

Elle tenta un sourire, s'efforçant d'avoir l'air aussi naturelle que possible, mais un coup d'œil au miroir de l'entrée fut sans appel : son visage reflétait fidèlement son état de fatigue. Ses cheveux étaient encore mouillés – Dieu merci, ce n'était pas du vomi, mais l'eau de la piscine. Sa robe aussi était humide, à cause du bikini en dessous. Pourvu que ça ne se voie pas.

— J'étais juste un peu crevée, alors je suis partie plus tôt, dit-elle. Ce n'était pas la peine que tu viennes, ça m'a semblé agréable de prendre un peu l'air. Où est maman ?

— Elle était épuisée. Elle s'est couchée en même temps que Theodor.

Son père fronça les sourcils et la dévisagea d'un air méfiant.

— Tu as pris quelque chose ce soir ? demanda-t-il. C'est ton prince de la nuit qui t'a fait avaler un truc louche ?

— Non, non, non. J'ai juste bu quelques bières. Je suis pas habituée.

Les sourcils broussailleux de son père reprirent leur place normale.

— Très bien. Mais laisse-moi te le dire tout de suite : je suis loin d'être convaincu. Ce Karl Johan a peut-être réussi à charmer ta mère, mais avec ce genre d'individu, on ne sait jamais à quoi s'en tenir. Tout n'est que décorum et parades. Et franchement, s'être déguisé en… en… en… personne noire qui touche des allocations !

— Il essayait juste de jouer les rappeurs, papa, rétorqua Lena d'un ton las.

— Peu importe. Ça en dit long sur son niveau de jugeote et à quel point il est déconnecté du monde réel !

— Oui, oui. Je peux aller me coucher maintenant ?

Elle n'était pas d'humeur à supporter ses critiques. Pas maintenant.

— Dors bien, dit-il.

— Toi aussi.

Elle commença à monter l'escalier à pas lents, mais n'avait pas fait plus de la moitié du chemin que la voix de son père résonna à nouveau dans son dos :

— Et au fait, Lena ?

Il était toujours debout dans l'entrée.

— Ton « petit frère » ? Tu ne crois pas qu'il aurait été plus intelligent de dire les choses telles qu'elles sont ?

Lena poussa un profond soupir, comme si elle déversait à la fois ses émotions après la fête de ce soir, et celles de la semaine écoulée. Elle s'assit lourdement sur une marche d'escalier et son regard se perdit dans l'entrée, qui débordait déjà des minuscules manteaux et combinaisons de Theodor – et de son petit sac à dos bleu pâle pour la crèche, flambant neuf.

— Bien sûr que ça aurait été plus intelligent. Mais je n'ai pas le courage, papa. Ce n'est pas pour ça qu'on a déménagé ici ? Pour me faciliter les choses ? Me laisser prendre un nouveau départ dans un endroit où personne ne nous connaît, moi et mon histoire ?

— Si.

Son père la rejoignit et s'assit à côté d'elle.

— Nous voulons juste que tu sois heureuse. Et pour ça, il faut que tu aies de bons amis, dit-il.

Puis il se tut.

Lena fixa le mur. Elle savait que, au fond, ni elle ni son père ne souhaitaient avoir cette conversation atroce. Si elle se taisait, ça serait plus vite terminé.

Il reprit, hésitant :

— Donc, pour que les gens te connaissent bien… et, soyons clairs, je ne pense pas juste à ton prince de la nuit, ni à « bien se connaître » dans ce sens-là. (À ces mots, Lena gémit dans sa tête.) Bref, à mon avis, il faut qu'ils découvrent tous les aspects de ta vie. Or, ton fils n'est pas une donnée négligeable.

Ils gardèrent le silence un moment.

— Bon, dit son père en se levant. Que dirais-tu de manger un bout ?

Il était manifestement soulagé d'avoir enfin eu La Grande Conversation. Lena ne put s'empêcher de sourire devant son empressement. Elle savait très bien ce qu'il ressentait. D'ailleurs, elle avait faim, puisqu'elle avait rendu les boulettes et le reste dans le parterre de fleurs.

Elle se lova sur la banquette de la cuisine et regarda son père sortir du beurre et un concombre du réfrigérateur. C'était agréable d'être ici, en sécurité, sans être obligée de parler, devant cette vieille table en bois usée à laquelle elle avait passé tant de soirées.

C'était à cette même table, dans la cuisine de Horten, qu'elle avait annoncé à ses parents qu'elle était enceinte. Cela faisait déjà des semaines qu'elle n'avait plus ses règles et qu'elle avait acheté tous les tests de grossesse qu'elle avait pu trouver à la pharmacie de la ville voisine.

Ils montraient tous les dix ces deux maudites barres bleues.

Elle en avait acheté encore un autre, très cher parce qu'il était à écran digital. Le résultat était alors apparu noir sur blanc : « Enceinte ». Mais elle ne pouvait pas se résoudre à affronter la chose. Elle refusait d'admettre que c'était vrai, d'accepter qu'un bébé grandissait dans son ventre. Que son frêle corps de quinze ans abritait un cœur battant et des organes qui avaient déjà commencé à se développer. Que son ventre plat deviendrait énorme si elle ne faisait rien.

Ce soir-là, à la table de la cuisine, sa mère avait fondu en larmes pendant que son père poussait un juron et promettait de mettre une sacrée raclée à Kristian. Mais tous les deux avaient fini par se calmer. Ils avaient discuté en buvant du thé et convenu que, le lendemain, sa mère emmènerait Lena chez le médecin.

Au cabinet, le choc avait été encore plus grand que la première fois où elle avait fait pipi sur le petit bâtonnet de test.

Elle en était à dix-neuf semaines.

Presque la moitié de la grossesse.

Il était trop tard pour un avortement.

Le médecin avait procédé à une échographie et annoncé qu'elle devrait s'attendre à donner naissance à un garçon dans quatre mois et demi. Si elle était éventuellement intéressée par un placement à l'adoption, il lui indiquerait l'organisme à contacter. Certes, ce n'était pas courant, mais c'était une possibilité.

Ce soir-là, ils avaient à nouveau bu du thé autour de la table de la cuisine. Sa mère avait reparlé de l'éventualité d'une adoption. Qu'en pensait Lena ? Celle-ci imaginait un petit garçon bien vivant qui allait sortir d'elle. Pour ensuite vivre avec une autre famille ? Impossible. Sa mère avait préparé une deuxième théière et dit tout doucement que, si tel était son souhait, ils pourraient peut-être garder l'enfant. Que tous les trois, son père, Lena et elle, pourraient se relayer pour changer les couches et affronter les nuits blanches afin que Lena puisse poursuivre sa scolarité. Elle s'était sentie étrangement soulagée et elle avait accepté.

En se couchant ce soir-là, elle avait pensé : « Je vais devenir maman à seize ans. » Et elle avait pleuré jusqu'à sombrer dans le sommeil.

Son père lui prépara deux tartines de maquereau à la tomate. Après avoir englouti son en-cas dans un agréable silence, elle se coucha avec la sensation d'être plus ou moins redevenue elle-même. Le vertige avait disparu. Tout ce qui restait, c'était un sentiment brûlant de honte quand elle repensait à la soirée. Elle prit son téléphone, ouvrit Jodel et fit rapidement défiler les publications jusqu'à la photo d'elle et de Kalle avec la tique. Elle observa le nez couvert de taches de rousseur du prince. Ce sourire impertinent. Et découvrit qu'il y avait des centaines de commentaires.

Quelqu'un avait écrit : *Une nouvelle meuf dans la galaxie Karl Johan !*

OMG.

Exactement le genre de phrase qu'elle aurait pu écrire elle-même. Ça aurait fait une story parfaite pour Newzzz.

Le champ des commentaires était plein d'émojis d'insectes et des références habituelles à Prince Fuckboy, le surnom de Kalle. Personne ne savait qui elle était. Bien sûr. Ici, elle n'était rien. Ce n'est qu'à cette époque de folie où tout le monde parlait de Newzzz qu'elle s'était un peu sentie le centre du monde, même si c'était incognito. Quand l'ambiance était bonne, elle avait même espéré être découverte, pour que les gens disent : « Waouh ! C'est toi qui es si drôle ! »

Mais tout avait basculé.

Elle fixa le logo du chat masqué orange de Jodel. Pensa à toutes les personnes qui, en cet instant précis, étaient en train de lire des choses sur des gens qu'elles ne connaissaient même pas. Heureusement, personne de Horten n'était sur le Jodel d'Oslo. Si quelqu'un avait révélé avec qui Kalle s'était promené dans la forêt… Ou – et à cette pensée, un frisson lui parcourut le dos – si quelqu'un avait trouvé une des vieilles photos d'elle avec son gros ventre de femme enceinte… Car d'après ce qu'elle savait, il en traînait toujours quelque part sur le net. Ils avaient été nombreux à vouloir lui rendre la monnaie de sa pièce.

Quand elle ouvrit Snap, les demandes d'ajouts lui sautèrent aux yeux.

Il n'y en avait plus quatre, mais cinq. Ingrid, Fanny, Astrid, Gunnhild. Plus TRPK : « The Real Prince Kalle ».

Elle devait faire attention.

Ils ne devaient jamais l'apprendre.

14
TOMATE POWER

— Bon, nous serons de retour dans deux ou trois heures, dit la mère de Lena d'une voix stressée.

Sur le départ, elle allait et venait à la recherche de son sac à main. Soudain, elle s'immobilisa dans l'embrasure de la porte, ses clés de voiture tintant entre les doigts, et lança :

— Tu es *absolument* sûre d'être en état de t'occuper de lui ?

— Je te l'ai déjà dit mille fois : pas de problème, maman. Allez-y, maintenant !

Theo, assis dans son parc, agitait un hochet, ce qui allait en principe l'occuper un bon moment. C'était vraiment l'enfant le plus calme de la terre. Lena s'allongea à plat ventre à côté de lui pour mieux l'observer. Son fils ne lui ressemblait pas du tout.

En revanche, ça faisait presque peur de voir à quel point il était le portrait craché de son père. Kristian était un nerd qui gardait toujours son calme et pouvait rester des heures devant ses jeux vidéo.

Il était même tellement patient que ça la rendait folle.

Elle s'était intéressée à lui parce qu'il était drôle et bizarre. Et puis elle aimait le fait qu'il ait les cheveux longs et qu'il soit plus vieux qu'elle. Il était l'opposé total des garçons de son âge : il restait dans sa propre bulle et ne se cassait pas la tête pour impressionner les autres. À croire qu'il ne se rendait pas compte à quel point il était mignon. Lena savait que Liv l'aimait bien elle aussi, mais bon, elle en aimait tellement, des garçons… Et puis, Liv n'avait jamais rien tenté avec lui.

L'été avant leur rentrée en troisième, pendant que Liv était partie trois semaines en séjour linguistique dans le sud de l'Angleterre, Lena et Kristian avaient commencé à se voir après la piscine. Au bout de quelques soirées à s'embrasser, elle avait eu envie d'aller plus loin. Elle était curieuse de vivre la suite et elle avait décidé de faire l'amour avec lui. Décidé qu'il serait son premier.

Lui, en revanche, la trouvait trop jeune pour ça. Il « ne voulait pas lui prendre sa virginité si ce n'était pas mûrement réfléchi » et insista pour qu'ils attendent un peu.

Finalement, pendant quelques jours où ils étaient allés au camping de Fjærholmen, ils avaient quand même couché ensemble.

Tout ce qui s'était passé à l'intérieur de leur étroit sac de couchage était maladroit, étrange et nouveau.

Elle avait aimé ça.

Alors, ils avaient continué.

Quand un jour elle était venue voir Kristian pour lui annoncer qu'elle était enceinte, il avait rigolé. Il pensait qu'elle lui faisait une blague. En la voyant éclater en sanglots, il était devenu hystérique. Il lui avait crié au visage qu'il avait dix-sept ans, qu'il ne pouvait clairement pas endosser la responsabilité d'avoir un gamin. D'ailleurs, était-elle vraiment si sûre que c'était le sien ? Ces mots avaient été un coup de poignard. Sérieux ? Lui qui savait très bien qu'elle était vierge, comment pouvait-il penser qu'elle avait couché avec d'autres mecs en même temps ?

Elle s'était calmée et lui avait dit d'oublier. Et elle avait quitté sa chambre, une chambre de garçon typique avec des posters de Liverpool sous lesquels on voyait encore par endroits le papier peint Pirates des Caraïbes. Elle était rentrée lentement à pied jusqu'à chez elle, s'était précipitée dans sa chambre à elle, avait fermé la porte à clé et pleuré pendant des heures.

Ils ne s'étaient parlé qu'à une seule occasion depuis. Si on pouvait appeler ça se parler.

C'était l'une des toutes premières fois où Lena promenait Theodor après sa naissance. Elle passait devant la piscine de Horten quand Kristian avait surgi devant l'entrée principale, main dans la main avec sa nouvelle copine. Lena avait continué son chemin sans s'arrêter, tête basse, pressant le pas.

— Lena ! avait lancé Kristian, trop fort pour qu'elle puisse l'ignorer.

Elle s'était retournée.

— Félicitations pour ton gamin.

Elle avait fait un sourire un peu crispé, assorti d'un petit signe de tête, avant de marmonner un merci automatique.

Merci ? Mais merci de quoi ? D'avoir ruiné sa vie et nié ensuite avoir quoi que ce soit à voir là-dedans ?

Et puis, « ton gamin »... C'était bien ce qu'il avait dit. Comme si elle avait réussi à le faire toute seule !

Ces mots auraient dû la mettre hors d'elle et, pendant qu'elle poussait le landau à fond de train vers chez elle, elle s'était attendue à se décomposer et à fondre une nouvelle fois en larmes. Mais non. En fait, elle avait senti quelque chose se dénouer en elle et ses pas s'étaient faits plus légers. Pas une larme sur ses joues. Bon. C'était comme ça. Kristian et ses parents avaient accepté que le nom du père figure sur l'acte de naissance. Ils verseraient une pension alimentaire chaque mois à Lena, mais Theodor resterait son enfant à elle. Il appartenait à sa famille. Au petit noyau composé par elle-même et ses parents. C'est ce qui lui avait semblé naturel depuis que le test de grossesse s'était révélé positif. Et tout compte fait, elle ne trouvait ni douloureux ni triste que Kristian aussi voie les choses de cette façon.

En sentant son téléphone vibrer, Lena sursauta. Elle l'avait laissé en mode silencieux depuis la veille. Elle n'avait pas le cœur à supporter toutes les notifications, les snaps et les photos de la soirée. Elle sentit un souffle froid lui paralyser le ventre. Le message venait d'un numéro inconnu. Elle l'ouvrit en faisant la grimace.

Salut. C'était… intéressant, hier ! Je suis désolé de t'avoir étranglé/sauvé la vie dans la piscine. Je me demandais si l'étoile de mer avait envie de replonger dans l'eau ? On fait une sortie en bateau à plusieurs. Je peux passer te prendre. Kalle.

Instantanément, le froid laissa place à une onde de chaleur.

Une partie de la honte encore en elle se transforma en soulagement.

Il ne la détestait pas.

Lena jeta un coup d'œil à Theodor, réfléchit un peu et écrivit :

Oui, c'était cool. C'est bon, merci, je me suis remise du choc d'avoir été physiquement agressée par un prince. Du coup, c'est vrai qu'une autre baignade aurait été sympa. Malheureusement, je dois rester à la maison pour surveiller mon petit frère. Amusez-vous bien, bande de malades. De toute manière, vous n'allez sûrement même pas nager. L.

Elle relut le message une dernière fois. Au moment où elle appuya sur « Envoyer », elle ne put s'empêcher de sourire. Puis, pour la première fois de la journée, elle jeta un coup d'œil par la fenêtre.

Il faisait vraiment beau. Dehors, le ciel était d'un bleu éclatant, et les voisins barbotaient dans la piscine gonflable de leur jardin. Elle ouvrit la porte de la véranda et déploya le parasol qui protégeait la table à manger. Puis elle alla chercher de la crème solaire, une couverture, quelques jouets pour Theodor, et disposa le tout sur la pelouse. Elle enduisit le petit bonhomme d'une épaisse couche de crème indice 50 en veillant à en mettre jusque dans les moindres replis, mais pas dans les yeux. Puis elle mit un peu de crème indice 15 sur son visage. Son corps s'en passerait bien : elle avait besoin d'engranger le maximum de rayons UV avant l'arrivée de l'automne.

Après quoi elle s'allongea de tout son long sur la couverture. Elle reprit son téléphone, des papillons dans le ventre.

Déception.

Aucun nouveau message.

Elle ouvrit Snap et, après quelques secondes d'indécision, accepta les filles de sa classe et Kalle. Elle regarda leurs vidéos, où elle avait également été ajoutée. Par tout le monde. Trop généreux de leur part. Kalle avait un score de plus de 200 000 et aucune restriction sur l'accès au contenu. Elle ouvrit Insta, chercha TRPK et trouva son compte là aussi. Pas spécialement discret : un selfie avec un émoji de couronne sur la tête. Elle hésita un moment avant d'envoyer une demande d'abonnement. Elle fut acceptée immédiatement. Donc, il était en ligne. On ne pouvait pas dire que son compte soit vide. Il y avait une centaine de photos de lui, souvent prises pendant des soirées, toujours le bras au cou d'une fille. Kalle avait aussi un compte privé avec seulement 300 followers. N'empêche, certaines photos pouvaient facilement atterrir là où elles n'auraient pas dû. Pas étonnant que Margrethe se fasse du souci ; ça s'était peut-être déjà produit. C'était peut-être là que les magazines et les sites people pompaient leurs infos ?

Sur le groupe de discussion, auquel elle avait également été ajoutée, régnait une activité fébrile. Il y avait des tas de commentaires et de photos de ceux qui étaient allés à la soirée la veille – dont une d'elle et de Kalle dans la piscine… Au secours. Après, ça passait à l'organisation de la sortie en mer. Ils ne perdaient pas de temps, ceux-là : le bateau était déjà à l'eau. Ingrid, Margrethe, Arnie, Fanny, aucun d'entre eux ne semblait marqué par la soirée de la veille. On ne voyait que des jeunes bronzés et rayonnants de santé sur un magnifique fond d'eau bleue scintillante. Sur l'une des photos, Arnie et Ingrid trinquaient au champagne. Sur la suivante, Arnie faisait la bombe.

Quelle vie ils menaient !

Sans l'ombre d'un souci.

Lena retourna sur Insta, fit défiler le feed relativement court. Elle chercha ses anciens copains de Horten, ouvrit leurs stories et découvrit qu'eux aussi étaient dehors en train de profiter de cette belle journée de la fin de l'été. Il n'était que midi, mais dans ce bon vieux parc de Reverompa, on avait déjà sorti les barbecues jetables, les hot dogs et la bière. Liv avait posté une photo de ses pieds aux ongles vernis en rouge avec le fjord au fond et en commentaire : « I ♥ Horten. »

Lena soupira et jeta un coup d'œil à Theodor, qui agitait les jambes.

— Bon, bon, p'tit cul. Au moins, on est là l'un pour l'autre.

En réponse, Theodor fit jaillir un tonnerre de prouts.

La poubelle à couches de la salle de bains étant pleine, Lena ferma le sac par un double nœud et enfila ses sandales pour aller le jeter. Elle s'apprêtait à franchir la porte-fenêtre de la véranda, Theodor sur un bras, le sac de couches puant au bout de l'autre…

… et faillit lui rentrer dedans.

— Salut ! dit Kalle.

Il n'était pas sur le bateau.

Mais là, sur sa véranda.

Lena remarqua la moto garée devant l'entrée. Rolf, souriant, salua Lena d'un geste de la main. Soudain, elle eut un flash-back. Est-ce que c'était Rolf qui l'avait ramenée chez elle la veille ?

— Qu'est-ce que tu fais ici ? demanda-t-elle, ne sachant pas quoi faire de l'enfant ni du sac-poubelle. Je veux dire, salut !

Kalle portait un short bleu foncé. Son T-shirt d'un blanc immaculé contrastait avec sa peau bronzée. Il avait aussi des lunettes de soleil, un pull noué autour de la taille, et agitait un sachet de boulangerie dans une main.

— J'ai pensé que la baby-sitter pourrait avoir besoin d'un déjeuner, répondit-il.

Puis il fronça le nez en regardant le sac-poubelle et demanda :

— Tu préfères peut-être jeter ça avant qu'on mange ? Enfin, remarque, on va pas tarder à sentir mauvais, nous aussi. Allez, passe-moi ton petit frère !

Lena laissa Kalle prendre Theodor. Son aisance était impressionnante. On aurait dit un adulte : jamais il ne se montrait maladroit ou gêné. À croire qu'une petite voix lui susurrait à l'oreille comment se comporter dans n'importe quelle situation. Elle trouvait ça tellement facile d'accepter chacune de ses propositions !

Lena traversa la pelouse jusqu'au conteneur et y jeta le sac. En se retournant, elle découvrit le prince héritier lancé dans une danse ridicule. Theo dans les bras, il se cambrait pour faire ressortir ses fesses et les secouait dans tous les sens.

Quand elle le rejoignit, elle comprit pourquoi. Il chantait à tue-tête :

— *I liiiike big butts and I cannot lie. You other brothers can't deny, that when a girl walks in with an itty-bitty waist and a round thing in your face, you get sprung !*

Theodor hoquetait de rire et tapait dans ses mains. Lena ne put s'empêcher de sourire à son tour en entendant Kalle rapper. Il essayait peut-être de faire bonne impression, mais il n'avait définitivement aucun talent musical. Aucun sens du rythme. Enfin, ça, tout le pays était déjà au courant.

En revanche, Kalle savait mettre les tout-petits dans sa poche. Theo l'adorait !

Lena entra à l'intérieur pour se laver les mains et rapporter deux assiettes. Kalle, assis avec Theodor sur ses genoux, avait sorti du sachet des tartines genre Wasa, des petits pains ronds et plusieurs bouteilles de jus de fruits.

— Je ne savais pas quel type de pain ni quel jus de fruits tu préfères. Par contre, pour la garniture, je suis au point.

Il plongea la main dans le sac.

— Ta-da !

Et, l'air triomphal, il brandit une conserve de maquereau à la tomate.

Après le repas, Theodor s'était endormi sur les genoux de Kalle. Il était à présent couché à l'ombre dans son landau, un peu plus loin. Lena s'enfonça dans le canapé sous le parasol et poussa un soupir. Elle avait avalé beaucoup trop de ce bon pain chaud tout juste sorti du four. Ils n'avaient pas beaucoup parlé en mangeant, mais elle n'avait pas trouvé ça gênant.

Kalle s'était pincé le nez en avalant sa première bouchée de maquereau à la tomate. Lena s'était moquée de lui et lui avait dit qu'il avait l'air trop débile. Finalement, il s'était quand même préparé une seconde tartine.

Tout à coup, il se leva du canapé.

— J'ai soif. Je vais chercher un verre d'eau, dit-il en se dirigeant vers la porte de la cuisine. Tu en veux un ?

— Oui, merci.

Tout à coup, son ventre se noua.

La photo de Theodor et elle. La toute première, juste après l'accouchement. Celle où elle était allongée dans un lit d'hôpital, pâle, souriante, trempée de sueur, tenant sur sa poitrine un petit bébé encore maculé de traces de sang.

Accrochée sur la porte du frigo.

Juste à côté de l'évier.

— Laisse, j'y vais ! s'écria-t-elle, bondissant vers Kalle tellement vite qu'elle entra en collision avec lui.

Il fit un pas en arrière, interdit.

Pour, la seconde suivante, refaire un pas en avant.

Soudain, leurs visages se retrouvèrent à dix centimètres l'un de l'autre.

Soudain, les grands yeux de Kalle plongèrent dans les siens.

Soudain, elle sentit l'odeur du parfum qu'il s'était vaporisé dans le cou avant de venir ici, pour être avec elle.

Soudain, leurs lèvres se rapprochèrent.

Encore.

Elle brûlait d'impatience.

Alors…

— Oups ! dit quelqu'un sur le seuil de la porte.

Kalle baissa le regard et sourit pendant que Lena fermait les yeux de toutes ses forces.

— On ne voulait pas déranger, bien sûr, gazouilla la mère de Lena. Faites comme si on n'était pas là ! Ignorez-nous !

Elle ôta ses lunettes de soleil et leur fit un clin d'œil.

— Quel plaisir de vous revoir, Votre Majesté Kalle ! Je veux dire, Votre Altesse !

Des pleurs montèrent du landau.

Lena soupira.

Ce moment spécial – ou plutôt, ce qui aurait pu devenir un moment spécial – était définitivement terminé.

Elle se dirigea vers Theodor, mais sa mère la doubla en toute hâte.

— Je prends le relais, dit-elle. Tu as le reste de la journée pour toi. Vous n'allez tout de même pas rester à rôtir dans ce jardin.

Elle leur fit un sourire enthousiaste, bien trop enthousiaste, avant d'emmener Theodor à l'intérieur.

Kalle regarda Lena avec un petit sourire.

— Bon. On dirait qu'on vient de se faire mettre à la porte, dit-il.

Il regarda sa montre. Il n'était que deux heures.

— On a encore le temps de faire une sortie en bateau, non ?

L'idée de retrouver toute la bande rendait Lena malade. Elle avait plutôt envie de continuer à garder le monde à distance. Le monde entier, sauf Kalle.

— Les autres sont partis depuis longtemps, non ? Pour être tout à fait honnête, j'ai encore un peu l'estomac retourné après hier.

Il sourit.

— Je comprends. On n'est pas obligés de les rejoindre. On pourrait prendre mon petit bateau. Celui qui n'a que deux places.

Elle croisa son regard et sentit qu'elle allait céder. Un millier de bulles se mirent à pétiller dans son ventre.

— D'accord, dit-elle. Ça, ça me dit bien.

15

UN JEUNE HOMME EXCEPTIONNELLEMENT BEAU

— Ça a quelques avantages, d'avoir un tout petit bateau, murmura Kalle d'un air malicieux en tournant le dos à Rolf.

Lena pressa le pas pour ne pas se laisser distancer le long du ponton. Kalle portait un grand sac de plage en bandoulière ; dans sa main se balançait un porte-clés muni d'une boule de liège. Il avait promis à Rolf d'utiliser bout de remorquage, GPS et gilets de sauvetage. Et d'allumer la lanterne s'il faisait nuit. En échange, Rolf avait accepté de les attendre à terre.

Lena regardait autour d'elle, fascinée. À Horten aussi il y avait de beaux bateaux, mais rien de comparable. Ici, dans le port de plaisance de Sjølyst, d'énormes yachts blancs étaient alignés en rangs d'oignons. Elle ne se doutait pas que des gens possédaient ce genre de biens en Norvège. L'extrémité du ponton était barrée par un grand portail métallique gris dont la grille dépassait en l'air de tous les côtés. La porte était équipée d'un double cadenas et, au cas où on n'aurait pas compris le message, de grands panneaux avertissaient que l'entrée était interdite.

On voyait tout de suite pourquoi. C'était là qu'il était amarré : un grand navire blanc, sorte de mélange entre le bâtiment de guerre et le yacht. Le *MS Norge*. Le bateau de la famille royale.

Lena serra les poings dans ses poches pour contrer un vieux réflexe : sortir son téléphone et prendre une photo.

Tout documenter. Jamais elle n'avait été aussi proche de craquer. Son grand-père aurait adoré ça ! Il était obsédé par les bateaux, et le *MS Norge* était célèbre. « Le Bruce Springsteen des bateaux ! » s'écriait-il quand, dans sa maison de vacances, il pensait le voir glisser à l'horizon.

Kalle déverrouilla les deux cadenas de la porte métallique grise, laissa passer Lena et claqua la porte derrière eux.

Pour voir le bateau d'encore plus près, il ne restait plus qu'une possibilité : monter à bord. Lena essaya de regarder à travers les hublots, mais l'intérieur était plongé dans le noir. La famille royale ne s'en servait-elle pas pendant la saison estivale ? Si elle avait eu la chance d'en être propriétaire, jamais le *MS Norge* ne serait resté à quai par un samedi comme celui-ci, sous un ciel aussi limpide, et avec une eau aussi calme dans le fjord !

Pourtant, c'est à peine si Kalle accorda un regard au yacht royal ; il le dépassa et ne s'arrêta pas avant le bout de la jetée privée. Là, il ouvrit les bras, exactement comme la veille quand il avait montré sa moto à Lena avant de l'emmener à cette soirée catastrophique.

— Ta-da ! dit-il, tout sourire.

Lena ne voyait pas de quoi il parlait.

Ce n'est qu'en s'avançant tout au bord du quai en hauteur qu'elle découvrit un minuscule bateau en bois. Doré comme une coquille de noix, aux taquets et chaumards brillants comme de l'or. Kalle sauta à bord avec dextérité. C'était un bateau à coque open, avec un volant au milieu et une toute petite cabine dans laquelle Kalle venait de passer la tête pour en extraire coussins et gilets de sauvetage.

— Il n'est pas hyper impressionnant, mais au moins, il est à moi, dit-il en posant les coussins à leur place à l'avant du bateau.

Il tapota dessus et dit :

— Assieds-toi là pour ne pas être mouillée. Je te promets de ne pas conduire comme un papi.

D'une main, Lena remonta jusqu'aux genoux la robe longue qu'elle avait enfilée avant leur départ, et s'appuya de l'autre sur le bras qu'il lui tendait. Elle s'assit prudemment à la proue et enfila un gilet de sauvetage. Kalle détacha les amarres avant et arrière et donna un coup de pied contre le quai pour en éloigner le bateau. Le moteur démarra du premier coup. C'était peut-être un bateau en bois ordinaire mais, comme tout ce qui était lié à cette famille, il possédait une aura particulière. Il était bien entretenu. Spécial. Et beau.

Kalle inclina la manette de commande et le bateau prit de la vitesse. Un panneau annonçait cinq nœuds maximum, mais il l'ignora royalement. La proue se souleva dans les airs, et Lena dut s'accrocher ferme pendant qu'ils quittaient le port de plaisance à toute vitesse.

— Tout va bien ? cria Kalle.

Elle sourit, lâcha prise une seconde, le temps de lever le pouce, puis s'agrippa à nouveau de toutes ses forces et, sentant avec délices le vent jouer dans ses cheveux, elle se pencha en avant pour que le bateau aille encore plus vite.

Lena ramena sa robe sous elle pour éviter qu'elle remonte, puis s'allongea prudemment sur le dos.

Parvenu au milieu du fjord, Kalle avait ralenti, mis le moteur au point mort, et sorti quelques grands panneaux en aggloméré qu'ils avaient installés ensemble entre les bancs avant de disposer les coussins par-dessus. Le petit bateau avait maintenant un vrai solarium.

Kalle mouilla l'ancre, enleva son gilet de sauvetage et son T-shirt, et vint rejoindre Lena à quatre pattes sur la terrasse improvisée.

Tout heureux, il se laissa tomber à côté d'elle, une bouteille d'eau à la main.

Pendant quelques secondes, ils restèrent allongés ainsi, parfaitement immobiles l'un à côté de l'autre. Leurs corps se balançaient en rythme avec les ondulations du bateau ; les rayons du soleil leur réchauffaient la peau.

— Désolé pour hier, dit-il.

Lena se tourna sur le côté.

— Comment ça ?

Il ouvrit la bouteille avec les dents et ferma les yeux.

— Désolé d'avoir été égoïste. J'ai oublié que tu ne connais pas beaucoup de gens. Il se passe tellement de trucs. J'oublie toujours…

— … que tes actions peuvent avoir des conséquences ?

Il sursauta. Lena avait du mal à dissimuler son sourire. Il venait de lui présenter des excuses, il avait réfléchi au fait que ça n'avait vraiment pas été classe de sa part de l'abandonner comme ça à la fête. Quel soulagement ! C'était très important. Ça signifiait… qu'après tout, il était peut-être quelqu'un de bien. Toute à sa joie d'avoir l'avantage sur lui, elle enchaîna :

— Parce que tu es un jeune homme ouvert et que, comme tous les ados, tu oublies de réfléchir ?

Il agita sa bouteille d'eau d'un air menaçant.

— Hé, ça suffit ! Tais-toi !

Lena poussa un cri en sentant des gouttes d'eau atterrir sur sa peau. Elle bondit à l'avant du bateau, savourant d'avance la phrase qu'elle s'apprêtait à lancer. Il s'approcha d'elle, bouteille au poing. Ils se dévisagèrent avec malice, sachant parfaitement tous les deux quelle serait la suite.

Lena eut à peine le temps de lancer la phrase qui tue : « Un jeune homme exceptionnellement beau ! » qu'elle dut se jeter à terre avec un cri pour se protéger des éclaboussures.

— Non mais sérieux, soupira Kalle. C'est trop demander de lâcher les baskets à un pauvre innocent ? Qu'on arrête de venir lui parler de sa mère jusqu'au milieu du fjord par un après-midi paisible ?

Lena pencha la tête de côté et pouffa de rire. Ils faisaient allusion à une déclaration de la reine Katharina en personne. Après la bourde de Kalle à Halloween, elle s'était fendue d'un communiqué de presse. Dans une « lettre ouverte au peuple norvégien », elle s'excusait du comportement de son fils, tout en exhortant la presse et « les gens ordinaires » à faire preuve de modération dans l'utilisation des caméras de leurs téléphones portables. C'était peut-être son éducation aristocratique en Suède qui l'avait habituée à donner des ordres aux autres. On avait toujours reproché à la reine d'être très suédoise, très snob, et de vivre manifestement sur une autre planète, ce que son comportement confirmait sans cesse. L'affaire d'Halloween avait duré plusieurs jours, et l'intervention de la reine n'avait fait que jeter de l'huile sur le feu. Un certain nombre d'extraits du communiqué de presse avaient été instantanément repris sur les réseaux, notamment le passage prétendant que son fils était « un jeune homme exceptionnellement beau », qui avait été copié dans d'innombrables mèmes montrant Kalle pas forcément sous son meilleur jour – par exemple, en train de loucher, de poser avec un sac hors de prix ou de conduire un jet-ski avec des lunettes de soleil de m'as-tu-vu.

Avant, Lena aurait fait partie des gens prêts à consacrer une matinée entière de leur temps à chercher des photos hilarantes pour illustrer la citation.

Oui, elle avait été idiote à ce point. À quoi jouait-elle à l'époque ?

Heureusement, Kalle ne le saurait jamais.

N'empêche.

— Excuse-moi d'avoir remis ça sur le tapis. Ce n'est pas si facile pour moi. J'ai oublié que tu faisais partie de la famille royale. Il se passe tellement de trucs. J'oublie toujours de réfléchir… dit-elle en le singeant.

Soudain, il l'allongea de force sur le solarium et dit, brandissant sa bouteille d'eau :

— Fais gaffe. Je ne suis pas venu là pour être ridiculisé !

Il la surplombait de tout son corps doré et musclé. D'une main, il bloquait celles de Lena au-dessus de sa tête ; de l'autre, il tenait la bouteille.

Elle se mordit la lèvre inférieure, les yeux écarquillés de peur.

Kalle réagit immédiatement, baissant les bras et lui libérant les mains.

— Merde, ce n'est pas ce que je…

Il n'alla pas plus loin : Lena lui vola la bouteille d'eau, le renversa sur le dos, et vint se placer sur lui à quatre pattes.

— Et moi, je ne suis pas venue à ta soirée pour me retrouver toute seule avec ta marijuana !

Il sourit, soulagé de constater qu'elle n'avait pas vraiment eu peur de lui.

— Je t'ai déjà dit que j'étais désolé. Ça ne te suffit pas ?

Ah, cette lueur dans ses yeux… La même que dans la cour du lycée. Ou dans la forêt. Lena secoua doucement la tête, incapable de se retenir plus longtemps.

Et se laissa aller.

Elle se pencha plus près.

Baissa la tête, et l'embrassa.

Il l'entoura alors de ses deux bras et l'attira tout contre lui.

16

ANCRAGE

Une ancre chatouillant doucement le fond de la mer. Le rebord doré du bateau pour protéger des regards indiscrets. Les rayons du soleil bombardant les deux jeunes corps étendus. Des mouettes blanches à l'affût des poissons, mais ne trouvant que des mains humaines parcourant, éperdues, des colonnes vertébrales tièdes, explorant des ventres doux et ébouriffant des cheveux…

Jusqu'à ce que surgisse une grande embarcation de location blanche se dirigeant droit vers le petit bateau de bois – qui avait eu la bonne idée de mouiller au beau milieu du chenal de navigation du fjord d'Oslo.

Une femme munie d'une énorme caméra de télévision apparut. Ainsi qu'un homme aux cheveux bruns – clairement une teinture –, brandissant, lui, un gros micro équipé d'une bonnette.

— Hé ! Vous, là-bas, dans le bateau en bois !

Aussitôt, les deux corps se figèrent. Lena s'assit et découvrit le bateau et les deux reporters qui lui faisaient signe.

Interloquée, elle leva une main en guise de salut, tout en abaissant les manches de sa robe de l'autre.

— Oui ?

— Bonjour ! C'est génial, vous êtes jeunes ! Parfait. On travaille pour TV2, on fait un reportage qui passera aux infos sur la nouvelle réglementation pour les embarcations de plaisance et les permis bateau. On pourrait vous poser quelques questions ? Ça ne prendra que deux secondes !

Lena considéra un instant la caméra et le visage souriant de la journaliste. Puis elle regarda Kalle, qui serrait les dents, tétanisé. Kalle sans son gilet de sauvetage. Ces gens ne le savaient pas encore, mais ils tenaient un scoop. L'espace d'un instant, Lena imagina la nouvelle : elle en mer en compagnie du prince, et les images tournant en boucle à la télévision, dans les journaux et les magazines. Elle imagina tous les haters de Horten, plus Liv, Kristian, et même son grand-père, qui la verraient ainsi, dans ce beau bateau avec l'héritier du trône – alors qu'elle ne l'avait même pas cherché !

Ç'aurait été le come-back parfait.

— Merde, siffla Kalle en essayant d'attraper le gilet de sauvetage qui avait glissé sous le solarium improvisé.

Lena prit la grande serviette dans le sac de plage et la déplia en la jetant en l'air pour en recouvrit Kalle tout en surveillant du coin de l'œil le bateau de TV2.

— Je suis toute seule ici. Et non merci !

— Hein ? répondit, la cadreuse, surprise, déjà en train de faire la mise au point.

— C'est non ! Je refuse !

— Pardon ?

Le bateau se rapprochait. Lena jeta un coup d'œil nerveux sur la serviette. Les journalistes n'allaient pas tarder à avoir pleine vue sur le solarium. On pouvait trouver des tas de qualités au corps de Kalle, mais une chose était sûre : il était loin d'être plat comme une crêpe.

— Je vous dis que je ne veux pas vous aider ! Si vous continuez à approcher, je fonce dans votre bateau, dit-elle en se dirigeant vers le volant.

Elle tourna la clé pour mettre le moteur en marche, espérant que les journalistes ne s'apercevraient pas qu'ils avaient jeté l'ancre et qu'elle bluffait.

— Maintenant, reculez ! Ou sinon, sortez vos pare-battages !

La journaliste agita les mains en signe d'agacement.

— Donnez-nous au moins deux minutes !

Mais leur skipper n'avait visiblement pas envie de risquer un accroc à son bateau rien que pour un pauvre reportage télé. Il commença à faire marche arrière.

— Désolée, mais c'est non, cria Lena en appuyant sur le bouton pour remonter l'ancre.

Le grand bateau blanc fit demi-tour et prit de la vitesse, filant comme un insecte mécontent qu'on aurait chassé. Bientôt, il ne fut plus qu'un point blanc à l'horizon. Kalle se dégagea de sous la serviette et prit une grande inspiration.

— La voie est libre, lui dit Lena en souriant.

— Franchement, merci beaucoup, répondit Kalle en plantant les yeux dans les siens.

Il s'approcha d'elle, mais elle l'arrêta net d'un geste et lui montra la proue.

— Assieds-toi là pour ne pas être mouillé.

Il enfila son gilet de sauvetage sans la quitter du regard.

— Tu as le permis bateau, toi ?

Lena inclina le levier de vitesse vers elle et sentit avec plaisir que le moteur réagissait instantanément.

— Peut-être, répondit-elle en souriant. En tout cas, je te promets de ne pas conduire comme une mamie !

Les bûches s'étaient tranquillement consumées et couvaient à présent en un tas incandescent. Kalle et Lena étaient gorgés de chaleur, repus après une journée entière de baignade au soleil et de barbecue.

Ils s'étaient installés sur un grand rocher lisse au bord de l'eau. Lena avait posé la tête sur les genoux de Kalle ; elle fixait les braises orangées et luttait contre le sommeil.

D'un doigt, Kalle lui caressait le dos.

— Je peux juste te dire un truc avant que tu t'endormes ? C'était vraiment trop bien quand on s'est débarrassés de la fille de la télé dans le fjord.

Lena hocha la tête.

— Je suis super content que tu aies pas… que tu leur aies dit non et que…

Il se tut. Lena lui lança un regard interrogateur.

Il déglutit.

— Je sais que je donne l'impression d'être toujours en train de chercher le buzz. Mais c'est faux, dit-il, avec un petit rire creux. Ça arrive malgré moi.

Lena ne disant rien, il enchaîna :

— Le problème, c'est que même si je ne fais quasiment rien, ce n'est jamais assez. Les gens trouvent toujours quelque chose. Ma mère et Margrethe vivent comme si elles étaient dans un genre de télé-réalité où on leur distribue des points quand elles se comportent bien. Moi, je… je ne supporte pas ça. Ma mère est malade, tu sais.

Lena acquiesça, essayant de suivre. Elle était au courant, bien sûr. Cela faisait trois ans que la reine avait dévoilé son syndrome de fatigue chronique. La nouvelle avait fait du bruit, mais étant donné que Katharina la snob avait toujours eu la réputation d'être paresseuse, le « diagnostic » avait suscité des doutes. La famille royale avait continué à fournir à la population norvégienne les photos de famille traditionnelles à l'occasion de la fête nationale le 17 mai, pour Noël et le jour de l'an, et la vie avait suivi son cours.

— En fait, avant, ma mère était comme moi, elle aimait bien s'amuser. Et puis elle a rencontré mon père et elle s'est rangée. Ils se sont mis à travailler tout le temps. Mais vraiment *tout le temps*. Elle faisait tout exactement comme elle était censée le faire. Et maintenant, elle reste allongée du matin au soir, son corps ne répond plus. Ça peut vraiment te rendre malade.

— De rester allongé, tu veux dire ?

— Non, de travailler. De devoir être putain de bien élevé tout le temps.

À ces mots, il ramassa une pierre, la jeta dans l'eau, et ajouta :

— À mon avis, tout devient plus facile si tu dis les choses comme elles sont et que tu agis franchement. Sans essayer d'arrondir les angles ou de cacher des trucs. Ça ne sert à rien de faire semblant. C'est pour ça que j'ai adoré ce que tu as fait à la soirée. Juste… bam !

Il écarta les bras et conclut avec un petit rire :

— Un peu comme si tu leur balançais : moi, je suis comme ça, et vous, vous êtes comme ça !

Lena sentit monter en elle la peur d'avoir fait n'importe quoi sous l'effet de l'alcool et de l'herbe. Elle passa la main sur son visage.

— Oh là là. Je ne suis pas sûre que ce soit la meilleure façon de s'intégrer dans une nouvelle classe…

— Moi, je pense que si ! Être cent pour cent honnête. Comme toi. Crois-moi, j'en rencontre, des filles et des garçons qui font semblant d'être mes potes. Qui sont cool… jusqu'au moment où ils proposent de prendre une photo. Tout ce qu'ils veulent, c'est un snap ou un truc avec le prince pour avoir des likes.

Lena voyait parfaitement ce qu'il voulait dire. Un peu trop bien, même. Le hashtag #Princeselfie, ça marchait à fond. Elle aussi, un #Princeselfie, ça avait été son rêve. Ça aurait pu propulser Newzzz sur le devant de la scène.

— Alors que toi, poursuivit-il en lui caressant les cheveux, tu fais des pieds et des mains pour *ne pas* te faire prendre en photo avec moi. J'adore… Je veux dire, ça me plaît. Ça déchire.

Tout à coup, les mots de son père résonnèrent dans la tête de Lena.

Tu ne crois pas qu'il aurait été plus intelligent de dire les choses telles qu'elles sont ?

Il faut qu'ils découvrent tous les aspects de ta vie.

17

RETOUR À LA RÉALITÉ

Le voilier sur lequel le reste de la classe avait embarqué n'était déjà plus là au moment où Lena et Kalle étaient partis, mais Lena le repéra aussitôt lorsqu'ils s'engagèrent entre les deux digues pour revenir s'amarrer.

Les autres venaient de rentrer, et le ponton réservé à la famille royale débordait d'adolescents avec des sacs et des tote bags, les garçons torse nu, les filles en robes longues d'été.

Kalle leva un bras à leur approche et lança un coup de corne de brume. Tout le monde se retourna, et Lena réalisa que, assise là à l'avant du bateau, elle devait avoir l'air d'une figure de proue. Elle fit un signe timide aux autres. À son grand soulagement, elle constata qu'Ingrid était parmi eux. Margrethe s'approcha et jeta la corde à Kalle.

— La lanterne, dit-elle en désignant d'un signe de tête la lampe au-dessus de la cabine. De nuit, tu es censé allumer la lanterne !

Kalle leva les yeux au ciel.

— Content de te voir moi aussi.

Lena sauta à terre et resta plantée là sans trop savoir quoi faire, à regarder Margrethe et Kalle amarrer le bateau sans décrocher un seul mot.

Puis elle sentit un bras autour de son épaule et un lourd parfum sucré.

— Merci d'être venue hier. Je suis contente de te voir, lui dit Ingrid en la serrant maladroitement dans ses bras, de côté.

Lena sourit.

— Désolée d'avoir pourri ta soirée. J'ai un peu… trop bu, je crois, dit-elle, sentant une bouffée de honte venir colorer ses joues déjà rosies par le soleil.

Ingrid secoua la tête.

— Mais enfin, tu n'as rien fait de mal. C'est cool quand il y a un peu d'animation. Tu n'aurais pas dû partir, c'est après que ça a vraiment démarré. Nous, c'est plutôt après minuit qu'on se lâche. Hein, Tess ?

— Ça dépend à qui tu poses la question, répondit Tess avec un sourire en coin. Dommage que je sois revenue à la soirée trop tard pour qu'on puisse passer un peu de temps ensemble, Lena. Mais tu… vous venez chez Arnie, là ?

Lena se força à sourire. Elle aurait bien voulu continuer à discuter avec Tess, mais tout son corps lui criait qu'enchaîner sur une autre fête n'était pas une bonne idée. Elle était tellement fatiguée, tellement gorgée de toutes sortes d'impressions : la baignade, le soleil, le sel… et Kalle.

Qui apparut d'ailleurs à ses côtés. Leurs doigts se frôlèrent, mais aucun d'entre eux ne prit l'initiative de donner la main à l'autre. Eux qui avaient été si proches, si en confiance juste avant… Mais là, en compagnie des autres, Lena se sentait embarrassée et avait perdu toute son assurance.

Elle regarda son téléphone et dit :

— Je crois qu'il faut que je rentre. J'ai promis à mes parents de m'occuper de mon petit frère demain matin. Ils partent à l'aube faire du vélo dans la forêt ou un truc comme ça.

Arnie, qui passait à côté d'eux, leva le poing et ébouriffa les boucles de Kalle.

— L'after, c'est chez moi – et aujourd'hui, je suis sympa : j'invite même ceux qui se sont fait des escapades privées avant !

Kalle rigola.

Margrethe, qui avait déjà déverrouillé le portail du ponton, tenait le battant ouvert.

— Vous venez ? leur lança-t-elle avec impatience.

Le groupe se mit en mouvement et forma une file indienne pour franchir l'étroit portail. En remontant le ponton flottant qui menait au quai, Lena garda les yeux rivés sur le sol.

Après avoir été si proche de lui, c'était vraiment bizarre de le sentir si lointain juste parce qu'ils n'étaient plus seuls.

— Alors, les tourtereaux, qu'est-ce que vous faites ? Vous avez déjà prévu un truc ou vous rejoignez le troupeau ?

Lena voyait bien que tout le corps de Kalle était tendu vers le groupe. Il avait envie de rester avec eux. Elle, en revanche, n'en avait pas l'énergie. Elle voulait rentrer chez elle, caresser les cheveux de Theodor et se mettre au lit pour pouvoir se lever avec lui demain matin. Faire une pause. Il ne fallait pas abuser des bonnes choses. Et puis, c'était fini, l'époque où elle se lâchait sans réfléchir.

Elle se racla la gorge et dit :

— Kalle vous accompagne, et moi je rentre. Mais merci pour l'invitation. On se voit lundi au lycée.

Elle hésita une seconde avant d'ajouter nerveusement :

— N'oubliez pas de manger s'il y a à manger, de nager s'il y a de l'eau et tout ça !

Heureusement, ils comprirent la blague et rigolèrent.

Kalle pencha la tête.

— Tu es sûre ? Je peux demander à Rolf de te ramener chez toi. Maintenant, ou plus tard.

— Non merci. Je vais prendre le bus. J'ai téléchargé l'appli et tout.

— OK. À plus tard, alors.

Kalle se pencha vers elle et la prit dans ses bras d'un geste un peu emprunté.

Puis il se dirigea vers les autres pendant qu'elle rejoignait le quai.

— Lena ?

Se retournant, elle le vit revenir vers elle en courant.

L'effleurement bref, mais doux, de ses lèvres contre les siennes déclencha en Lena un frisson qui parcourut tout son corps, jusqu'au bout de ses orteils.

Impossible de dormir. Lena ouvrit Snap et regarda les mises à jour du groupe de sa classe. Apparemment, c'était un peu le même principe que la veille. Pas de piscine cette fois-ci, mais une immense terrasse sur un toit. De la musique, et la même bande levant leur verre avec un grand sourire. Lena chercha Kalle sur les photos, sans succès. Était-il à l'intérieur de la maison ? Ou était-il parti avec d'autres personnes finalement ?

Elle ne voyait Ingrid nulle part non plus. Un sentiment tout neuf de jalousie s'immisça en elle. Elle se souvint à quel point Ingrid avait été heureuse de voir Kalle arriver à sa soirée. À quel point Kalle avait envie d'aller chez Arnie tout à l'heure. L'air sceptique de Margrethe – qui était copine avec Ingrid.

On voyait bien Arnie sur la photo. Les autres garçons aussi. Alors, où était Kalle ?

Lena imagina Ingrid, avec ses cheveux bouclés, Kalle, avec ses cheveux ondulés, inclinés l'un vers l'autre, en train de rire ou de vapoter dans un grand lit double ultra chic. C'est vrai qu'ils formaient un couple parfait : Ingrid Falck-Kaas, la belle et avenante fille d'artistes, et Karl Johan, le prince extraverti. Peut-être étaient-ils exactement le couple dont la monarchie avait besoin. Un couple qui connaissait les codes, mais savait aussi se montrer suffisamment aimable et inclusif envers les autres.

Lena scrollait fiévreusement, passant d'une appli à l'autre, désespérant d'arrêter le cours de ses pensées avant qu'elles ne lui fassent imaginer Kalle penché sur Ingrid…

Elle ouvrit encore une fois le compte Instagram de Kalle. Rien.

Est-ce que tout ce qui s'était passé… ne comptait pas ?

Est-ce que, avec lui, c'était une fille par jour ?

Ses mots lui revinrent en mémoire. *Il se passe tellement de trucs. J'oublie toujours…*

Sérieux, quelle excuse minable.

Et elle, elle avait perdu le contrôle, s'était laissé séduire, abandonnée au moment présent.

Putain.

Flash jaune sur son téléphone. Nouveau snap de TRPK.

The Real Prince Kalle.

Elle l'ouvrit.

C'était assez repoussant. Une photo de viande, en tout cas de quelque chose de sanglant. Des dents poisseuses et un regard intense qui louchait un peu.

J'ai décidé d'organiser mon propre after en mer. C'est absolument top – la seule chose qui manque, c'est une étoile de mer.

Et un selfie. Kalle en sweat à capuche, croquant une tartine Wasa enduite de… maquereau à la tomate.

Lena envoya un émoji étoile. Attendit un peu. Puis elle envoya un cœur.

Un émoji flamme apparut.

Combien de temps allaient durer leur flamme ?

Elle secoua la tête, mit son téléphone en mode avion et roula sa couette en boule entre ses jambes.

Puis elle ferma les yeux et revécut en pensée toute la journée écoulée.

18

CANDY KING

Était-il une tétine en sucre ? Un poisson salé au réglisse ? Une pièce en chocolat au lait ? Ou un de ces bonbons dont on ne sait pas ce qu'il contient avant d'avoir croqué dedans ?

Lena saisit une louche en plastique et se servit d'un peu de tout. Puis, après un moment d'hésitation, elle la plongea résolument au fond du pot de cœurs rouges. C'était ses bonbons préférés. Tant pis si ça faisait un peu bête ou romantique qu'elle en prenne tant. Pour finir, elle ajouta dans le sac quelques guimauves bananes enrobées de chocolat et des grenouilles acidulées.

Elle mourait d'impatience de revoir Kalle. Une semaine s'était écoulée depuis leur sortie en mer. Au lycée, il avait été super gentil, il était resté avec elle à chaque pause, et le soir, il lui envoyait des snaps débiles. La veille, il lui avait envoyé un message pour lui demander si elle voulait venir voir un film, le dimanche soir, chez lui. Ça ne voulait sûrement rien dire : c'était probablement juste pas pratique pour lui d'aller au cinéma.

Mais quand même.

Une invitation chez Kalle !

Elle avait dit oui – sans doute trop vite – et la matinée n'en finissait plus de s'éterniser. Lena avait l'impression que tout son corps pétillait à l'intérieur, et ne savait plus quoi faire d'elle-même. Elle avait changé les couches de Theodor toute la journée sans se plaindre et fait l'avion avec lui pendant au moins une demi-heure, en le tenant sous le ventre et en courant dans toute la maison pendant qu'il faisait le bruit de l'hélice. Elle avait bu du thé avec sa mère en faisant semblant de ne pas voir le sourire malicieux qui ne quittait pas ses lèvres.

Elle avait aussi ouvert tous les messages que le reste de la bande avait postés, leur avait répondu avec humour, et elle avait eu l'impression de maîtriser la situation. Après avoir passé une heure dans sa chambre à réfléchir à la tenue décontractée qu'elle porterait pour ce cocooning du dimanche avec Kalle – elle aurait aimé pouvoir mettre un jogging, mais ils n'en étaient clairement pas là –, elle décida d'aller au magasin du coin acheter un énorme sac de bonbons à grignoter devant le film. Rolf n'allait pas tarder à passer la chercher.

Elle avait dit à Kalle qu'elle pouvait venir chez lui par ses propres moyens. Sans vouloir se vanter, lui avait-elle écrit sur Snap, elle était devenue une experte de l'appli de transports en commun. Il n'en doutait pas, avait-il répondu, mais ça pouvait quand même constituer un bon petit défi étant donné qu'il ne vivait pas à Oslo, mais à Asker, et qu'il était assez loin de la station de transport public la plus proche.

Évidemment.

Elle avait presque oublié qu'il vivait dans une propriété de la Couronne. Avant, elle s'était imaginé que la maison de la famille royale était une sorte d'hôtel particulier style Disney. Mais après avoir regardé sur Google, elle avait réalisé qu'il s'agissait plutôt d'une ferme, ce qui était beaucoup moins glamour. Bon, ça ne devait pas sentir le cochon non plus chez eux. Il s'agissait plutôt de ce qu'on appelait un domaine de campagne. Un genre de manoir. Elle était impatiente de voir à quoi il ressemblait, et ce que ça lui ferait de se retrouver seule avec le prince dans un tel endroit. Elle baissa les yeux sur le jean et le chemisier en dentelle qu'elle avait choisis. Le jean était horriblement serré, mais elle ne pouvait pas se permettre plus décontracté que ça.

Après s'être délestée de 143 couronnes une fois le gros sac de bonbons pesé à la caisse, elle sortit son téléphone. 16 h 25. Rolf était censé arriver à la demie. Elle trottina jusqu'à chez elle et vit que la voiture noire brillante était déjà garée dans l'allée. Rolf avait dû la voir dans le rétroviseur car il se leva aussitôt du siège conducteur pour lui ouvrir la portière arrière.

— Vous n'êtes pas obligé de faire ça pour moi, vous savez, lui dit-elle, embarrassée.

Elle avait l'impression qu'on venait de lui attribuer un chauffeur privé. Après tout, Rolf était un étranger pour elle. Quel était son nom de famille ? Avait-il une femme et des enfants qui l'attendaient à la maison pendant qu'il conduisait des adolescentes chez le prince héritier ?

— C'est compris dans le boulot, répondit-il avec un sourire. Mais je le fais avec plaisir. Vous vous sentez prête pour votre première visite chez la famille royale ?

Assise sur la banquette arrière d'une voiture aux vitres teintées, avec un garde du corps au volant, Lena avait l'impression d'être dans un film hollywoodien. Comment cela avait-il pu se produire ? Un an auparavant, elle était allongée dans un lit d'hôpital du Vestfold en train d'expulser un enfant de son utérus !

Il fallait qu'elle se débarrasse de cette image.

De cette image, et de son inquiétude par rapport au fait qu'elle n'avait pas raconté à Kalle le plus important.

Elle ne pouvait pas y penser en ce moment.

Elle voulait profiter de la vie sans se poser mille questions.

Elle en avait quand même le droit, après si longtemps sans avoir vu personne de son âge.

Lorsque la nouvelle était tombée que Lena, la fille de troisième, était enceinte, elle avait compris que tout allait changer. Le premier jour avait été le pire. Les gens la regardaient comme une bête curieuse – malade et contagieuse, en plus. Tout le monde se taisait, tout le monde gardait ses distances, même si elle avait vu qu'ils se posaient des questions. Avait-elle été violée ? Ses parents l'avaient-ils empêchée d'avorter ? Elle entendait bien les murmures.

Quant à elle, elle avait compris depuis longtemps que sa vie était terminée.

Le fait qu'elle allait avoir un bébé ne constituait qu'une petite partie du problème.

Assise sur la banquette arrière de cette voiture qui l'emmenait à la résidence royale, Lena était envahie par un sentiment inhabituel : être en route pour quelque part. Avoir rendez-vous. En fait, peu importait qu'elle aille rencontrer un prince. Ce qui était magique, c'était qu'elle allait retrouver quelqu'un qui l'attendait. Rolf, à l'avant, ne disait pas un mot. Ça aussi, ça faisait probablement partie de son job. Pour sa part, elle trouvait ça anormal de rester dans un silence total. Était-ce à ça que ressemblait le quotidien de Kalle ?

Apercevant un panneau indiquant « port de plaisance de Sjølyst », Lena jeta un coup d'œil par la vitre de gauche et vit les bateaux alignés en rangs d'oignons. Tout comme le week-end précédent, ils étaient nombreux à être restés à quai alors que le soleil était haut dans le ciel.

Elle sentit encore une fois des papillons dans le ventre.

À vrai dire, le dîner était totalement inutile. Les bonbons aussi.

Au bout de vingt minutes de trajet, la résidence apparut. Elle était blanche, les cadres de fenêtre peints en vert. Le bâtiment, en forme de L, était tout bonnement gigantesque. Lena compta pas moins de vingt fenêtres sur un seul mur ;

d'un côté, elle entrevit l'extrémité d'une piscine. La porte d'entrée faisait plusieurs mètres de haut. Soudain, Lena reconnut l'endroit. C'était là que se postait la famille royale, y compris leurs chiens, pour saluer la parade des enfants d'Asker le jour de la fête nationale.

Un calme absolu régnait. Rolf gara la voiture à quelques mètres de l'entrée et descendit du véhicule. Lena n'osa pas l'imiter, au cas où elle l'aurait vexé en ouvrant la portière elle-même, et choisit donc de rester assise. Elle dut attendre une minute ou deux avant qu'il arrive. Peut-être devait-il d'abord s'assurer auprès d'autres gardes du corps que tout était en ordre ?

Si seulement Kalle avait été assis sur les marches du perron à l'attendre, dans des vêtements ordinaires, avec son sourire ordinaire ! Ça aurait rendu la visite moins formelle, moins angoissante. Elle aurait dû lui envoyer un snap avec un filtre marrant depuis la voiture : *Helloooo ! La crapaude est en route. Elle espère que tu voudras bien l'embrasser !* Mais là, pendant qu'elle pressait le pas pour suivre Rolf vers l'entrée, elle n'osait même pas toucher à son téléphone. Et si jamais il croyait qu'elle filmait ! Il sonna. Quand la porte s'ouvrit, Lena se dit que son jean n'était plus du tout assez chic.

Elle se trouvait nez à nez avec le roi.

— Ah, vous voici ! Bienvenue dans notre demeure ! dit-il. *Lena*, n'est-ce pas ?

Le monarque aux cheveux gris portait une chemise bleu pâle et, Dieu merci, un jean. Il lui tendit la main. Elle réussit à la saisir, à dire bonjour et à sourire. Mais ce fut tout. Elle se sentait comme l'un de ces petits enfants sélectionnés pour aller saluer le couple royal lors de ses déplacements dans le pays. Il lui manquait un bouquet de fleurs.

Putain, elle aurait dû apporter des fleurs !

Mais non, elle se tenait là comme une idiote avec son sac en papier au logo de Candy King.

Quel con, ce Kalle ! Pourquoi ne l'avait-il pas prévenue que ses parents seraient là ? Elle s'était imaginé qu'ils seraient au château, à Oslo.

— Entrez donc, dit le roi. Le dîner sera prêt d'un moment à l'autre. J'espère que vous aimez les fruits de mer ?

— J'adore le crabe royal de Kamtchatka, répondit Lena sans réfléchir.

Il devait penser qu'elle était l'invitée la plus grossière qu'il ait jamais reçue.

Mais c'était vrai, elle adorait le crabe royal !

Le roi gloussa, probablement par politesse.

— Moi aussi ! Il y aura du crabe royal et plein d'autres bonnes choses, dit-il, avant d'élever la voix pour appeler : Kalle, ton invitée est arrivée !

Elle le vit descendre en trombe un escalier un peu en retrait. Tout en s'approchant d'eux, il tendit les bras vers Lena et murmura un « Sorry ! » du bout des lèvres.

— Salut, toi, dit-il, l'air pas très sûr de lui.

Il se contenta de lui donner une accolade un peu raide, ce qui n'était guère surprenant. Son père, le roi en personne, était juste à côté d'eux.

Il les précéda dans un long couloir. Des photos en noir et blanc étaient accrochées aux murs, des portraits de personnes probablement mortes depuis longtemps. Lena n'en reconnut que quelques-uns. Enfin, le roi tourna à droite, franchit une porte, et ils se retrouvèrent dans la salle à manger. Ou l'une des salles à manger de la maison.

Le bleu des murs répondait à la définition exacte du bleu royal. Lena n'avait jamais vu une pièce aussi… bleue. Cela dit, même si elle était belle et imposante, Lena s'était peut-être attendue à quelque chose d'encore plus élégant au sein d'une résidence royale. Une table à manger extrêmement longue, par exemple, où les convives, quand ils étaient assis chacun à une extrémité, devaient crier pour s'entendre. Cette table-là était à peine plus grande qu'une table à manger ordinaire. Elle compta rapidement : huit chaises.

Lena aurait aimé qu'elle soit mise pour huit. Que d'autres amis de la famille royale aient été invités, des habitués du lieu qui auraient fait la conversation toute la soirée pour lui éviter d'ouvrir la bouche. Mais il n'y avait que quatre assiettes en porcelaine sur la table. Le dîner dominical était probablement réservé au noyau familial stricto sensu. Avaient-ils oublié de mettre le couvert pour elle ?

Elle avait envie de s'enfuir à toutes jambes.

En même temps, elle se sentait piquée de curiosité. De quoi ces gens parlaient-ils à table ? Du lycée et du temps ? Ou… de l'état du royaume ?

— Je vous en prie, asseyez-vous ! dit le roi en s'adressant à Lena.

Elle tenait toujours le sac de bonbons à la main. Qu'en faire ? Elle hésitait mais, ne voulant pas être impolie puisque le roi venait de lui dire de s'asseoir, elle tira une chaise et, faute de mieux, posa le sac Candy King à côté de son assiette.

Voyant la scène, Kalle pouffa de rire.

— J'ai… J'ai apporté le dessert, marmonna Lena.

Le roi sourit aimablement.

— Formidable ! Katharina… ne se sent pas très en forme aujourd'hui, elle ne dînera pas avec nous. En revanche, Margrethe va nous rejoindre. L'as-tu vue, Kalle ?

— Eh bien, non, pas de la journée. Elle a peut-être passé la nuit chez une copine après la soirée d'hier ?

— Je n'ai passé la nuit chez personne, lança une voix depuis l'embrasure de la porte. Je me suis levée avant toi et j'ai passé la journée à réviser dans la bibliothèque.

Comme c'est sympa qu'il ait fallu attendre le soir pour que je te manque.

La princesse Margrethe roula des yeux et vint s'asseoir.

— Salut, Lena, dit-elle d'une voix glaciale.

Elle ne lui accorda pas un regard, se tourna uniquement vers son père.

— C'est le menu habituel ?

Margrethe avait à peine eu le temps de terminer sa phrase qu'un homme entra dans la pièce, un plat dans chaque main. Le premier, énorme, croulait sous les crevettes, les crabes, les crabes royaux ; l'autre était plus petit, mais Lena ne parvint pas, dans un premier temps, à en identifier le contenu. Elle faillit éclater de rire en réalisant qu'il s'agissait d'une pizza prédécoupée en petites parts.

— Oui, le prince héritier n'est pas particulièrement friand de fruits de mer, dit le roi à Lena d'un ton d'excuse. Malgré le fait que ce soit notre dîner du dimanche depuis des années.

— En d'autres termes, Karl Johan est un grand enfant gâté, ajouta Margrethe.

Kalle s'était assis en face de Lena. Celle-ci secoua lentement la tête. Il haussa les épaules et lui sourit, comme pour lui dire : « Je t'avais prévenue ! »

Ils se servirent en silence. Les seuls bruits perceptibles étaient ceux du tintement de l'argenterie sur la porcelaine. Kalle mangea sa pizza avec un couteau et une fourchette sans y mettre aucune ironie. S'ils n'avaient été que tous les deux, Lena aurait ri à gorge déployée, mais là, elle n'osait pas prononcer un mot. Elle avait la bouche sèche. Malgré sa peur bleue qu'on l'entende déglutir, elle but une gorgée de l'eau qu'on lui avait servie dans un beau verre en cristal.

Il fallait qu'elle dise quelque chose.

— Comme c'est charmant chez vous !

C'était tout ce qui lui était venu à l'esprit. Elle se sentait idiote. Bien sûr que c'était un endroit charmant.

— Je vous remercie, répondit le roi en posant sur son assiette la pince de crabe qu'il venait de vider.

Il s'essuya la bouche avec sa serviette de table, puis croisa les mains sous son menton et dévisagea Lena.

— Je crois savoir que vous êtes nouvelle en ville ?

— Oui, nous avons emménagé à Oslo cet été. On vient de Horten, dit-elle.

— Horten. J'ai de bons amis là-bas, dit le roi. En fait, je connais très bien le maire. Nous faisons de la voile ensemble. Il a une fille exactement de votre âge. Peut-être la connaissez-vous ?

— Non, dit Lena.

Pourquoi s'était-elle précipitée pour répondre ?

Margrethe posa les yeux sur Lena pour la première fois depuis son arrivée.

— Tout le monde ne sait pas qui est la fille du maire ? demanda-t-elle.

— Je sais qui elle est, oui. Mais je ne la connais pas personnellement.

— Ce n'est pas un peu étrange ? demanda Margrethe d'un air indéfinissable. Je veux dire, combien d'habitants il peut y avoir à Horten ?

— Vingt-sept mille, répondit Lena en soutenant son regard. Malheureusement, je ne les connais pas tous.

La princesse n'avait pas l'air entièrement convaincue. Elle semblait plutôt… irritée. Elle pinça les lèvres, redressa encore le dos d'un cran.

— Dont combien nés en 2003 ? insista-t-elle.

— Un bon nombre.

— Hé, c'est quoi cet interrogatoire ? interrompit Kalle.

Margrethe haussa les épaules et regarda son père.

— Il faut bien en savoir plus sur les nouvelles têtes qui arrivent dans cette famille, dit-elle. Surtout avec toutes les filles que Kalle nous ramène.

Le roi semblait sur le point d'intervenir lorsque le majordome revint dans la pièce. Il chuchota quelque chose à l'oreille du souverain, qui posa immédiatement sur la table la serviette qu'il avait étalée sur ses genoux et se leva.

— Excusez-moi quelques minutes, dit-il. Continuez donc à manger. Et restez aimables, je vous prie !

Dès que le roi fut hors de vue, Margrethe se tourna à nouveau vers Lena et lâcha :

— J'imagine que tu dois un peu te croire dans *Pretty Woman*, non ?

Lena fronça les sourcils.

— Qu'est-ce que tu veux dire ?

— Oh, je pense juste à la façon dont tu as débarqué dans une ville et un lycée où tu ne connais absolument personne, mais où tu as quand même réussi à mettre le grappin illico sur le prince héritier.

Rien de tout cela ne ressemblait de près ou de loin à l'histoire de *Pretty Woman*, pensa Lena. Margrethe avait-elle vraiment vu ce vieux film ? Ça parlait d'un homme riche qui tombait amoureux d'une prostituée. Margrethe était-elle en train de la traiter de pute ?

Elle dut se retenir d'être insolente.

Une fois de plus, Kalle vint à son secours.

— Mags. Arrête ça.

Margrethe pencha la tête sur le côté et soutint le regard de son frère.

— J'essaie juste de garder l'œil ouvert.

— Tu n'es pas obligée de jouer les agents secrets dès que quelqu'un me plaît. Et le dernier truc dont j'ai besoin, c'est que tu te comportes comme ma mère.

— Oui, c'est clair. Ç'aurait été mieux qu'elle y arrive toute seule, murmura Margrethe.

Ils baissèrent tous les deux le nez dans leurs assiettes. Comme si Lena n'était même pas là.

Soudain, le roi réapparut.

— Qui a de la place pour le dessert ? Je pense à la crème caramel qui nous attend en cuisine. Bien que ces petites choses soient certainement délicieuses aussi, ajouta-t-il en hochant la tête devant le sac Candy King.

Ils n'avaient pas encore touché aux bonbons – sauf pour les déplacer de la salle à manger bleu roi du rez-de-chaussée à une salle télé beige un peu moins formelle au premier étage.

Enfin ! Elle était seule avec Kalle. Il alla même fermer la porte derrière eux.

Dès que Lena eut entendu le clic du verrou, elle fronça les sourcils et mit les mains sur les hanches.

— Alors là, merci, hein !

— *Désolé !* Désolé, désolé, désolé. Je te jure que je n'étais pas au courant. Mes parents étaient partis pour le week-end, ils n'étaient pas censés revenir avant demain. Mais ils sont rentrés plus tôt que prévu parce que ma mère se sentait mal. Et mon père a insisté pour qu'on dîne ensemble.

— Tu aurais pu m'envoyer un message.

— C'est ce que j'ai fait. Mais tu n'as pas dû le voir, il me l'a dit quelques minutes avant ton arrivée, c'est tout.

Lena regarda son téléphone.

Le message était là, en effet : *On doit manger avec mon père !* Suivi de trois émojis de visage hurlant de peur.

— Tu t'en es très bien sortie.

— Tu trouves ? Ton père était sympa, mais ta sœur… Purée…

Kalle prit l'air agacé, et Lena eut peur de l'avoir mis en colère, mais très vite, son visage se radoucit.

Il se contenta de répondre :

— Elle a ses raisons.

Puis il attira Lena contre lui et poursuivit :

— Assez parlé de ma famille. J'ai plutôt envie de rattraper le temps perdu, parce que j'ai été obligé de rester assis en face de toi à te toucher avec les yeux alors que ce que j'avais envie de faire, c'était plutôt…

Il se pencha en avant et l'embrassa, doucement, un long moment.

Lena se laissa tomber contre lui. Il lui caressa un moment le dos par-dessus le chemisier puis glissa une main chaude en dessous, sur sa peau. Des frissons l'envahirent.

Ils restèrent ainsi un long moment, jusqu'à ce que les lèvres de Kalle se séparent des siennes. Puis il attrapa le sac de bonbons, se frotta joyeusement les mains et ouvrit le sachet. Enfin, les arômes du sucre, de la gélatine et de conservateurs divers se répandirent dans la pièce. Kalle hésita un moment avant de choisir une guimauve banane enrobée de chocolat pour lui et un cœur pour Lena.

Puis il sourit avec malice.

— Alors, quoi ? On regarde *Pretty Woman* ?

Lena attrapa un coussin et le lui jeta au visage.

Ils regardèrent un film d'horreur. C'était l'histoire d'une bande de jeunes, sur une île, qui disparaissaient mystérieusement les uns après les autres. Pas un concept particulièrement innovant dans le genre, mais Lena bondissait en l'air au moindre bruit, comme toujours devant ce type de film. Liv se moquait toujours d'elle à cause de ça mais, cette fois, c'était l'occasion idéale de se lover au creux de l'épaule de Kalle. Au bout d'un moment, elle cacha même la tête contre sa poitrine chaque fois que la musique devenait angoissante. Son pull sentait si bon. Elle aurait voulu rester ici pour l'éternité.

Mais le pouvait-elle ? Au milieu de tout ça ? Pouvait-elle être en couple avec Kalle ?

Elle n'avait même pas réussi à aller au bout de cette pensée que son ventre se noua. Si soudainement qu'elle faillit sursauter – et ce coup-ci, ça n'avait rien à voir avec le fait que, à l'écran, une des filles blond platine était en train de se faire traîner dans un buisson obscur. Non, c'était parce qu'elle revoyait en pensée le regard de Margrethe. La méfiance avec laquelle elle avait posé ses questions. Qu'est-ce qui avait dû traverser la tête du roi en entendant ça ?

Et ce n'était probablement que le début.

Dès que Kalle aurait découvert la vérité sur elle, ce serait fini. *Game over.* De quoi aurait l'air le prince des scandales, lui qui avait déjà une sacrée réputation, s'il sortait avec quelqu'un qui était non seulement une toute jeune mère célibataire, mais aussi « la sale gossip girl de Horten » ?

C'est ainsi que la sœur de Liv l'avait surnommée.

Quand Liv était rentrée de son séjour linguistique à la fin de l'été, Lena avait mis quelques semaines avant de lui parler de Kristian. Liv avait fait semblant de rien, mais elle était clairement blessée. Or, qui d'autre que Liv aurait pu révéler à Guro que c'était Lena qui était derrière Newzzz ? Guro s'était mise dans une colère noire. C'était compréhensible, bien sûr. La photo d'elle en train d'embrasser le mec de Tønsberg, postée par Lena quelques mois plus tôt, avait poussé la copine trompée à le larguer, mais cette histoire avait aussi fait de Guro une cible parmi les copines de la fille. Elles avaient menacé de la passer à tabac la prochaine fois qu'elle mettrait les pieds à Tønsberg.

Dans ces circonstances, Lena aurait peut-être dû voir venir la suite. Pourtant, elle avait vécu ce qui s'était passé comme une véritable embuscade.

C'était le jour d'Halloween, il était tard. Liv et elle avaient suivi leur routine habituelle, comme chaque année depuis qu'elles étaient trop vieilles pour se déguiser : elles avaient sculpté une citrouille, regardé des films, s'étaient goinfrées de bonbons et avaient foutu la frousse aux gamins qui venaient sonner à la porte.

Lena était calme, la tête un peu ailleurs. Son plan, ce soir-là, était de se confier à Liv. Au moment où elle prenait une grande inspiration pour lui annoncer sa grossesse, leurs téléphones avaient tous les deux reçu une notification.

Ainsi que le reste du collège. Tous les élèves de Horten.

D'un coup, la nouvelle était sur tous les réseaux.

Au milieu des images de sorcières, de fantômes et de citrouilles, une vieille photo toute moche de Lena, souriante, allongée sur le canapé chez Liv et Guro, avec pour légende : *La sale gossip girl de Horten. AKA Lena Karlsvik AKA l'élève de troisième derrière le compte Newzzz.*

Les deux amies s'étaient regardées fixement pendant ce qui avait semblé durer une éternité. Puis Liv avait baissé les yeux. Alors, Lena avait pris son téléphone et elle était partie.

Trahie par sa meilleure amie. Seule au monde. Elle savait que ça ne servait à rien de se défendre, ça n'aurait fait qu'empirer les choses. Tout le monde dirait que c'était le retour du boomerang et que c'était bien mérité. Elle n'avait vu qu'une fraction de la fureur qui s'était déversée dans sa boîte de réception et dans les commentaires avant de décider de reprendre la main. D'attaquer le problème à la racine. Elle s'était déconnectée d'Insta et avait supprimé tous ses autres comptes.

À partir de ce jour, elle s'était renfermée sur elle-même. Il valait mieux se retirer qu'être mise à l'écart. Liv lui avait envoyé plusieurs messages disant que Guro était une imbécile et que jamais elle n'avait imaginé qu'elle vendrait la mèche. Lena n'avait pas répondu. De toute manière, c'était fini. Tout était fini.

— Tu ne dors pas ?

Kalle était penché vers elle. Elle sentit le contact de ses lèvres chaudes sur son front. Elle secoua la tête et fit un effort pour se détendre et revenir à l'instant présent, mais ça faisait longtemps qu'elle avait perdu le fil du film.

Qu'est-ce qu'elle fabriquait ici, d'ailleurs ?

Tout ce qu'elle savait, c'était qu'elle avait envie d'y rester aussi longtemps que possible.

19
MISE AU MONDE

Lena n'arrivait pas à dormir, alors quand elle entendit que Theo était réveillé lui aussi, elle alla le chercher. Elle le changea et l'habilla dans la salle de bains, puis le porta jusqu'à la cuisine. Ses parents allaient avoir un sacré choc. Ça devait être la première fois qu'elle se levait avant eux. Elle installa Theo dans la chaise haute, prit les ciseaux pour ouvrir un nouveau paquet de café, mit le nez dessus et inspira profondément. Rien ne sentait aussi bon.

Le soleil se hissait au-dessus des toits. Par la fenêtre de la cuisine, elle voyait les feuilles des arbres, devenues rouge vif, et le ciel, clair et bleu, en train d'apparaître. Elle versa le café moulu dans le filtre, mit la verseuse bien en place et appuya sur le petit interrupteur. La cafetière se mit à gargouiller. Puis elle ouvrit le réfrigérateur, en sortit le bon jus de pomme au gingembre et but directement à la bouteille en s'asseyant à côté de Theodor.

La maison était calme. Ils n'étaient rien qu'elle et lui. Comme une vraie famille. Elle essaya de se figurer la situation : être seule avec lui, la seule à s'en occuper. Une maman ordinaire. La personne qui se chargeait des courses, du ménage, d'acheter vêtements et combinaisons d'hiver. Tous ces trucs dont les autres mamans discutaient sur les forums. C'était totalement inimaginable.

Quand elle n'avait plus eu personne vers qui se tourner, elle s'était jetée sur ce genre de sites. Bébé En Route, Guide de la Femme, Je Suis Enceinte… Quand tout Horreurønningen avait appris ce qui s'était passé, ce qu'elle avait fait, elle s'était réfugiée dans le monde des forums. C'était normal après tout : quand on a un enfant, on change. En tout cas, c'était ce que tout le monde disait. Et en effet, elle aussi était devenue une personne différente. L'ancienne Lena avait été effacée. Désactivée. Ne restait plus qu'un avatar anonyme qui ne prononçait jamais un mot, mais restait connecté en permanence pour pouvoir lire tout ce que les autres écrivaient.

HappyMum2Be, Tricotteuse87 et FutureMaman. Plus la date du terme approchait, plus elles postaient de messages. Petit à petit, leurs sujets de conversation étaient devenus la seule chose qui intéressait Lena. Une légère douleur sur le côté, est-ce que ça signifiait quelque chose ? Pouvait-il s'agir d'une pré-éclampsie ? Le bébé était-il sain et sauf ? Lena avait été surprise par l'anxiété qu'elle ressentait. Une fausse couche pendant une grossesse tout sauf désirée n'était pas la pire chose qui pouvait arriver à une ado, n'est-ce pas ?

Eh bien, si.

Tout avait changé à partir du moment où elle avait commencé à sentir de petites bulles éclater sous la peau de son ventre, comme le doux frôlement de minuscules ailes d'insecte. Les imperceptibles mouvements du petit garçon qui grandissait en elle. Les petits coups qui pouvaient survenir à tout moment, pendant l'une de ces nuits où elle restait éveillée, en larmes, ou sous le chêne derrière le collège, où elle avait passé d'innombrables récrés en solitaire. De douces secousses, comme des messages secrets de la part de son propre corps pour lui signaler une présence : *Tu n'es pas seule*. Quand il avait commencé à bouger, il avait cessé de n'être qu'un alien, un virus qui se serait implanté en elle. Cessé d'être une condamnation à mort, une donnée insupportable qui disparaîtrait peut-être si elle arrêtait d'y penser. Il était devenu lui. Son petit garçon.

Le psychologue, ses parents, tous tenaient particulièrement à ce qu'elle continue à vivre comme avant, mais ils ne comprenaient rien. L'ancienne Lena avait disparu, elle n'existait plus que comme un de ces ragots qu'elle affectionnait tant. *Avez-vous entendu parler de la fille qui… ?* Elle était devenue un gossip, un mème, une histoire pour faire peur. Tout cela menait sa propre vie et n'avait plus rien à voir avec elle. Elle, elle était allongée sur son lit, en sécurité dans sa chambre, avec son Mac. Connectée à une autre réalité où la seule chose dont les gens se souciaient, c'était leur ventre. La bonne croissance. Les doigts gonflés. Et puis, à mesure que l'échéance approchait, les mises à jour sur les forums étaient devenues de plus en plus fréquentes. Beaucoup de femmes étaient en congé maternité, certaines n'avaient pas de travail du tout. Lena était allée aussi loin que possible dans son année de troisième pendant que ça s'agitait joyeusement dans son ventre.

Dans la maison, un petit berceau blanc, un terrifiant tire-lait, des vêtements minuscules, des langes, une table pour changer le bébé avaient fait leur apparition, ainsi que ce fameux landau que sa mère avait descendu du grenier. Tranquillement, la future grand-mère avait « préparé le nid », comme on disait sur les forums. Ce n'était pas Lena qui le lui avait demandé, mais d'un autre côté, elle n'avait donné aucun signe qu'elle avait l'intention de prendre les choses en main elle-même. Tout le monde savait que c'était impossible. Aurait-elle dû passer au magasin de puériculture de la rue Thuegata ? Et discuter avec la mère de Lasse, un garçon de sa classe, qui travaillait là-bas ? Ils n'avaient pas abordé le sujet. Ça n'avait pas été nécessaire.

Pendant que Lena couvait tranquillement, tout se mettait en place.

Puis s'étaient succédé les naissances. Après des mois d'excitation et de nervosité, les membres du forum avaient posté de brefs messages avec dates et poids de naissance complétés d'émojis surexcités, auxquels les autres avaient répondu par des félicitations et des manifestations de joie à n'en plus finir.

Après cela, dans son groupe, silence radio.

Les futures mamans avaient tout simplement disparu.

Les unes après les autres.

Enfin, était venu le tour de Lena.

Elle s'était seulement levée pour aller faire pipi, mais soudain, il y avait eu comme un petit claquement dans sa hanche. Et puis une cascade de liquide le long de ses jambes. Elle s'était figée. Pas de hurlement, pas de cris. Elle savait ce qui se passait, elle avait lu des milliers de choses là-dessus. Elle avait perdu les eaux. Le reste était à la fois un peu flou et inoubliable. Son père au volant, elle sur le siège passager, sa mère à l'arrière. Ils s'étaient garés devant l'hôpital. Ensuite, tout s'était déroulé de manière plus ou moins automatique. Avant tout, la douleur. Elle avait eu l'impression de se faire tabasser, mais de l'intérieur, et à intervalles de plus en plus courts. Mêlée à la pensée absurde qu'il y avait aussi du bon à pouvoir enfin le sentir passer. Que c'était bien fait pour elle. Il avait fallu une journée, plus une soirée, et enfin une nuit de sueur, de sang, de larmes et de merde, de gens qui allaient et venaient au pied de son lit. Contrairement à la plupart des récits de naissances qu'elle avait lus, il n'y avait pas de petit ami maladroit mais fier près d'elle. Juste ses parents, silencieux et concentrés, de chaque côté.

Au matin, vingt-quatre heures après qu'elle eut entendu ce bruit sec dans les toilettes, la douleur avait totalement changé de nature.

Et il était sorti.

Tout était terminé.

Tout ne faisait que commencer.

On lui avait mis sur le sein un petit paquet rouge et ridé et, dans l'expectative, elle avait guetté ses impressions.

Alors ? C'était maintenant qu'elle était censée être envahie par une irrésistible vague d'amour qui allait réordonner le monde. C'est ce que les gens disaient : quand on vous posait l'enfant sur la poitrine, tout était bouleversé. Mais lui, il s'était contenté d'être là, petit nouveau-né rougeaud. Rien de plus, rien de moins.

Avant tout, Lena s'était sentie fatiguée. Elle était restée éveillée vingt-quatre heures d'affilée. Au bout de cette éternité, les douleurs s'étaient enfin envolées, alors la seule chose qu'elle voulait, c'était dormir. Oserait-elle le dire ? En plein milieu de ce moment fort de sa vie ?

Combien de temps était-elle censée le tenir contre elle ?

Heureusement, sa mère était intervenue.

Elle avait soulevé avec précaution le petit paquet de couvertures, l'avait tenu contre elle en faisant quelques flexions des genoux pour le bercer, et l'avait déposé doucement dans le petit lit à côté de celui de Lena. Lena les avait regardés tous les deux, le bébé et la grand-mère de quarante-trois ans. Son visage était métamorphosé. Comme s'il avait été réarrangé. Ses yeux étaient plus grands, plus brillants, plus éloignés l'un de l'autre. Sa bouche, un trait oblique. Elle arborait un air tranquille que Lena ne se souvenait pas lui avoir vu avant.

Ces deux-là semblaient bien s'entendre. À croire que les choses étaient telles qu'elles devaient être.

Lena savait que ses parents auraient aimé avoir d'autres d'enfants, sans succès. Ils ne s'en étaient jamais plaints. *Notre fille unique et préférée*, lui murmuraient-ils pour lui souhaiter bonne nuit quand elle était allongée sous sa couette rose Mon Petit Poney.

Sous la fine couverture de l'hôpital, le ventre de Lena se contractait. C'était ce qu'on appelait les tranchées, les suites de l'accouchement, et ça faisait affreusement mal. Sa mère lui tournait le dos, caressant doucement le duvet humide sur la tête du bébé. Lena sentit les larmes lui monter aux yeux. Elle aurait voulu être à sa place, dans le petit lit avec la couette toute douce. Être prise en charge par sa mère, qui la calmerait, veillerait sur elle. Elle remonta la maigre couverture sous son menton. Son corps était tellement douloureux. Lentement, elle se mit sur le côté. Le dos tourné aux deux autres, elle essaya de laisser ses larmes couler aussi silencieusement que possible sur son oreiller.

Le plus beau moment de ta vie.

Ses pleurs s'intensifiaient ; elle pressa sa langue derrière ses dents et inspira à fond par l'abdomen, puis expira calmement. Elle savait pleurer en silence. Elle avait appris ça au cours des derniers mois.

La vie était finie. Elle devrait juste tenir le coup pendant… combien de temps déjà ? Soixante ans ?

Puis elle avait senti son matelas bouger et un autre corps s'était couché avec précaution derrière elle. Une main de maman fraîche et rugueuse lui avait caressé précautionneusement le front, ramené en arrière ses cheveux en sueur. Elle avait arrêté de respirer. S'était mise à hoqueter. Tout avait déferlé. Elle pensait à tout ce qu'elle avait perdu. À tout ce qui ne pourrait jamais être. Aux années difficiles et interminables qui l'attendaient. Même une fois l'oreiller détrempé, la main était toujours là. Qui caressait, inlassablement.

« Dors maintenant, dors autant que tu veux, ma fille unique et préférée », avait chuchoté la voix dans son dos. Encore et encore. À la fin, elle s'était endormie, au milieu de tout ce qui restait encore.

Dans la cuisine de la maison de la rue Grevlingveien, Lena écrasait une banane dans une assiette creuse en plastique vert. Avec précaution, elle en mit un peu sur le bout d'une cuillère en plastique longue et étroite. Elle la tint en l'air, ouvrit grand la bouche et leva la cuillère vers Theodor, qui réagit avec enthousiasme en ouvrant la bouche lui aussi. Ses yeux brillèrent quand il sentit la saveur sucrée du fruit et il claqua du bec pour manifester son plaisir. Lena l'imita et ne put résister à l'envie de se pencher en avant et de lui faire un gros câlin.

— Ah, vous êtes là. Comme ça sent bon ! Tu as fait du café ? Depuis combien de temps tu es debout ? Tu sais que tu n'es pas obligée de te lever pour lui les jours de cours.

Son père, les cheveux en bataille, se tenait sur le seuil de la cuisine, vêtu du vieux jogging qui lui servait de pyjama depuis la nuit des temps. Juste derrière lui, une personne tout aussi endormie.

— C'est bien une odeur de café que je sens ? Et je vois que mon petit Theo est déjà habillé ? demanda sa mère, entre un sourire et un bâillement.

— Bonjour, répondit Lena en se levant et en terminant la bouteille de jus de pomme. J'ai entendu Theo se réveiller vers six heures et j'ai pensé que vous pourriez faire une mini grasse mat'. En plus, le café, ça sent super bon, même si c'est dégueu.

Ses parents échangèrent un regard. Puis son père, tout sourire, sortit deux tasses du placard. Sa mère s'assit à table sur une banquette, se pencha pour attraper l'assiette de banane écrasée, et prépara une nouvelle cuillérée.

— On pourrait peut-être aller se balader tous les quatre ce week-end, lança son père.

— Oui, peut-être, répondit Lena, laissant sa mère prendre le relais.

Son assiette, son verre et ses couverts étaient restés sur la table. Elle se dirigea vers la salle de bains pour se brosser les dents, mais en se retournant, elle surprit ses parents en train de pouffer.

— Qu'est-ce qu'il y a ?

— Rien, répondit son père.

— Rien. Rien du tout, renchérit sa mère en posant la cuillère.

Elle se leva et s'approcha de Lena pour la serrer dans ses bras et lui caresser les cheveux.

— Bonne journée ! Amuse-toi bien…

Lena sourit et ferma la porte de la salle de bains. Elle eut quand même le temps d'entendre la fin de la phrase :

— … *notre fille unique et préférée !*

20

INFLUENCEUSE *NÚMERO TRES*

Lena serra sa courte veste en cuir autour d'elle. Il faisait froid, mais c'était un froid agréable. Comme un bain matinal glacé et rafraîchissant. Elle se réchauffa les mains sur le gobelet blanc en carton qu'elle tenait. Une fois de plus, elle était arrivée un peu tôt, et, sur un coup de tête, elle avait trouvé le courage d'entrer dans le café branché juste en face du lycée. Elle avait acheté un chocolat chaud au barista en chemise blanche. Pour 55 couronnes. Et alors ? Elle vivait en ville, elle pouvait se permettre ce genre de choses. Elle était Lena Karlsvik, une fille d'Oslo parfaitement ordinaire.

Elle but la dernière gorgée de sa boisson chaude en se dirigeant vers le grand portail de briques d'Elisenberg. Elle n'avait pas envie d'entrer. Elle détestait le fait que Kalle arrive toujours juste avant la sonnerie. Elle avançait à pas lents dans la cour, tâchant de se faire aussi invisible que possible, quand elle entendit son nom.

— Lena ! Par ici !

C'était Ingrid, qui agitait les bras. Ses cheveux bouclés étaient rassemblés en chignon sur le sommet de sa tête ; ses baskets étaient d'un blanc éclatant sur l'asphalte foncé. Un large sarouel oscillait entre ses jambes maigres ; par-dessus, elle portait une veste courte en daim marron clair avec de longues franges qui pendaient des manches et flottaient quand elle bougeait les bras.

— Le grand jour est enfin arrivé ! s'exclama-t-elle en donnant à Lena une brève accolade. Tu es nerveuse ?

— Pourquoi ? demanda Lena.

Mais Ingrid n'eut pas le temps de lui répondre, car Tess, arborant le sourire narquois qu'elle avait toujours sur les lèvres dans ses vidéos, apparut derrière elles.

— Alors, Kalle et toi, c'est sérieux ? Ou tu tâtes juste la marchandise princière ?

— Tess !

Ingrid avait l'air horrifiée. Lena sentit son pouls s'accélérer et eut un rire nerveux.

— Difficile de ne pas tomber dans les attrape-touristes quand on débarque à Oslo, tu sais, répondit-elle avec un sourire, avant de faire semblant d'avaler une gorgée de son gobelet vide.

Tess éclata de rire et passa un bras autour de son épaule pendant qu'elles se mettaient en marche vers l'entrée principale.

— Tu es tordante, Lena Karlsvik. Je regrette de ne pas avoir eu l'occasion de te voir en étoile de mer. Mais j'ai fait mes petites recherches. Ingrid m'a dit que tu étais de Horten, et internet m'a informée que tu avais le score mirobolant de 1 100 sur Snap. Pourtant, tu arrives à Oslo et tu séduis le prince héritier en une minute chrono. Il y a un truc. Bref, arrêtons de tourner autour du pot, conclut-elle en s'immobilisant et en posant les mains sur les épaules de Lena. Dis-moi qui tu es vraiment.

— Comment ça ?

La panique envahit Lena.

— Dans la famille Kardashian ! Je ne saurai pas comment me comporter avec toi tant que je ne t'aurai pas située !

Lena rit un peu trop fort tellement elle était soulagée.

— Ah, OK. Euh… Kris ! Je suppose que je suis Kris Jenner.

— D'accord, donc tu es le centre de l'univers ?

Lena secoua la tête.

— Oh non ! Je voulais plutôt dire que je suis le genre de personne en retrait…

Tess poussa un gémissement.

— Mais vous en êtes à quelle saison, à Horten ? Kris Jenner est clairement la force motrice de cette famille. Elle est tout, déclara Tess en dévisageant Lena. Non, toi, tu me fais plutôt penser à un Brandon.

— Hein ? Brandon… Qui c'est… ? On n'était pas censés s'en tenir aux Kardashian ?

— Si, si. Brandon Jenner. Le fils de Caitlyn, de son premier mariage. Le sensible qui ne veut pas attirer l'attention sur lui. Enfin… Qui *soi-disant* ne veut pas attirer l'attention sur lui.

— OK… Et qui est…

Mais Lena fut interrompue par Ingrid :

— Moi, je suis Kendall ! Avant, j'étais plutôt Kylie, jusqu'à ce qu'elle ait Stormi. Je comprends pas. Pourquoi elle a voulu un gamin alors qu'elle était encore elle-même une gamine ? T'imagines, vouloir attirer l'attention à ce point. Mettre un enfant au monde juste pour qu'on parle de toi… C'est un peu gros.

Lena déglutit.

Y avait-il des gens à Horten qui avaient pensé ça d'elle ? Que c'était une dernière tentative désespérée de faire l'intéressante ? Elle frissonna à cette idée.

— Donc maintenant, je suis Kendall. Pure, célibataire, avec la vie devant moi, dit Ingrid.

— Et toi, alors ?

Tess, redevenue sérieuse, caressait ses tresses noires, le regard perdu dans la cour.

— C'est évident, non ? répondit-elle.

Lena haussa les épaules. Elle ne voyait pas, mais n'osait pas s'avancer à deviner.

— Tess est Kim, bien sûr ! Notre influenceuse *número uno*. Celle qui bosse à fond, dit Ingrid.

Deux voitures noires pénétrèrent dans la cour. Les trois filles les suivirent des yeux.

— Ben voyons. Non, je suis Blac Chyna. Celle qui ne colle pas dans le décor, mais qui fait quand même partie de tout. Influenceuse *número uno* ? Ah, ah !

Margrethe et Kalle descendirent de voiture, les yeux rivés sur leurs téléphones respectifs.

— Je dirais plutôt influenceuse *número tres*.

Le frère et la sœur prirent simultanément leur sac, y rangèrent simultanément leur portable, puis levèrent simultanément les yeux. Pour la première fois, ils ressemblaient vraiment à des jumeaux.

Le visage de Kalle s'éclaira.

Mais ce qui se passa ensuite surprit tout le monde.

Un large sourire se dessina sur le visage de Margrethe, qui s'écria :

— Ah, tu es là, Lena. Viens par ici !

21
DRAMA QUEEN

— C'était sympa la dernière fois !

Margrethe fit un signe de tête à Lena, et Kalle la serra dans ses bras. Il sentait tellement bon ! Elle adorait aussi le contact de sa poitrine ferme à travers sa chemise et son pull. Elle aurait voulu rester là, mais il desserra son étreinte.

— On entre ? La cloche a sonné, dit Margrethe en se dirigeant fébrilement vers la salle de classe. Tu es nerveuse ?

— Si je suis nerveuse ? répéta Lena, qui se demandait si Margrethe parlait de l'interro de norvégien.

— Kalle t'a ajoutée au fil de discussion ?

— Oui, oui, je suis déjà dans le groupe de la classe.

Margrethe lança un regard irrité à Kalle.

— Tu ne l'as pas ajoutée ? C'est vendredi.

Kalle haussa les épaules.

— Désolé, j'ai oublié… Et justement. C'est vendredi. On est seulement lundi.

Lena les suivit en essayant de comprendre. Margrethe avait-elle eu une attaque ? Avait-elle changé de personnalité sans prévenir ?

— Une semaine, ça passe vite. Il faut qu'on t'ajoute sur le groupe du chalet. Ce n'est pas le groupe de discussion normal, c'est un peu plus…

Elle s'interrompit pour jeter un coup d'œil par-dessus son épaule.

Un attroupement avait commencé à se former derrière eux. Parvenus sur le palier de l'escalier, Lena et les jumeaux se décalèrent sur le côté pour laisser passer quelques garçons, plus Ingrid et Tess. Lena leur sourit, mais les filles levèrent les yeux au ciel.

— C'est un groupe un peu plus restreint, reprit Margrethe en chuchotant. On va passer le week-end dans un chalet. Mais ce n'est pas avec toute la classe, tu vois ?

— Donc Tess et Ingrid ne sont pas invitées, c'est ça ? demanda Lena.

— Si, Ingrid vient, mais… pas Tess. Comme je te disais, c'est un groupe un peu… plus digne de confiance, chuchota Margrethe.

— En d'autres termes, c'est un petit chalet et il n'y a pas de place pour tout le monde, ajouta Kalle à voix haute.

Margrethe l'ignora et continua de chuchoter de manière ostensible :

— Ce n'est peut-être pas très facile à comprendre. Tess est cool, hein, mais *nous*, on ne peut tout simplement pas être avec elle. Le problème, c'est qu'elle… laisse fuiter des trucs.

Lena avait envie de rire, mais apparemment c'était très sérieux, car Margrethe la regardait d'un air sévère.

— Tess est capable de vendre tout ce sur quoi elle réussit à mettre la main, poursuivit-elle. Tant qu'on ne dit rien et qu'on ne fait rien en sa présence, au moins, on a notre conscience pour nous.

Kalle secoua la tête d'un air las, prit Lena par la main et l'entraîna dans la salle de classe.

Ils s'installèrent à leur place. Lena haussa les sourcils. Allait-il lui expliquer le spectaculaire changement d'attitude de sa sœur ?

Mais Kalle gardait le silence.

— Qu'est-ce qui se passe ? demanda Lena.

Kalle secoua la tête et soupira sans rien dire. Enfin, il se pencha vers elle.

— Margrethe est parano avec Tess. Elle a complètement paniqué quand elle vous a vues traîner ensemble toutes les deux. Elle est persuadée que Tess nous espionne et fait des screenshots de nos vidéos pour les vendre. Tu te souviens probablement de cette histoire d'Halloween l'année dernière ?

Lena gloussa.

— Qui ne s'en souvient pas ?

Kalle ne riait pas, lui.

— Donc, pas besoin de te faire un dessin. On doit rester prudents.

« Tu pourrais commencer par arrêter d'aller en soirée en mode blackface », se dit Lena, mais elle garda ses réflexions pour elle.

— Je sais que c'est débile, dit Kalle. Mais il n'y a personne d'autre ici qui gagne sa vie en vendant des news people.

— Gagner sa vie en vendant… mais Tess s'intéresse au maquillage, non ?

— Bien sûr, mais elle n'est pas celle qu'elle prétend être.

— Ah bon ? dit Lena en sortant ses livres.

— Quand elle a commencé sur TikTok, tu sais ce que c'était, son premier post ? Une vidéo avec nous en arrière-plan. Tu crois que ça lui a valu beaucoup de likes ou pas ?

— Euh, oui, j'imagine, répondit Lena.

— Quand on lui a demandé de la supprimer, elle a prétendu qu'elle n'avait pas remarqué. Hyper crédible… Quand tous les commentaires ne parlaient que du « prince et de la princesse » ! Non. Je ne comprends pas pourquoi les gens ne peuvent pas dire les choses telles qu'elles sont. En ce qui me concerne, elle peut poster tout ce qu'elle veut sur YouTube et TikTok, mais de là à mentir… Si tu mens sur *un* truc, tu mentiras sur plein d'autres.

Lena se tut.

— Bref, peu importe. On va au chalet ce week-end… En petit groupe. VIP ou pas. J'espère que tu as envie de venir !

Lena hocha la tête et leva les yeux sur M. Ove, qui entrait avec une liasse de papiers. Il se racla la gorge et le silence se fit.

— Eh bien, le grand jour est arrivé. Vous allez tous recevoir le plus beau cadeau qui soit dans le monde occidental : une injection de poison gratuite et obligatoire. C'est le jour de la vaccination !

Lena comprenait enfin. C'était donc pour ça que tout le monde lui avait demandé si elle était nerveuse. Pourquoi n'avait-elle pas lu les messages sur l'appli du lycée ?

— Nous allons nous rendre à l'infirmerie par petits groupes. Les premiers sont…

M. Ove lut la répartition des noms à haute voix. Lena était tétanisée. Elle pria en silence pour que personne ne remarque rien.

Kalle la regarda.

— Ils t'ont oubliée, chuchota-t-il.

Elle secoua la tête.

— Non, non, c'est bon.

— Non, c'est pas bon. Tu dois avoir ton vaccin toi aussi. Je veux dire, t'es pas une de ces… fanatiques, hein ?

Elle secoua la tête encore plus fort.

— Non, non, je ne suis pas antivax. Laisse tomber. J'ai parlé à M. Ove et il…

Trop tard : Kalle avait déjà levé la main.

— Vous avez oublié Lena.

Le professeur consulta ses papiers.

— Alors, voyons voir. Euh, non, bien sûr que non. Tu n'en as pas besoin, Lena. C'est seulement pour les élèves nés en 2003. Tu es déjà vaccinée, n'est-ce pas ?

Kalle regarda fixement Lena.

Celle-ci baissa les yeux sur son bureau.

— Hein ? Tu es déjà vaccinée ? Mais pourquoi ?

— Je suis née en 2002, répondit Lena.

— Quoi ? Alors pourquoi tu n'es qu'en seconde ? demanda Kalle pendant qu'un vacarme de raclements de pieds de chaise résonnait dans toute la classe.

Et, sans attendre sa réponse, il prit son manteau et suivit lentement les élèves du premier groupe. Il y avait dans son regard un scepticisme que Lena ne lui avait jamais vu auparavant.

Elle baissa les yeux et passa la main sur des pages d'algèbre, faisant mine d'étudier les chiffres de près. Mais elle le sentait de tout son corps : ce n'étaient pas les élèves qui se levaient que tout le monde regardait.

C'était elle.

Lena attendait impatiemment Kalle devant le lycée quand la cloche sonna la fin des cours. Elle lui sauta dessus, même si elle avait prévu d'avoir l'air tranquille et décontractée.

— Alors, tu t'es évanoui ? lui demanda-t-elle.

— J'ai réussi à rester debout, répondit-il. Tu me connais, je suis un dur à cuire. Rien ne me fait peur, ni les tiques, ni les piqûres.

Il s'assit sur les marches et planta les yeux dans les siens.

— Pourquoi tu ne m'as pas dit que tu avais un an de plus que nous ?

— Parce que je l'oublie moi-même. Je suis tellement habituée à être plus âgée que les autres dans ma classe que je n'y pense même plus. Mes parents ont décidé que je commencerais l'école un an plus tard. Comme je suis née le 29 décembre, ils ont pensé que ce serait un avantage pour moi d'être toujours la plus vieille plutôt que la plus jeune.

C'était faux, son anniversaire était au mois de mars. Mentir à Kalle lui donnait mal au ventre.

Mais elle ne pouvait pas dire la vérité.

Elle ne pouvait pas lui avouer qu'elle n'était qu'en seconde parce qu'elle avait eu un bébé à la fin de sa troisième.

Elle ne voulait pas que tout se termine maintenant, elle voulait que ça dure comme ça encore un peu.

Juste continuer à être normale encore un peu.

— OK, je vois. C'est cool de sortir avec une fille plus âgée, dit Kalle en déposant un léger baiser sur sa bouche.

Pfiou ! Il avait accepté son explication.

Et il avait dit qu'ils sortaient ensemble !

22

BONNET B

Lena donna une petite impulsion à sa chaise de bureau, qui roula jusqu'au placard à l'autre bout de sa chambre. Elle grimpa ensuite sur la chaise et se pencha à l'intérieur de l'armoire, se tenant d'une main à une étagère tandis que, de l'autre, elle tirait sur son sac à dos de randonnée stocké sur l'étagère du haut. Le sac s'écrasa sur le parquet et un tourbillon de poussière monta du tissu en Gore-Tex. Il n'avait pas servi depuis longtemps.

Pas depuis son escapade au camping de Fjærholmen.

Elle se souvenait encore de l'atmosphère étouffante et de l'odeur de plastique qui régnaient dans la tente deux places qu'elle avait partagée avec Kristian.

Six mois plus tard, quand elle avait commencé à ne plus pouvoir cacher son ventre, Lena avait entendu une des filles parfaites du collège chuchoter dans la cour :

— Pas surprenant. Voilà ce qui arrive quand on couche à droite à gauche.

Lena se demandait s'il fallait qu'elle aille avec la bande au chalet. Elle n'était pas sûre d'en avoir envie. Ce serait la première fois qu'elle passerait un week-end entier loin de Theodor. Quarante-huit heures ! Quarante-huit heures sans pouvoir caresser ses petites joues potelées. En serait-elle capable ? Lui ne remarquerait probablement même pas son absence. Tant qu'il avait sa mamie et son doudou, ça lui était égal. Ça lui fendait le cœur de penser qu'elle était remplaçable à ce point. Theodor croyait peut-être que sa grand-mère était sa mère. Après tout, c'était elle qui s'occupait de lui la majeure partie du temps, elle qui le surveillait, le câlinait, elle la vraie adulte, la personne responsable. C'était elle qui en avait fait le plus – à part lui donner naissance et l'allaiter les premiers mois.

— Tout ira bien, Lena, lui avait dit sa mère ce matin-là au petit-déjeuner, quand Lena lui avait fait part de ses inquiétudes. Ce n'est que pour deux jours. On peut s'appeler en FaceTime s'il te manque trop ! C'est pour ça qu'on a déménagé à Oslo : pour que tu puisses continuer à vivre.

Lena pensait que ce n'était pas pour partir en week-end dans des chalets qu'elle avait accepté de déménager loin de Horten, mais bon, sa mère n'avait pas entièrement tort. Peut-être qu'elle utilisait Theodor comme excuse. Il y avait plusieurs raisons à son appréhension. La semaine avait été bizarre depuis ce maudit jour de la vaccination.

Margrethe avait continué à être aussi anormalement gentille avec elle toute la semaine. Elle avait mentionné le week-end au chalet à plusieurs reprises, insisté pour que Lena se joigne à la discussion de groupe et vote pour le menu du vendredi et du samedi soir. Malheureusement, ils n'avaient pas le droit d'emmener le chef avec eux. Lena avait joué le jeu et essayé de manifester autant d'enthousiasme que la princesse. Elle espérait que cela signifiait que plus personne ne pensait à son âge. C'était peut-être le cas, mais Lena avait le sentiment que Margrethe n'était pas du genre à oublier le moindre détail.

Elle choisit un jean, qu'elle mit dans le sac à dos. Puis deux ou trois T-shirts, un pull un peu plus épais pour le soir et un maillot de bain – différent de celui qu'elle avait à la soirée d'Ingrid. Elle ne voulait pas leur remémorer ce jour-là. Ouvrant son tiroir à sous-vêtements, elle repoussa les soutiens-gorge d'allaitement qui s'ouvraient sur le devant et les culottes post-partum, assez grandes pour contenir les épaisses serviettes hygiéniques dont elle avait eu besoin les premières semaines après l'accouchement quand elle saignait encore. Elle sélectionna le seul bel ensemble de lingerie qu'elle possédait et qui lui allait encore plus ou moins : une culotte en dentelle bleu foncé et le soutien-gorge assorti, achetés chez H&M. Elle mit le soutien-gorge devant sa poitrine pour s'examiner dans le miroir à l'autre bout de la pièce. Elle n'allaitait plus, pourtant ses seins étaient toujours plus volumineux qu'avant. Peut-être que Kalle aimait les grosses poitrines et serait déçu qu'en réalité elle ne fasse pas du bonnet B, mais du A.

Kalle et elle allaient-ils coucher ensemble au chalet ?

Elle l'espérait.

Elle en avait déjà eu envie quand ils s'étaient embrassés chez lui après la fin du film. Elle avait eu envie qu'il l'allonge sur les coussins moelleux, qu'il lui enlève son jean, enlève le sien, et vienne en elle. Avec un préservatif, bien sûr. Peu importe si elle n'était qu'« une nouvelle meuf dans la galaxie Karl Johan ». Mais Kalle avait soudain éloigné ses lèvres des siennes, ôté la main de sous son chemisier, dit qu'il se faisait tard. Ils avaient cours le lendemain, il était peut-être temps que Rolf la ramène chez elle. Elle avait accepté et essayé de faire comme si de rien n'était. Pas étonnant qu'il n'ait pas envie de faire l'amour avec elle quand toute sa famille était à la maison ! Sur le chemin du retour, assise sur la banquette arrière de la voiture de Rolf, Lena avait regretté de ne pas s'être faite un peu plus belle pour sa visite.

Elle fourra les sous-vêtements bleu foncé dans son sac, ainsi qu'une culotte en coton noir et un soutien-gorge de la même couleur, pas tout à fait assorti et légèrement délavé. Quelle débile ! Elle aurait dû aller s'acheter de nouveaux sous-vêtements avant le week-end.

Le chalet se trouvait sur l'île de Tjøme, dans le sud du pays. Rien que ça, ça la rendait nerveuse. Partir dans cette direction, vers Horten, revenait à se jeter dans la gueule du loup. Comme ces blondes débiles du film d'horreur qui se perdaient justement là où le meurtrier les attendait. Cela dit, Tjøme était à trois quarts d'heure en voiture de Horten. Ça devrait être suffisamment loin de la zone de danger.

Lena se regarda dans le miroir.

Si jamais quelqu'un de Horten la remarquait, ça ne serait pas non plus comme si elle était revenue toute seule, comme si réapparaissait la fille sans amis qu'elle avait été avant de déménager. Non, là, elle serait avec toute une bande de la capitale. La bande des jumeaux princiers. À bien y réfléchir, elle espérait presque que quelqu'un les voie. Mais alors, songea-t-elle tout à coup, prise d'un frisson, que se passerait-il ? Lancerait-il un avertissement aux autres ? « Attention à la sale gossip girl ! La reine des ragots ! » Quand Guro l'avait démasquée, personne n'avait eu pitié d'elle. Au contraire, tout le monde avait soudain semblé d'accord pour dire que Newzzz était le compte le plus pourri du monde. N'empêche, elle savait très bien que les personnes qui avaient manifesté leur désapprobation étaient les mêmes que celles qui avaient liké ses posts et lui avaient envoyé des infos pour qu'elle poste d'autres trucs croustillants.

Ils n'étaient pas entièrement innocents non plus.

Lena soupira, essaya de ne plus penser à ce scénario glaçant. De toute façon, ça ne se produirait jamais. Cette bande des quartiers chics d'Oslo n'avait jamais été en contact avec personne d'Horreurrønningen, et ce n'était pas près de changer. Ils comptaient passer le week-end dans un chalet, pas faire une virée shopping au centre commercial de Horten. D'ailleurs, où allaient-ils, au juste ? Au début, elle avait cru qu'ils iraient dans le chalet de la famille royale, mais en remontant un peu dans les messages du fil de discussion, elle s'était rendu compte que leur hôte serait Arnie – une fois de plus. Ses parents lui prêtaient leur chalet. Il n'y avait pas de détails sur l'endroit exact, mais il y aurait forcément une plage et un hangar à bateaux.

Le téléphone de Lena bipa.

Un snap de TRPK.

Un selfie tout sourire. Le texte disait : *J'ai très hâte*.

C'était tout.

Pas de blagues sarcastiques ou de photos idiotes.

Soudain, la nervosité de Lena monta encore d'un cran. Par sécurité, elle glissa deux préservatifs dans la poche latérale de son sac à dos.

23

STATION-SERVICE

Ils se répartiraient dans deux voitures. Une BMW beige, celle du père d'Arnie, qui voulait « vérifier que le chalet était toujours debout », comme il l'avait dit d'un ton rigolard avant leur départ. Il avait probablement aussi envie de se vanter un peu devant eux en leur montrant les lieux, pensa Lena.

Naturellement, ce serait Rolf qui conduirait l'autre voiture : les jumeaux princiers n'étaient pas autorisés à monter avec d'autres personnes, même s'il s'agissait des parents fortunés de leurs copains de classe.

Pauvre Rolf. Pas de petits moments sympas en famille non plus pour lui ce week-end ; il allait devoir se coltiner une bande d'ados dans un chalet. Lena se demanda combien de temps à l'avance il était prévenu pour ce genre de sorties. Probablement très peu, car Kalle avait clairement tendance à se lancer dans des tas d'activités sur un coup de tête, et Rolf n'avait d'autre choix que de le suivre.

— Monte, Lena, dit Kalle après avoir rangé dans le coffre quelques sacs de courses, son sac à dos à elle, et son propre sac de voyage en cuir.

Il lui prit la main et l'entraîna sur la banquette arrière de la voiture aux vitres teintées. Ç'aurait pu être un trajet agréable s'ils avaient été seuls, mais le groupe était trop nombreux pour ça. Elle vit Margrethe s'installer à l'avant et soupira discrètement en regardant Fanny, Astrid et Ingrid monter à l'arrière dans la voiture du père d'Arnie.

D'ailleurs, en y réfléchissant bien, c'était assez étrange que la princesse se sente assez en sécurité avec Arnie pour passer un week-end en sa compagnie. Était-ce parce que c'était un garçon ? Qu'il était riche ? Aux yeux de Lena, la plus grosse bombe à retardement, c'était lui. Il se lançait tout le temps dans des trucs complètement givrés.

— Prochain arrêt : Tjøme, annonça Rolf.

Les trois passagers se perdirent dans la contemplation du paysage par leurs fenêtres respectives tandis que la voiture prenait vers l'ouest par la Bygdøy Allé, puis l'E18. Kalle posa la main sur la cuisse de Lena. Très vite, elle ferma les yeux. Une fois de plus, elle était complètement vidée après cette semaine de cours. À vrai dire, ce qu'elle avait vraiment envie de faire, ce vendredi soir, c'était passer la soirée au lit en regardant Netflix et en grignotant des soufflés au fromage. Rien qu'à la pensée de la longue soirée qui l'attendait, où il faudrait boire et se coucher tard, elle était épuisée. Autant rassembler ses forces pendant qu'elle le pouvait, se dit-elle en laissant se fermer ses paupières qui lui semblaient si lourdes.

C'est la voix de Kalle qui la réveilla.

— On peut s'arrêter ? demanda-t-il en parlant fort pour couvrir Billie Eilish, Margrethe ayant branché son téléphone sur les enceintes de la voiture.

Lena se frotta les yeux et regarda par la fenêtre. Son pouls accéléra. Ils semblaient arrivés à… Elle consulta son téléphone et constata qu'ils roulaient depuis à peine une heure. Oui, c'était bien ça : ils se trouvaient au carrefour de Kopstad. Rolf allait traverser le rond-point et continuer sur l'E18, mais s'ils avaient pris à gauche, vers l'est, et passé la chapelle à droite de la route, ils n'auraient pas tardé à longer la rive nord du lac Borrevannet.

Et ils seraient arrivés à Horten.

— À la station-service, précisa Kalle en désignant une enseigne juste à côté du carrefour. Il faut que j'aille aux toilettes.

— Tu ne peux pas attendre qu'on soit arrivés ? demanda Lena.

Mais Rolf tournait déjà à gauche pour prendre la voie qui menait aux pompes à essence.

— Il vaut mieux s'arrêter maintenant, dit-il. On a encore trois quarts d'heure avant d'arriver à Tjøme.

Rolf se gara juste devant l'entrée. Kalle mit la capuche de son sweat sur sa tête et entra dans la boutique au pas de course.

Lena se demanda si la fille à la caisse lèverait les yeux de son poste et remarquerait qu'un prince passait sous son nez pendant son service du soir. Plissant les yeux pour mieux voir par la vitre, Lena eut l'impression de sentir un poignard s'enfoncer dans son cœur en découvrant qui se tenait là, un chiffon à la main, entre le rayon huiles de moteur et les rangées de magazines.

Guro.

Depuis quand la sœur de Liv travaillait-elle ici ?

— On est dans le coin où tu habitais avant, là, non ?

Margrethe s'était retournée pour faire face à Lena.

Elle souriait, sauf que son sourire ne se reflétait pas dans ses yeux.

— Oui. Enfin… On est à un quart d'heure de Horten. Mais je suis déjà venue plusieurs fois à cette station-service, ça c'est sûr.

— Tu connais la fille qui y travaille ?

— Non, répondit Lena, un peu trop vivement cette fois encore.

La princesse hocha la tête et se détourna. Lena poussa un soupir de soulagement, ce qui était probablement un peu trop optimiste de sa part car Margrethe lança soudain :

— Je crois que je vais faire un saut à l'intérieur moi aussi. Pour acheter une bouteille d'eau. Quelqu'un veut autre chose ?

Rolf secoua la tête. Lena se figea sur son siège. Que faire ? Margrethe descendit de voiture et, tout en se dirigeant vers les portes automatiques de la station-service, elle jeta un regard par-dessus son épaule. Elle avait un petit sourire en coin. Mais, pile au même moment, Kalle ressortit, deux bouteilles d'eau minérale dans chaque main. Il les brandit face à sa sœur. Margrethe jeta un dernier coup d'œil à travers les portes vitrées, fit demi-tour et revint à la voiture avec lui. Lena sentit la tension se relâcher, mais dut faire un effort pour sourire lorsque Kalle vint se rasseoir à côté d'elle, l'embrassa sur la joue et lui demanda si elle préférait de l'eau gazeuse aromatisée citron, citron vert, ou de l'eau plate classique.

Il était moins une.

Vraiment moins une.

24
PARANO

Un archipel de paradis : voilà comment le père d'Arnie qualifiait l'endroit. Lorsqu'il ouvrit grand les bras pour leur désigner la maison, Lena ne put s'empêcher de penser à l'expression « fier comme un paon ». Ce chalet était loin d'être aussi petit que ce que Margrethe et Kalle avaient prétendu, mais bon, à quoi étaient-ils habitués, ces deux-là ? Il avait été construit juste au bord de la mer. Le voisin devait se trouver à une bonne centaine de mètres au minimum. Quelques voitures étaient garées devant, mais il n'y avait personne en vue. On aurait eu la place de construire au moins un autre chalet entre les deux bâtiments, mais à part le luxe de l'espace, il n'avait rien de tape-à-l'œil. Ancien, peint en blanc, il ne semblait pas avoir coûté trop cher. Mais en grandissant dans le comté du Vestfold, Lena avait appris une chose : vu son emplacement, il valait facilement dix millions de couronnes. Il était probablement dans la famille depuis des générations. En général, les résidences secondaires de ce genre appartenaient aujourd'hui à des habitants d'Oslo. Quand Lena et ses amis étaient plus jeunes et qu'ils les voyaient arriver dans leurs super voitures, traînant des tonnes de bagages, ils se moquaient d'eux. Ces gens emportaient dix sacs de courses et donnaient l'impression qu'ils allaient rester des semaines alors qu'ils avaient juste prévu de passer le week-end.

Désormais, elle était dans leur camp.

Une fille d'Oslo.

Ils restèrent un moment dehors à admirer la vue sur le fjord pendant que Rolf inspectait rapidement chaque pièce. Quand il ressortit et fit un signe de tête pour indiquer que tout était en ordre, Kalle prit la main de Lena et l'entraîna à l'intérieur.

— La grande chambre est pour nous, dit-il avec un clin d'œil. J'ai demandé à Arnie, il est d'accord.

Lena eut à la fois un bon et un mauvais pressentiment lorsque Kalle saisit la poignée de la porte au bout du couloir. Le battant de bois s'ouvrit en grinçant. Ils s'assirent sur le bord du lit et commencèrent à s'embrasser, d'abord doucement, délicatement, puis avec plus de passion. Lena avait très envie de se lever, d'aller à la fenêtre et de fermer les rideaux. Et de passer tout le week-end au lit avec Kalle.

— À table !

On aurait dit la voix de Margrethe dans le salon.

— Déjà ? s'étonna Lena. Mais on est arrivés il y a dix minutes, non ?

Kalle sourit, bondit du lit et passa un bras autour de sa taille.

— Mags a toujours un plan, dit-il. On continue plus tard ?

Elle acquiesça en songeant que, après le dîner, il faudrait qu'elle prenne une douche et qu'elle enfile ses sous-vêtements en dentelle. Ils entrèrent dans le salon main dans la main. Lena fut heureuse de constater que la princesse avait choisi un plat vraiment sans prétention : des pizzas.

— J'ai commandé ça sur une appli dans la voiture, dit-elle, comme pour expliquer pourquoi ils étaient si vite servis. J'ai pensé qu'on pouvait faire simple ce soir. Ça te va ?

Margrethe s'était adressée à Lena. C'était inhabituel, mais sympa de sa part.

— Bien sûr, répondit Lena en souriant. J'adore la pizza. Je veux dire, même ton frère aime la pizza.

— Tout le monde aime ça ! s'exclama Kalle. Et sinon, qu'est-ce qu'on a à boire ?

— Bon, eh bien, je crois que c'est le moment où je vais devoir m'éclipser, lança le père d'Arnie sur le seuil.

Lena n'avait même pas réalisé qu'il était encore là.

— Passez un bon week-end. J'espère que le chalet sera encore debout quand je viendrai vous chercher dimanche !

Il était vingt heures passées et il faisait froid dehors ; ils s'installèrent donc à la table du salon. Arnie et Kalle allèrent chercher des assiettes et des verres dans la cuisine. L'ambiance était tranquille et informelle : bientôt, ils mangeaient tous des parts de pizzas directement à la main – sauf Margrethe, qui avait pris un couteau et une fourchette.

Ils bavardèrent tranquillement, discutèrent des premières semaines au lycée et s'échangèrent les potins sur les profs. Ingrid leur raconta que Tess avait décroché une nouvelle collaboration sur YouTube. Rien qu'avec ce client, elle gagnerait des dizaines de milliers de couronnes par semaine, leur dit-elle, visiblement impressionnée. Lena jeta un regard furtif à Margrethe et la vit rouler les yeux.

Lena, quant à elle, ne dit pas grand-chose. En revanche, elle écouta avec intérêt et rigola aux blagues d'Arnie. Elle sentait la bière faire son effet, son corps se relâcher et son humeur s'égayer.

Elle avait arrêté de penser à la catastrophe à laquelle elle avait échappé à la station-service. Personne n'avait évoqué Horten. Personne ne la tracassait avec son passé. Pour la première fois depuis longtemps, elle n'avait pas l'impression de rester en marge. Ni d'être une infiltrée.

Elle aurait presque pu croire qu'elle faisait partie de la bande.

— Santé ! lança-t-elle soudain.

Et elle leva sa bière. Elle n'avait pas prévu de prendre la parole, c'était sorti spontanément.

— Merci beaucoup de m'avoir invitée. C'est super sympa de votre part.

— Nous aussi, on est contents de t'avoir ici, la nouvelle, répondit Arnie.

Tout le monde leva son verre ou sa canette de bière et lui sourit.

Sous la table, Kalle posa une main sur sa cuisse.

Cinq heures plus tard, la table était jonchée de boissons gazeuses, de bouteilles d'alcool fort et de canettes de bière, et il n'y avait plus personne sur les chaises. Ils étaient tous affalés sur les canapés ou carrément par terre.

Arnie s'était endormi sur un tabouret dans la cuisine. Il était assis bien droit et ronflait la bouche ouverte.

Il était tard.

Lena se sentait grisée par l'alcool… et par une certaine envie.

— On va se coucher ? chuchota-t-elle à l'oreille de Kalle.

En réponse, il lui sourit. Mais ce n'était pas son sourire malicieux habituel, celui qui allait avec ses yeux pétillants. Non, c'était un sourire un peu perdu. Il se leva du canapé.

— OK, allons-y.

Ils remontèrent le couloir menant à leur chambre, enlacés, chancelants. Kalle avait à peine fermé la porte derrière eux que Lena se planta face à lui. Ses sous-vêtements en dentelle étaient encore dans son sac à dos, mais elle s'en fichait. De toute façon, ils allaient tout enlever.

Ils s'embrassèrent debout un long moment. C'était électrique, mais Kalle ne donnait aucun signe de vouloir se déshabiller ni de la déshabiller, elle.

Alors, Lena décida de prendre les choses en main. Faisant un petit pas en arrière, elle passa son pull par-dessus sa tête.

Puis elle mit ses mains dans son dos, dégrafa son soutien-gorge et le laissa tomber au sol.

Et elle revint se presser contre lui. Les poches de la chemise de Kalle lui chatouillaient les tétons. Il l'embrassa dans le cou, glissa les mains dans son dos jusqu'à la ceinture de son pantalon, puis les ramena sur le devant et – enfin – défit le bouton du jean de Lena, et abaissa lentement la fermeture éclair.

Ils firent quelques pas en titubant un peu, comme un troll à deux têtes. Lena savait que le lit était dans cette direction, et elle se laissa doucement tomber en arrière pendant que Kalle lui retirait son pantalon. Elle déglutit, soudain nerveuse. C'était la première fois que quelqu'un la voyait nue depuis le jour de l'accouchement.

Ça y était. Le moment était venu.

À quoi cette première fois ressemblerait-elle ? Il avait couché avec des tas de filles. Lena était pleine d'attente, elle était *prête*, elle mourait même d'impatience. Il s'agenouilla au sol en face d'elle, se pencha en avant, et commença à la lécher, là, en bas. Elle se renversa en arrière. Jamais elle ne s'était sentie aussi bien.

Et puis soudain, tout s'interrompit.

Kalle ne vint pas s'allonger sur elle comme elle s'y était attendue, mais à côté, la tête posée sur l'oreiller. Et au lieu de l'attirer à lui, de l'embrasser à nouveau, de continuer, il dit :

— Je suis pas mal bourré, moi, dis donc. Ça t'embête si on dort ?

Lena aussi était ivre. Voilà pourquoi, au lieu d'acquiescer et de venir se blottir au creux de son épaule en se disant que cette option-là aussi était agréable, elle fut submergée, assommée par une révélation. Son corps n'était plus comme avant. Il n'avait pas envie d'elle. Incapable de se contrôler, elle se jeta sur le côté et fondit en larmes.

— Qu'est-ce qu'il y a, Lena ?

Elle ne répondit pas tout de suite. Elle l'entendit se relever et eut peur qu'il allume la lumière.

— Mais QU'EST-CE QU'IL Y A ?

— Tu peux me le dire direct, hoqueta-t-elle. Tu… Tu me trouves repoussante ? Dis-le ! C'est pas grave. Je le sais.

Kalle revint s'allonger sur le lit et s'installa sur le ventre, appuyé sur les coudes.

— Mais enfin, t'es complètement dingue ! dit-il. T'es hyper sexy !

— *Alors pourquoi tu veux pas ?*

Elle renifla bruyamment. La situation était en train de déraper. Elle cédait à une crise de larmes affreuse qui lui rappelait celles quand elle avait quatorze ans et qu'elle avait trop bu.

— Je…

Il se prit la tête entre les mains.

— Je suis un peu parano.

— Parano ? Parano du sexe ?!

— Non ! Non, bien sûr que non. J'ai juste super peur de… de mettre une fille enceinte.

Lena se figea.

Est-ce qu'il savait ?

Visiblement, non. Il restait tête baissée. Il avait honte de lui, pas d'elle.

— Mais… Tu as entendu parler des préservatifs, j'imagine ? dit-elle en se frottant les yeux.

— Qu'est-ce que c'est ? Une nouvelle invention ? répondit-il, un sourire en coin. Bien sûr que j'ai entendu parler des capotes. Mais je n'ai pas confiance. J'ai entendu trop d'histoires horribles. Ça se déchire tout le temps, ces trucs-là.

— Est-ce que ça veut dire que tu n'as jamais…

— On peut dormir maintenant, s'il te plaît ? Et sinon, tu es tout sauf repoussante. Je ne tombe pas amoureux de filles repoussantes.

Lena, dans l'obscurité, sourit jusqu'aux oreilles.

Et vint enfin se lover au creux de son bras.

Elle était toujours nue sous la couette.

25
RÉVEIL EN DOUCEUR

Où était-elle ?

Le contact de l'oreiller contre son visage lui semblait étrange. La lumière se frayait un chemin à travers le rideau bleu foncé. Elle avait soif. Tellement soif. Où étaient la cuisine et la salle de bains, déjà ? Mais au fait, elle était nue. Plissant les yeux, elle inspecta la chambre inconnue et aperçut un verre d'eau sur sa table de chevet. Qui l'avait mis là ? Kalle s'était-il levé pendant la nuit ?

Elle saisit le verre avec avidité, le vida et se laissa retomber sur le matelas. Puis elle se tourna vers lui. Son visage était tout aussi beau quand il dormait. Elle espérait qu'elle n'avait pas ronflé et qu'aucun bruit embarrassant ne lui avait échappé. Un parfum étonnamment frais régnait dans la pièce.

Kalle avait-il ouvert la fenêtre aussi ?

En tout cas, les cris lointains des mouettes, le bruit du vent et le clapotis des vagues lui parvenaient à travers le rideau.

La housse de couette était ravissante, dans un tissu texturé fraîchement lavé. Lena était certes réveillée, mais fatiguée. Elle se pelotonna en boule dans le lit à la manière d'un chat et resta ainsi, en position fœtale, tournant le dos à Kalle. Elle le sentit se rapprocher et venir s'encastrer tout contre elle, épousant la forme de son corps comme une cuillère. Elle se demandait s'il était réveillé lui aussi. Elle se décala de manière presque imperceptible, au plus près de lui, ce qui fit naître un fourmillement dans tout son corps. Son corps fatigué, assoiffé, mais aussi… émoustillé.

Elle se rapprocha encore plus. Il enfouit le nez dans ses cheveux et inspira profondément.

— Lena, dit-il.

— Mmh.

— Je voudrais rester allongé comme ça pour toujours.

Une immense bouffée de joie l'envahit. Elle qui se sentait tellement gênée après la nuit précédente ! Ce sentiment semblait enfin s'estomper et disparaître. Et puis merde, on s'en foutait. Ces choses-là arrivent ! Pourquoi faudrait-il toujours coucher quand on a bu ou qu'on dort sur place à une soirée ?

N'était-ce pas tout aussi merveilleux de se réveiller dans une pièce fleurant bon l'air marin, deux corps chauds et détendus ?

Il était allé chercher de l'eau pour elle.

Il l'aimait bien.

Lena ferma les yeux et pouffa dans sa main, s'efforçant de ne pas rire aux éclats. Ça lui revenait en mémoire : il l'aimait bien, mais encore mieux, il était amoureux. Et ces bras forts qui l'entouraient ne laissaient aucune place au doute : lui aussi était prêt. Elle se tourna lentement et chercha sa bouche. Il sentait la pizza et avait l'haleine du matin, mais peu importait. Elle passa la main dans ses boucles brunes, puis descendit le long de son corps, palpant ses côtes. C'était tellement agréable de pouvoir le toucher comme ça, caresser son corps chaud et souple, entièrement dévêtu. Elle aussi était entièrement nue. Sa peau était tiède, offerte, et elle avait envie de sentir son corps contre le sien. Son corps entier.

Il se retourna lentement sur le dos, elle suivit le mouvement et, pendant un moment, ils s'embrassèrent. Puis, laissant ses doigts courir le long de ses muscles, elle lui saisit les mains et lui mit les bras en croix. Il ouvrit la bouche, cherchant son souffle, et elle écarta son visage pour qu'il puisse respirer à son aise. Elle continua d'embrasser son torse, inspirant le délicieux parfum qui flottait encore sur sa peau. Elle ne réfléchissait pas, laissait juste son corps et sa bouche faire ce qui leur venait naturellement. Tout doucement, elle descendit de plus en plus bas, et il poussa un soupir pendant qu'elle disparaissait sous la couette. Elle l'entendit murmurer quelque chose, loin là-haut. Elle se sentait à la fois décontractée et hyper concentrée.

Sauf que… zéro réaction.

Rien du tout.

Elle insista, ce n'était pas la première fois pour elle, mais ça ne s'était jamais… passé comme ça. Elle ralentit les mouvements de sa bouche, sentant le calme et la volupté l'envahir. Ce n'était sûrement qu'une question de temps. Car ce n'était pas une de ces fois où on expédiait le truc à toute vitesse pendant qu'on avait de l'alcool dans le sang. C'était probablement comme ça que ça se passait quand c'était sérieux.

Kalle marmonna quelque chose à travers la couette, mais Lena ferma les yeux et poursuivit.

Soudain, la couette vola en l'air et Kalle lui posa les mains sur les épaules.

— Lena, tu as entendu ce que j'ai dit ?!

Elle se redressa et le regarda, choquée, l'air de tomber des nues.

Les cheveux de Kalle étaient pleins d'épis, et ses lèvres, ouvertes, encore humides de leurs baisers. Ses yeux ne ressemblaient en rien à ce qu'elle s'était imaginé. Ils étaient… sombres. Perplexe, Lena le vit pivoter, s'asseoir sur le bord du lit et se prendre la tête entre les mains. Était-il en colère ? Embarrassé ? Indifférent ? Lui avait-il demandé d'arrêter sans qu'elle l'entende ? Deux secondes plus tôt, il lui avait pourtant dit qu'il aurait aimé rester allongé comme ça pour toujours.

Était-elle nulle pour les… Lui avait-elle fait mal ?

Oh non.

Elle sentit le rouge de la honte lui monter aux joues.

— Putain, mais qu'est-ce qui se passe ? s'écria-t-elle.

Elle était la première surprise du juron et du ton qu'elle avait utilisés, mais Kalle n'avait aucun droit de la rejeter ainsi. Alors comme ça, il était en colère ? Et comment se sentait-elle, elle, à son avis ? Elle remonta la couette sur elle, soudain trop consciente de sa nudité.

— Je t'ai dit hier que j'étais un peu parano. Pourquoi tu ne m'écoutes pas ?

— Oh, désolée. Ça m'a échappé. C'était juste tellement agréable de me réveiller à côté de toi, répondit-elle en caressant son dos arqué.

Il se redressa immédiatement.

— Pas besoin de me consoler, il n'y a aucun problème. Je suis juste… je suis juste parano. Et je te l'ai dit.

— Mais… répondit-elle, s'efforçant de comprendre. Tu as cette impression chaque fois que tu couches avec quelqu'un ?

Il la dévisagea à nouveau et, lorsqu'elle plongea les yeux dans son regard bleu, elle réalisa que ce n'était pas la colère qu'on y lisait, mais… la peur. La confusion. Voire… la tristesse ?

Lena eut un déclic.

Peut-être que Kalle n'avait pas couché avec autant de filles que le prétendait la rumeur ?

Peut-être n'avait-il couché avec… personne ?

Elle aurait voulu pouvoir remonter le temps, être encore comme tout à l'heure, au lit avec lui. Elle n'avait qu'une envie : se jeter sur lui et le prendre dans ses bras, le serrer fort et ne jamais le laisser partir.

Mais il était déjà debout. Elle avait l'impression qu'il était à des kilomètres de distance alors qu'il était juste à côté, en train de fouiller fébrilement dans son sac. Il en sortit un vêtement, le secoua, l'enfila rageusement – c'était un caleçon – puis il mit par-dessus un bas de survêtement noir et un large T-shirt gris. Et il s'assit sur le lit, lui tournant le dos, pour enfiler des chaussettes.

— Kalle ? Reviens. Enfin, non, on peut aussi se lever. Aller prendre le petit-déj. C'est possible de se baigner, ici ? Faisons autre chose, oublions tout ça. S'il te plaît.

Il s'avança jusqu'à la table de chevet de son côté à elle sans croiser son regard, fouilla la pièce des yeux jusqu'à trouver ce qu'il cherchait sur l'étagère de son côté à lui du lit. Sa montre.

— Je vais courir. On se parle plus tard, OK ?

— Sérieux ? Kalle… Allez, viens là, dit-elle en tendant les bras vers lui.

Il esquissa un sourire, se pencha vers elle et posa un baiser tout sec et sans âme sur sa joue avant de quitter la pièce.

— Ça va, dit-il. Dors un peu.

Elle remonta lentement la couette sous son cou et s'enroula dedans, remarquant soudainement à quel point il faisait froid dans la pièce. Pourtant, elle avait les joues en feu. Elle ferma les yeux. Elle aurait tant aimé s'endormir, puis se réveiller et découvrir que tout ça n'était qu'un mauvais rêve.

26

OPÉRATION CHARBON DE BOIS

Tout le monde était rassemblé, les yeux rivés sur Lena. Arnie, abattu, avait passé le bras autour de l'épaule de Kalle. Margrethe secouait la tête d'un air incrédule. Les autres filles, stupéfaites, avaient porté la main à la bouche. Soudain, Arnie éclata de rire, et les autres l'imitèrent. Lena n'y comprenait rien. Elle était là, debout face à eux, seule. Mais pourquoi riaient-ils ? Pourquoi ?

Ils n'arrêtaient pas, ils s'esclaffaient, ils se tordaient de rire.

Elle se réveilla en sursaut, haletante.

Et découvrit une tache humide sur son oreiller à l'endroit où elle avait posé la tête. Elle avait bavé dans son sommeil. La pièce était baignée de lumière. Elle entendit Arnie hurler de rire dans la cuisine. Par réflexe, elle chercha son téléphone. Quelle heure était-il ? 11 h 25. Elle bondit hors du lit. Après avoir attendu quelques secondes que son étourdissement passe, elle enfila son pantalon de survêtement, réfléchit un instant, opta finalement pour son soutien-gorge moche et enfila un sweat à capuche par-dessus. Son rêve résonnait encore en elle. Elle prit une grande inspiration, fit une longue expiration, traversa le couloir et ouvrit la porte de la cuisine. Par les larges fenêtres, on voyait que l'automne arrivait à toute vitesse depuis la mer du Nord. Des nuages sombres se bousculaient dans le ciel. La mer était grise et peu engageante. On aurait dit qu'il n'allait pas tarder à pleuvoir. Arnie était assis sur un tabouret de bar près du coin cuisine, en train de descendre une canette de Red Bull. Kalle lui tournait le dos, affairé devant les plaques de cuisson.

Lena leva la main pour les saluer.

— Salut, Lena ! La forme ? demanda Arnie.

— Salut. Je… Ça va mieux.

— Vas-y, sers-toi à manger. Il y a des assiettes et tout dans les placards, et puis de l'omelette si tu veux, hein, Kalle ?

Lena, les yeux rivés sur le dos du prince héritier, s'efforça de sourire. Il y eut quelques secondes de silence. De silence pesant. Arnie, déboussolé, laissait son regard passer de l'un à l'autre. Enfin, Kalle se retourna.

— Oui, oui, bien sûr. Mais tu la veux peut-être au fromage ? Avec ou sans les jaunes ?

Il portait toujours le jogging dans lequel il était allé courir. Les joues roses, il sourit timidement à Lena. Elle sentit comme un petit éboulement dans son cœur. Une vague de chaleur l'inonda et elle eut envie de le prendre dans ses bras – comme elle faisait avec Theodor quand il pleurait. Kalle n'était pas en colère. Elle aurait aimé l'entraîner sur un canapé et regarder des films d'horreur avec lui en mangeant des bonbons, tranquilles tous les deux. Être ensemble, tout simplement.

Elle ne le quittait pas des yeux, mais ne bougeait pas. Elle n'osait pas. Il rabattit une moitié d'omelette sur l'autre et déposa le tout sur une assiette. Puis il préleva du beurre qu'il mit dans la poêle, où celui-ci commença à grésiller.

Et, enfin, il s'approcha de Lena et la serra dans ses bras.

— Désolé, chuchota-t-il à son oreille. J'ai juste… Je ne sais pas.

Elle secoua la tête et découvrit avec horreur qu'elle avait les larmes aux yeux. Elle ferma les paupières pour le dissimuler.

— Chut, dit-elle. Oublions ça.

— Au fait, prends un Red Bull si tu veux. Il y en a plein le frigo, dit Arnie à Lena.

Kalle retourna en fredonnant vers la cuisinière et commença à casser des œufs sur le bord de la poêle. Lena ouvrit les lourdes portes gris acier du réfrigérateur et, à sa grande surprise, découvrit qu'il était rempli de bières, de boissons énergisantes en packs de six, de Smirnoff Ice et de tonic. Elle sortit une canette de Red Bull de son emballage en plastique et referma la porte.

— Wow… On fait encore la fête ce soir, à ce que je vois ?

— Apparemment, oui. D'après Margrethe et Fanny, c'est le jour J. Comme tu peux le constater, elles étaient en panique à l'idée de manquer de munitions. Aujourd'hui, c'est *barbecue.* C'est la reine en personne qui l'a décidé.

Arnie lança un regard furtif à Kalle, comme s'il avait peur d'en avoir trop dit, et pinça les lèvres en une sorte de mimique moqueuse.

— Elle s'est mis en tête qu'on se servirait du barbecue qu'il y a dehors. Apparemment, ils ont acheté… qu'est-ce que c'est, déjà ? Un cochon de lait ? Un agneau ? J'ai perdu le fil. En tout cas, ils ont vu les choses en grand. C'est Fanny et Ingrid qui me l'ont raconté sur la route. Je me demande qui va allumer le gril. On n'a même pas de charbon de bois…

Lena but une gorgée de sa canette et s'approcha de la fenêtre. Elle entendit son estomac gronder.

— Et où elles sont parties ?

— Là-bas, répondit Arnie, en montrant d'un geste l'étendue d'herbe qui descendait vers la mer.

Il y eut un grondement de tonnerre.

— Ce coup-ci, c'était pas moi, dit Arnie.

Suivi d'un éclair.

— Elles sont en train de se baigner ? En plein orage ?

Lena était interdite.

Arnie s'approcha d'elle et plissa les yeux pour scruter le jardin.

— Non, non, elles sont là-bas… chez les voisins. Elles sont allées voir s'ils n'avaient pas du charbon de bois pour le barbecue. Mon père n'a pas fait de grillades avec ça depuis qu'on a inventé le gaz.

Alors, Lena les vit. Deux vestes Helly Hansen blanches rehaussées de bandes jaune vif et deux queues-de-cheval hautes. Fanny et Margrethe, au bout de la petite plage de galets, discutaient avec deux garçons en tricot de laine gris. L'un d'eux avait un bandana autour de la tête. L'autre tendait un sac de charbon de bois à Margrethe, qui le prit sur un bras, plia légèrement les genoux sous le poids et dut faire un pas en arrière pour retrouver son équilibre.

Elle montra la maison du doigt. Les deux autres hochèrent la tête et échangèrent un grand sourire.

D'instinct, Lena recula.

Non.

Margrethe et Fanny revinrent vers la maison, souriant jusqu'aux oreilles. Lena avait l'impression qu'elle allait se pisser dessus. Elle fit quelques pas en arrière et entra en collision avec Kalle, surpris par la manœuvre. Lena le repoussa et resta dans le coin de la cuisine à fixer les deux filles. Puis elle vit les garçons retourner dans le chalet voisin, petites silhouettes grises sur fond de mer encore plus grise. Elle les aurait reconnus à des kilomètres de distance. L'un d'eux avait posé sa main derrière sa tête, comme il le faisait souvent quand il était de bonne humeur. L'autre tripotait le bandeau qu'il portait en permanence. C'était la première chose qu'il mettait le matin. Elle le savait : elle l'avait vu faire de ses propres yeux.

Car c'était bien Kristian qui se tenait là sur le rivage. Kristian et son meilleur copain Jakob. Bien sûr. C'était probablement le chalet de Jakob, celui dont Kristian parlait toujours. Pourquoi n'avait-elle pas fait le rapprochement avant ?!

— Opération charbon de bois accomplie ! s'écria joyeusement Fanny en ouvrant la porte de la cuisine donnant sur le jardin.

Margrethe entra, rayonnante, serrant le sac en papier jaune contre elle comme un trophée.

Arnie se précipita vers elles.

— Non, non, non ! Sortez d'ici avec ce truc. Vous n'allez quand même pas mettre ça à l'intérieur. Mais qu'est-ce que vous foutez, enfin ?

— Du calme ! On a trouvé du charbon de bois, plus des invités qui pourront allumer le barbecue pour nous. Ils viennent ce soir. Eux aussi, ils passent le week-end dans leur chalet.

— Quoi ? T'as invité le fils Braarud ? protesta Arnie, dépité. Tu sais que mon père s'engueule tout le temps avec le sien à cause de la délimitation entre nos chalets ?

Margrethe lui fit un sourire mielleux.

— Arrête, on n'a pas invité son père non plus. Ils étaient plutôt cool, ces mecs, et ils n'avaient pas de plan pour ce soir. Ça faisait trop bizarre de leur piquer leur charbon de bois sans rien leur offrir en échange. Apparemment, ils te connaissent, Lena. Un certain Jakob et… comment il s'appelle, déjà ? Kristian ? De Horten ?

— Ah bon ? dit Kalle, en se tournant vers elle pour lui tendre une omelette.

— Non. Non merci, répondit Lena à voix très basse en posant l'assiette sur la table.

Puis elle se dirigea lentement vers les toilettes.

27

LA FUITE

Il ne lui fallut pas longtemps pour faire son sac ; ses vêtements étaient juste éparpillés autour. Kalle, assis sur le bord du lit, la regardait remballer ses affaires. Il faisait froid dans la chambre, et des gouttes de pluie frappaient les carreaux tandis que le vent soufflait et hurlait sur la maison. Ils auraient vraiment dû fermer la fenêtre, mais en cet instant, c'était le dernier de ses soucis. Elle n'avait pas le temps. Elle était passée en mode survie et n'avait plus qu'un seul objectif : fuir.

— Sérieux, si tu ne te sens pas bien, on n'a qu'à rester dans la chambre ce soir, dit Kalle. J'en ai rien à foutre de la fête. On ferme la porte et on regarde une série sur mon Mac.

Lena se redressa, se couvrit le ventre avec les mains et secoua la tête avec douceur, mais fermeté – l'attitude qu'elle prenait face à Theodor. « Non, Theo, ne mets pas ce jouet dans ta bouche. C'est comme ça et c'est tout. » Elle répétait la même chose encore et encore.

— Je me sens vraiment trop mal, il faut que je rentre à la maison. Je suis désolée.

L'impression de vivre un film d'horreur était de retour. Elle avait intérêt à se dépêcher parce que si elle revenait dans la cuisine, à coup sûr, Margrethe lui demanderait plus de détails sur les deux garçons. Dans quelques heures, le père de Theodor sonnerait à la porte. Pourquoi avait-il accepté de venir ? Il ne devait pourtant pas avoir spécialement envie de se trouver dans la même pièce qu'elle. C'était Jakob qui avait dû insister. Dès qu'il s'agissait de faire la fête, il ne disait jamais non ; à Horten, la porte de sa coloc était toujours ouverte pour les before et les after. Dans les soirées de ce genre, chacun apportait sa boisson. Combien de fois s'était-il débrouillé pour piquer des trucs pour Lena et Liv en se servant dans le stock des autres ? Et puis, il les avait toujours laissées s'incruster. Lena déglutit. Jakob faisait partie des personnes qui avaient parfois été malmenées sur Newzzz. À cause de la fois où il était allé acheter des boissons gazeuses sur sa mobylette après avoir bu des shots de vodka, par exemple. Ou quand il avait embrassé une fille de quatrième alors qu'il avait déjà une copine.

Bref, Jakob avait peut-être de bonnes raisons de vouloir la revoir. Il était sûrement d'avis qu'elle était une vraie « pute à clics », comme elle avait eu le temps de le lire dans un commentaire avant de se déconnecter de son compte Insta.

Que savait Margrethe exactement ? Avait-elle organisé ce week-end exprès, tout prévu dès le départ ? Mais *comment* avait-elle réussi à s'y prendre ? Rien que d'y penser, Lena se sentait mal. Mais ce n'était pas le moment de se creuser la cervelle à propos de cette histoire. Il fallait d'abord qu'elle s'enfuie. Loin de Kalle, loin de Margrethe, loin des autres. Étaient-ils tous dans le coup ? Est-ce qu'ils savaient tout, mais n'avaient rien dit ?

Stop.

L'urgence, c'était : partir.

Elle serra les cordons de son sac et se mit à le traîner vers le couloir. Kalle se leva et vint se poster devant la porte.

— Lena, Lena, regarde-moi !

Elle leva la tête, lui présentant son visage calme de maman. Celui qu'elle affichait quand tout s'écroulait et qu'elle ne voulait pas le montrer à Theodor.

— Tu te rends compte que ton comportement est complètement aberrant, là ? Que cette situation est super bizarre ?

Lena haussa les épaules.

— Je suis malade. Je n'ai pas la force de passer le week-end dans un chalet avec… une diarrhée pareille. Tu as déjà eu ça, non ? C'est normal de vouloir rentrer chez toi quand tu te sens comme ça.

Kalle ouvrit les bras et protesta, élevant la voix :

— Mais le trajet prend deux heures ! Tu ne peux pas t'allonger un peu et voir comment ça évolue ? Tout à l'heure, tu voulais une omelette au fromage, tu as bu une canette de Red Bull, et d'un coup, tu es super malade ? T'as sûrement juste la gueule de bois !

Il la regardait fixement.

— Arrête, dit Lena en essayant de le contourner.

— On peut s'en aller tôt demain matin si tu veux. Mais je ne peux pas partir maintenant, il faut que Rolf m'accompagne !

— Fais ce que tu veux, moi, je rentre, rétorqua Lena en le repoussant et en se dirigeant vers la porte.

— Si c'est la présence des autres que tu ne supportes pas, si c'est ma sœur qui te fait partir en vrille, je te comprends, je te jure. Mais comme je t'ai dit, on peut très bien rester ici. Rien que tous les deux !

Il commençait à avoir l'air désespéré.

Lena ne pouvait pas affronter cela. Elle sentit la panique l'envahir. Tout ça prenait trop de temps, il fallait qu'elle sorte d'ici, qu'elle s'en aille. Elle n'allait pas être capable de garder son masque beaucoup plus longtemps.

— TU NE VEUX PAS ME LÂCHER UN PEU ? C'est si difficile que ça à comprendre, que je n'ai plus envie d'être là ?

Il se tut. Elle ouvrit la porte à la volée et s'engagea à pas lourds dans le couloir, enfila son manteau et chercha ses chaussures.

— Tu comptes rentrer *à pied* ou quoi ? Toi qui es tellement *malade* ?

Elle ne pouvait pas ne pas le remarquer : il avait insisté sur le dernier mot. Elle lui jeta un rapide coup d'œil. Les bras croisés, il la considérait d'un air sceptique.

Elle secoua la tête.

Il reprit :

— Pourquoi tu ne veux pas le dire franchement, que…

Il ne termina pas sa phrase. Elle ne savait pas du tout où il voulait en venir. Qu'est-ce qu'elle ne pouvait pas dire franchement ? Que dans quelques heures viendrait le moment de la grande révélation sur Lena Karlsvik ? Que Margrethe l'avait invitée à un week-end d'humiliation totale, un moment qui serait tout aussi violent, tout aussi impossible à effacer de sa mémoire que celui de Horten ? Elle secoua la tête, hissa son gros sac de travers sur son dos et posa la main sur la poignée de la porte.

Les yeux de Kalle étaient humides.

— Pourquoi tu ne dis juste pas que… que tu n'as pas eu ce que tu voulais ?

Elle le regarda, incrédule. Pensait-il qu'elle s'en allait à cause de la nuit dernière et de ce qui s'était passé ce matin ? Ou plus exactement, de ce qui ne s'était *pas* passé ?

— Tu es complètement demeuré ou quoi ? demanda-t-elle doucement.

Il haussa les épaules.

— Margrethe le dit depuis le début, mais je ne voulais pas y croire…

Dans le salon, la princesse éclata de rire. Lena paniqua. Ses mains tremblaient. Sa tête commençait à être envahie par le brouillard.

Que dire ?

— Ce n'est pas… C'est juste que… Désolée. Je t'enverrai un message plus tard.

C'est tout ce qu'elle fut capable de dire.

Il ne répondit rien. Quant à elle, elle s'engagea droit dans la tempête. La pluie lui fouettait le visage, le vent s'engouffrait dans sa capuche, et ses pieds étaient déjà trempés avant même qu'elle ait atteint la dernière marche du perron.

Voilà qui était approprié. La météo parfaite. Il ne lui restait plus qu'à se souvenir dans quelle direction se trouvait Oslo.

28
TAXI SECOURS

Elle s'écroula au moment où elle quittait la route de gravier pour s'engager sur la route principale.

Les larmes jaillirent, et elle laissa libre cours à ses sanglots sous la pluie pendant que ses jambes l'emportaient rapidement sur l'asphalte. C'était fini. Ils allaient tout apprendre sur Theodor, sur son passé de gossip girl. Qu'allait-elle faire ? Soudain, elle prit conscience du poids de son sac à dos, de la pluie qui ruisselait le long de son cou, du froid qui régnait dehors. Elle savait pertinemment que ce serait une chance inouïe qu'un bus passe à cet instant. Aurait-elle dû faire du stop ? Après tout, qu'avait-elle à perdre ? Si jamais elle était kidnappée, violée et tuée, Theodor aurait toujours ses grands-parents.

Une piqûre de mauvaise conscience se manifesta aussitôt dans son cœur. Était-ce une pensée digne d'une mère ?

Elle avait son téléphone, elle pouvait appeler quelqu'un. Mais qui ? Ses parents avaient enfin mis à exécution leur projet de grande randonnée dans la forêt d'Oslo avec Theodor ce week-end ; ils étaient totalement euphoriques à l'idée de cette sortie. Tôt ce matin, ils étaient censés partir avec le landau pour un chalet de tourisme au fin fond de la forêt, Kjakut, Kikut ou Kokut, un nom comme ça, où on leur servirait le dîner et où ils passeraient la nuit. Pas question de les appeler maintenant et de gâcher leur week-end à eux aussi.

Elle n'avait personne d'autre.

Une voiture se présenta dans le virage derrière elle. Lena envisagea de lever le pouce en l'air pour lui faire signe de s'arrêter, mais elle avait le nez plein de morve et le visage baigné de larmes. Plutôt mourir que monter dans cet état dans la voiture d'un inconnu. Il faudrait fournir des tas d'explications, or elle n'en avait aucune. Elle se décala sur le côté pour laisser passer la voiture.

Mais celle-ci ralentit et la suivit au pas. Examinant les environs, Lena ne trouva aucune maison. Rien que des champs, des pins tordus et les flots gris et houleux au loin. L'endroit parfait pour un meurtre : personne ne verrait rien, personne n'entendrait rien, et pour le cadavre, quoi de mieux que de le jeter à la mer ? Sans compter, pensa-t-elle tristement, qu'il faudrait au moins vingt-quatre heures avant que quelqu'un remarque sa disparition.

Avait-elle vraiment peur ? Non. Elle était juste très lasse. Elle se retourna, résignée. Le conducteur de la voiture aux vitres teintées stoppa, leva la main en guise de salut, alluma ses warnings et descendit du véhicule.

Un éclair fendit l'air et illumina son visage.

— Où allez-vous ? Je ne peux pas vous emmener très loin, mais peut-être jusqu'à un arrêt de bus, non ?

C'était Rolf.

Lena se détourna et contempla la route de campagne déserte et sinueuse qui serpentait devant elle. Au même moment, un coup de tonnerre retentit. Elle se tourna à nouveau vers Rolf et ouvrit la portière arrière.

— Merci, murmura-t-elle, priant Dieu qu'il ne pose pas de questions.

Mais Rolf ne lui demanda rien.

— Je ne peux pas m'éloigner du prince et de la princesse au-delà d'un certain rayon, mais y a-t-il un endroit où quelqu'un pourrait venir vous chercher ? Je peux au moins vous déposer à l'abri. Sous un toit.

Lena avait beau réfléchir, elle ne voyait pas. L'espace d'une seconde, elle envisagea de rester tout simplement dans la voiture jusqu'au lendemain – avant de réaliser qu'elle se remplirait très vite de gens qui ne voudraient probablement pas avoir affaire à elle.

— Et la station-service où nous nous sommes arrêtés sur la route ? proposa Rolf pendant que le ciel se déchirait au-dessus de leurs têtes.

Lena acquiesça.

À la minute où ils parvinrent devant la station rouge et jaune aux néons crus, elle regretta son choix. Il aurait mieux valu rester sur la route de campagne déserte. Là-bas au moins, elle était en sécurité, alors que, sous l'éclairage de la station-service, elle était extrêmement visible – et en plus, bien trop près de son ancien domicile. Et si Guro travaillait aujourd'hui ? Rolf n'arrêtait pas de consulter sa montre. Lena comprit le signal, le remercia à voix basse et s'éclipsa.

Debout près de la pompe à essence, elle sentit son cœur accélérer en voyant Guro sortir de la pièce réservée au personnel. Elle portait son uniforme de travail et un imperméable ouvert. Elle était avec Liv, qui portait, elle, le manteau bleu râpeux qu'elle avait depuis la nuit des temps. Elles rigolaient en agitant leurs téléphones. Guro se tourna vers la machine à glaces italiennes et, peu après, elles mangeaient chacune la leur.

Lena n'avait pas vu Liv depuis l'été dernier. Comment allait-elle ? Alors comme ça, elle mettait encore son vieux manteau bleu au lycée ? Lena aurait-elle dû aller la voir ? Non, bien sûr que non. Juste à ce moment-là, elle entendit le bruit sourd d'une voiture tunée qui approchait. Les basses résonnaient très fort. Voyant Liv et Guro regarder toutes les deux par la vitrine, Lena, d'instinct, s'accroupit entre les pompes à essence.

Une Volvo 242 jaune à ailerons apparut dans le virage. Lena saisit son sac et s'apprêtait à traverser la station-service pour aller se cacher derrière le coin du bâtiment lorsque

Liv sortit et leva un bras en direction de la voiture. Lena se recroquevilla encore plus derrière la pompe à essence. Et s'ils la voyaient ? Trempée jusqu'aux os, les yeux rouges de larmes et seule au monde ? Ce serait la story ultime, la cerise sur le gâteau après le scandale de Newzzz.

« Mon Dieu, pria-t-elle dans sa tête, je t'en supplie, aide-moi. »

La Volvo jaune s'immobilisa en dérapage. Plusieurs garçons en descendirent, deux ou trois de l'ancienne classe de Lena, d'autres un peu plus vieux, qu'elle ne connaissait pas. Liv prit un des garçons inconnus dans ses bras et Lena, malgré son désespoir, ne put s'empêcher d'être piquée par la curiosité. C'était très surprenant. Qui était-ce ? Liv était une timide invétérée et, quand elle tombait amoureuse, ça restait toujours un amour platonique. Ses cahiers étaient couverts de milliers de cœurs autour de noms de garçons, mais ses crushs ne se doutaient de rien, elle ne les mettait jamais au courant. Ce comportement passif irritait Lena au plus haut point. Peut-être était-ce pour cela qu'elle avait tenu à lui montrer qu'il était possible de décrocher un de ces garçons. Même Kristian, du haut de ses dix-sept ans, n'était pas hors de portée.

La bande se précipita à l'intérieur pour occuper l'unique table de la station-service. Ils comptaient sérieusement s'asseoir là, près de la vitre ? Dans ce cas, elle ne pouvait pas aller se mettre à l'abri derrière le bâtiment. Cela signifiait-il qu'elle allait devoir rester agenouillée là, coincée entre les pompes à essence ? Renonçant, elle s'assit par terre sans plus tergiverser, ni se soucier de tremper son pantalon jusqu'à la culotte.

Putain.

Une autre voiture arrivait depuis la route principale. Elle mit son clignotant pour indiquer qu'elle bifurquait et stoppa pile devant l'endroit où Lena était assise. Aussitôt, celle-ci se leva et s'engouffra sur la banquette arrière.

— Je vais à Oslo, dit-elle.

— Oslo ? répéta l'homme en blouson de cuir noir.

Il la dévisagea dans le rétroviseur quelques secondes avant de hausser les épaules.

— Eh beh. Ce n'est pas tous les jours que je vais là-bas. Du coup, on va commencer par faire le plein.

Et il extirpa son corps pesant du taxi.

29

INCOGNITO

1 700 couronnes. 1 750 couronnes… 1 810 couronnes.

Le compteur du taximètre donnait déjà le vertige alors qu'ils étaient encore loin d'Oslo. Lena tripotait son téléphone. Aucun message de Kalle. Les invités étaient-ils arrivés ? Il était encore un peu tôt. Margrethe avait-elle fait un commentaire quand elle avait découvert que Lena était partie ? Était-il possible qu'elle n'ait pas encore été au courant ? Ça semblait peu probable. Que ferait Kalle ? Comment réagirait-il ? Allaient-ils en parler dans le groupe de la classe, ou se contenter d'envoyer quelques snaps perso ciblés et laisser la nouvelle devenir virale ?

Le taximètre dépassa les 2 000 couronnes. Lena ouvrit son appli bancaire : 810 couronnes. Son compte épargne était enregistré dans la banque de ses parents. Comment allait-elle régler la course ? Elle ne ressentait pas de panique, plutôt un engourdissement, comme si ce n'était pas elle qui était assise dans ce taxi qu'elle n'avait pas les moyens de se payer. C'était un sentiment familier, un peu comme à l'époque où elle attendait un enfant. Elle avait eu l'impression que ce n'était pas réel. Que ça allait passer tout seul.

— Vous habitez dans la capitale ? demanda le chauffeur de taxi en lui jetant un regard furtif dans le rétroviseur.

Elle hocha la tête.

— Oui, vous pouvez aller à… Frogner. Au lycée Elisenberg, acheva-t-elle.

Pouvait-elle rentrer chez elle ? La maison était vide, et elle n'avait pas emporté la clé. Elle n'était pas censée rentrer avant dimanche soir, et la serrure à code que ses parents avaient prévu d'installer attendait toujours dans une boîte en carton dans l'entrée. Lena pouvait certes casser la fenêtre de la salle de bains pour entrer et aller se réfugier dans son lit. L'idée était extrêmement tentante.

Sauf que… le taxi… 2 700 couronnes désormais. Elle déglutit et déverrouilla son portable pour essayer de détourner ses pensées de tous les problèmes insolubles qui l'attendaient. Qui, parmi ses connaissances, possédait autant d'argent ?

Notification YouTube.

La Princesse de Bel-Air vient de poster une nouvelle vidéo, Autumn Nails (pub).

Avant même d'avoir pu y réfléchir à deux fois, Lena avait ouvert Snap, tapé la lettre T, vu le nom qu'elle cherchait apparaître et écrit : « Chez toi dans 20 min ? Je peux te demander de l'aide pour un truc ? »

Un quart d'heure plus tard, une silhouette postée sur le trottoir et vêtue d'une grande doudoune blanche levait la main pour indiquer au chauffeur de taxi où s'arrêter. Tess ôta sa capuche et passa la tête à l'intérieur du taxi pour donner sa carte bancaire au chauffeur. Il y en avait pour plus de 3 000 couronnes.

Lena fixa le montant pour essayer de le mémoriser. 3 580. Elle comptait rembourser Tess jusqu'au dernier centime. Dès que ses parents rentreraient à la maison, elle jouerait cartes sur table. Elle leur dirait qu'elle s'était enfuie du chalet, que s'embêter à déménager à Oslo avait été totalement inutile, et elle leur demanderait de transférer à Tess une bonne partie de l'argent qu'elle avait reçu pour sa confirmation. Cette pensée rendait la situation un peu plus supportable.

Tess lui prit son sac à dos des mains et se dirigea vers le bâtiment derrière elles. Elles se trouvaient juste derrière le château, dans l'Inkognitogata, au numéro 14 : un immeuble gris très classique, aussi tarabiscoté et soigné que tout ce qui se trouvait dans ce quartier. Devant le portail, Tess composa un code, et elles s'engagèrent dans la cage d'escalier.

Parvenue en haut, Tess ouvrit la porte d'entrée et pénétra à l'intérieur. Lena la suivit. Elles se trouvaient dans un grand appartement blanc orné de rosaces en plâtre au plafond. Aux murs, des tableaux, peu nombreux, mais de très grandes dimensions. Au fond de la pièce, un escalier blanc.

— Montons dans ma chambre, dit Tess en enlevant ses UGG.

Lena se débarrassa de ses Nike usées et les posa soigneusement côte à côte. Elle ne put s'empêcher de constater qu'elles faisaient tache dans cet environnement. En haut, la pièce mansardée possédait de grands Velux, mais l'élément dominant était un gigantesque miroir bordé d'ampoules éblouissantes et entouré d'étagères, bondées de flacons, des grands, des plus petits, de toutes les formes imaginables, ainsi que de vernis à ongles et de poudriers.

— Merci, dit enfin Lena. Je te transfère l'argent demain, dès que mes parents rentrent.

Tess lui sourit.

— Pas de problème. N'y pense plus. Par contre, j'aimerais bien entendre l'histoire derrière tout ça, dit-elle en dévisageant Lena.

Celle-ci eut un sourire triste. « Tu sauras tout si tu regardes ton téléphone dans deux heures », songea-t-elle. Pour le moment, elle ne pouvait se résoudre à lui confier quoi que ce soit. Tess soutint son regard, puis conclut :

— Bon, bon. Une autre fois. En fait, j'ai rendez-vous avec mon photographe, et après on va au lancement de

Kicks à Glasmagasinet. Tu veux venir ? Non ? J'ai envoyé un message à mon père pour le prévenir que tu étais là. Il y a des snacks et du porridge dans le frigo si ça te fait envie. Et plein de cette Vitaminwater, là, dont ils croient que je vais faire la pub rien que parce qu'ils m'en envoient gratos. C'est bon si je te laisse toute seule ? Tu peux regarder la télé, et si tu as besoin de rester dormir là ce soir, le canapé est convertible. Si tu t'en vas, la porte se verrouille toute seule. Mais je reviens tout à l'heure, et je laisserai mon téléphone allumé.

Lena acquiesça.

— Merci.

— Ah oui, reprit Tess en ouvrant la porte de l'armoire et en sortant un vêtement de couleur bleue. Voilà une combinaison si tu veux mettre quelque chose de sec. À tout à l'heure !

Lena s'assit au bord d'un grand canapé de velours noir. Elle avait l'impression d'être en planque. Les sirènes n'allaient pas tarder à se mettre à hurler.

Elle jeta un coup d'œil à son téléphone. 16 h 15. Nouveau snap.

De TRPK.

Comment ça va ? Tu es où ? Je m'inquiète pour toi. Je voulais juste être sûr que tu es en sécurité.

Lena se mordit la lèvre et répondit :

Je suis à la maison ! Tout va bien. Désolée que les choses aient tourné comme ça. Je me sens un peu mieux. On se parle demain.

Chez toi rue Grevlingveien ? répondit Kalle.

Elle lui envoya un pouce jaune en l'air.

Une seconde plus tard, elle recevait le screenshot d'une carte avec, juste derrière le Château, son émoji à elle, avec la frange blonde. C'était la Snapmap.

L'avait-elle activée ?

Nouveau snap de TRPK : *OK ?!*

Puis : *Dis bonjour à Tess.*

Nouveau message : *Désolé que tu n'aies pas eu la livraison à laquelle tu t'attendais.*

Nouveau message : *Mais j'espère que Tess obtiendra ce qu'elle veut et que vous gagnerez beaucoup d'argent toutes les deux.*

Lena laissa tomber son téléphone comme si elle s'était brûlé les doigts.

Elle le ramassa. Commença à répondre. Puis le reposa.

Une fois de plus, elle ressentait cet épuisement, ce sentiment que toute tentative d'explication était totalement vaine.

Que pouvait-elle dire ?

Rien.

30
TERMINÉ

À son réveil, il lui fallut deux secondes avant que la mémoire lui revienne. Elle ouvrit un œil et sentit aussitôt le tapis à poils longs lui chatouiller le visage. Elle était en sueur dans sa combinaison. Combien de temps avait-elle dormi ?

Elle n'avait qu'une envie : refermer les yeux, rester allongée ici et ne plus jamais se lever. Elle était vraiment à bout de forces. Un sentiment de défaite l'envahit. Il était devenu impossible de tout expliquer à Kalle. Un mensonge en avait entraîné un autre, et encore un autre, et cet amas de tromperies s'était aggloméré en un monstre géant qu'elle ne serait plus jamais en mesure de chasser. Le monstre avait tout gâché. *Elle* avait tout gâché.

Elle découvrit, posés sur la table devant elle, un plateau avec une bouteille de Vitaminwater et un sandwich sur une assiette. Oh, mon Dieu ! Le père de Tess était-il monté ? L'avait-il vue dans cet état ? Si oui, il avait dû croire qu'elle cuvait sa cuite, qu'elle était complètement fracassée. Quoi qu'il en soit, c'était vraiment adorable. Elle était presque touchée que Tess et son père aient bien voulu prendre soin d'une loseuse comme elle. N'empêche, la vaguelette de gêne qu'elle ressentait à l'idée d'avoir débarqué ici et de s'être montrée dans cet état s'évanouit rapidement dans l'océan de honte où elle baignait. Tout cela n'était qu'un simple épisode dans ce qui était devenu une longue série de mauvais points. Et il y en aurait d'autres. Sur son téléphone, il devait sûrement y avoir des dizaines de notifications de nouveaux messages, d'appels manqués, de questions, d'accusations.

Elle ne le voyait nulle part.

C'était aussi bien.

Plus rien ne lui semblait urgent. D'une certaine manière, le temps s'était arrêté, alors pourquoi ne pas se concentrer sur une seule chose à la fois ? Manger, par exemple.

Son estomac était vide ; elle n'avait pas eu le temps d'avaler son omelette ce matin au chalet.

Lena souleva mollement le haut de son corps recroquevillé sur le tapis et s'assit en tailleur. Elle prit une grosse bouchée de sandwich et reconnut une légère saveur de moutarde ; c'était bon et cela apaisa les grondements de son estomac.

— Hé, la Belle au bois dormant s'est réveillée !

Tess se tenait en haut de l'escalier. Elle s'approcha, se laissa tomber sur le sofa et pencha la tête.

— Tu aurais pu ouvrir le canapé, tu sais. Ça n'a pas dû être très confortable de dormir directement sur le tapis comme un chien.

— C'était très bien, répondit Lena en forçant un sourire. Merci encore. Sincèrement. Pour tout.

— Je t'en prie. Tu avais vraiment l'air d'avoir besoin d'un refuge.

Soudain, Lena remarqua que la nuit commençait à tomber.

— Quelle heure est-il, en fait ?

Tess avait déjà son téléphone à la main.

— Neuf heures moins dix.

— Neuf heures moins dix… du soir ?

Tess hocha la tête et sourit doucement. Lena la dévisagea sans trouver le moindre signe qu'elle était au courant de quelque chose, mais se taisait. Elle restait juste assise à scroller tranquillement sur son téléphone. À Tjøme, le barbecue devait avoir commencé depuis longtemps. Margrethe n'avait donc pas encore répandu la nouvelle ? Une petite lueur d'espoir germa en Lena. Kristian avait-il gardé le silence ?

Autre lueur d'espoir : était-il possible que Margrethe ait respecté son secret ? Qu'en fin de compte, elle aime vraiment bien Lena ?

Soudain, il lui parut urgent de retrouver son téléphone. Il était dans la poche de son manteau. Aucun appel en absence, et un seul message. Il n'était pas de Kalle, ni de Margrethe, mais d'un numéro inconnu. Redoutant de l'ouvrir, elle consulta d'abord le groupe de discussion du chalet. Elle fit défiler les photos, le cœur battant. Une baignade dans la mer sous la pluie. Un cochon de lait au barbecue sous le toit de la terrasse. Les garçons de Horten avec du gel dans les cheveux, une boule de snus[1] sous la lèvre supérieure et une canette de bière à la main. Tous les messages postés étaient des commentaires des photos. Aucune mention ni d'elle, ni de son secret. Lena passa au groupe de sa classe. Là, c'était le calme plat typique du week-end. Fanny n'avait posté que deux photos inoffensives à tous ceux qui n'avaient pas été invités au week-end dans le chalet.

Bref, rien à signaler. Pour l'instant.

Le cœur de Lena ralentit jusqu'à retrouver un rythme normal.

Le monde allait-il continuer à tourner comme avant, en fin de compte ?

Elle ouvrit le message non lu.

Salut Lena ! Trop bête que tu aies dû partir. Je ne sais pas ce qui s'est passé entre toi et Kalle, il refuse d'en parler, mais il est triste, c'est clair. J'espère que tu es sympa avec lui parce que je ne l'ai

---

1. Tabac à priser, qui s'utilise encore relativement couramment en Scandinavie. (N.d.T.)

jamais vu aussi amoureux de quelqu'un avant. Je voulais juste que tu le saches. Remets-toi vite si tu es encore malade. Bises, Arnie.

— Tu veux qu'on parle ? demanda Tess en posant son téléphone et en ramenant ses pieds sous elle sur le canapé.

Lena l'observa. Ses yeux sombres exprimaient avant tout la sollicitude, mais Lena n'avait pas oublié les mots de Kalle. *Il n'y a personne d'autre ici qui gagne sa vie en vendant des news people. Si tu mens sur un truc, tu mentiras sur plein d'autres.*

Tess cherchait-elle vraiment à ce que Lena lui raconte des choses dont elle pourrait se servir ?

Hors de question. Peut-être restait-il une chance que l'affaire retombe. Qu'elle se réconcilie avec Kalle, trouve une explication plausible à son comportement bizarre, un moyen de se faire pardonner et… de continuer leur histoire.

Était-il possible que la partie n'ait pas encore été terminée pour elle ?

Si jamais, en fin de compte, son secret n'avait pas été dévoilé pendant le week-end à Tjøme, elle ne pouvait pas prendre le risque, même microscopique, que Tess révèle tout sur le net.

— Pour être honnête, non, je n'ai pas très envie, dit Lena.

— OK, dit Tess avec un haussement d'épaules. Et tu veux dormir ici ? On pourrait se regarder quelque chose en grignotant un truc.

Vingt minutes plus tard, elles étaient installées sur le canapé, les pieds sur la table basse, un gigantesque bol de pop-corn posé entre elles. Lena jeta un coup d'œil à Tess en l'entendant rigoler à cause d'une réplique de Kris Jenner. Margrethe et Kalle avaient tort : cette fille était vraiment cool. Elle était tellement relax, tellement gentille et peu exigeante que Lena avait envie de se confier à elle, de tout lui raconter. À la fois sur son enfant et sur son passé d'instagrammeuse spécialisée dans les potins.

Mais la voix de Kalle résonnait encore dans sa tête.

Lena aurait aimé s'accorder une pause et s'absorber dans la fête surprise que Kim organisait pour Kanye. Elle essaya de s'intéresser pour de bon à la chasse au gâteau parfait, qui devait faire cinq mètres de haut et avoir toutes les couleurs de l'arc-en-ciel. En vain. Son cerveau tournait à plein régime. Elle jeta un nouveau coup d'œil à Tess. Pouvait-elle lui soutirer des infos sans lui en fournir, elle ?

— C'est quoi le problème avec Margrethe ? lança Lena, l'air de rien.

Tess se tourna vers elle en fronçant les sourcils.

— Qu'est-ce que tu veux dire ?

— Ben, je me demandais juste si… tu avais des potins sur elle. Elle est vraiment aussi irréprochable que ça, ou elle cache des secrets ?

Tess croisa les bras.

— Tu imagines que j'en sais quelque chose ? Pourquoi ?

— Je ne sais pas, je pensais juste que…

— … que je suis la reine des ragots au lycée et que je gagne ma vie en balançant des dossiers sur les sacro-saints jumeaux princiers aux journaux en ligne ?

— Non, c'est…

— La seule chose que je sais de Son Altesse Royale la princesse Margrethe de Norvège, c'est qu'elle est méga parano et qu'elle a décidé que j'étais à l'origine de tous ses problèmes. Voilà pourquoi je les taquine tout le temps, elle et son frère. Si elle avait pris la peine de me poser franchement la question, j'aurais pu lui dire que s'il y a bien *un truc* qui ne m'intéresse pas, mais alors pas du tout, c'est les derniers potins sur eux. Et que je n'ai rien à voir avec les photos d'Halloween qui ont fuité, même si, pour tout t'avouer, c'est une des rares fois où j'ai eu envie d'utiliser mes réseaux pour critiquer Kalle. Le coup de la blackface, ne me dis pas que tu as raté ça ? C'était abusé. En tout cas, ce n'est pas moi qui ai balancé les photos de ce crétin.

Tess prit une grande inspiration et poursuivit :

— Malgré ce qu'ils pensent, c'est complètement faux que la moindre info sur Margrethe et Kalle génère des millions en revenus pour ceux qui ont le malheur de les avoir en arrière-plan sur leurs photos. C'est plutôt le contraire, même : si tu mentionnes la famille royale, je ne te raconte pas le déferlement de haine que tu te prends. Les gens les trouvent snobs, paresseux et corrompus, et personne ne veut se retrouver associé à eux. Mais bon, ils ne s'en rendront jamais compte, j'imagine. Vu qu'ils pensent être le centre de l'univers.

Tess se tut et sourit doucement, visiblement un peu gênée de s'être exprimée avec autant de sincérité.

— Bon. On pourrait peut-être en revenir à ce qui m'intéresse vraiment : qui est assez stupide pour accepter de fabriquer en quelques heures un gâteau de cinq mètres de haut pour cette control freak de Kardashian ?

Tess avait encore les joues enflammées après sa tirade, mais elle souriait en regardant la télévision.

Lena sourit à son tour.

— Ça me paraît bien, comme plan.

Elle prit une poignée de pop-corn et appuya la tête contre le canapé au revêtement doux. Au bout d'un moment, elle parvint enfin à se détendre, à calmer le flux de ses pensées et à garder les yeux posés sur l'énorme écran plat, où un salon de Los Angeles était en train de se transformer en un enfer de guirlandes et de ballons pour faire plaisir à un gamin de quarante-trois ans pourri-gâté.

Peut-être y avait-il une leçon à tirer de tout cela.

Peut-être que, cette fois, un coup de fil ou des excuses sur Snap ne suffiraient pas. En tout cas, pas pour qu'il lui pardonne et arrête de poser des questions. Il fallait opter pour une autre tactique. Voir les choses en grand.

Pourquoi pas des guirlandes et des ballons, justement ? De manière métaphorique, bien sûr.

Soudain, tout fut clair.

Elle allait surprendre Kalle avec une grande initiative romantique.

31
À POINT

Il régnait une atmosphère chaleureuse et accueillante autour de la table du petit-déjeuner dominical de l'Inkognitogata. Le père de Tess, un bel homme en sweat à capuche, pantalon de pyjama et pantoufles, servait des petits pains ronds grillés et du thé de Gambie à la grande table de la cuisine. Il semblait jeune et faisait plutôt penser à une sorte de grand frère cool qu'à un papa. Il était curieux, ouvert, joyeux et bavard. Et ne manifestait aucune réserve devant cette copine de classe qu'il n'avait jamais rencontrée auparavant et qui avait débarqué chez eux comme une fleur.

Ni lui ni Tess ne firent une seule fois allusion au fait qu'elle avait dormi plusieurs heures la veille affalée directement sur le tapis.

Ils restèrent un long moment à boire du thé dans la cuisine, jusqu'à ce que Lena les remercie et dise qu'elle devait rentrer chez elle. Ce n'était pas tout à fait vrai, ses parents ne rentrant pas avant quelques heures encore, mais elle ressentait le besoin de prendre l'air, d'élaborer un plan. Et puis, elle ne voulait pas être une de ces invitées qui ne savent pas quand partir. Elle avait déjà passé près de vingt-quatre heures chez eux.

— Je t'envoie l'argent ce soir, dit-elle à Tess quand celle-ci la raccompagna jusqu'à la porte. Et encore une fois, merci pour tout. Je te promets de te raconter l'histoire une autre fois. Quand je serai capable d'en rire. Enfin, j'espère.

— Pas de stress, chérie. Malgré ce que les gens pensent, ma philosophie, c'est le *need to know* : ne dire aux autres que ce qu'ils ont besoin de savoir. Je n'essaie pas de fouiller dans les histoires quand on n'a pas envie de me parler. Si tu veux des conseils maquillage, par contre… dit-elle en mettant la bouche en cul de poule… viens me voir.

— J'adorerais revenir squatter ton canapé pour regarder les Kardashian, dit Lena.

— Quand tu veux, ma petite Brandon Jenner, répondit Tess en la serrant dans ses bras. Passe un bon dimanche !

Lena prit lentement la direction du parc Frogner, en inspirant le bon air frais et en observant les immeubles d'habitation aux couleurs douces et les couples qui se promenaient main dans la main. Le fond de l'air était frisquet malgré le soleil qui brillait. La saison des écharpes approchait.

Étaient-ils en train de se baigner à Tjøme aujourd'hui ? Arnie, oui, c'était sûr. Ce garçon n'avait aucune limite. Mais il était plus qu'un clown. Le message qu'il lui avait envoyé hier avait beaucoup de valeur à ses yeux.

D'un coup, elle réalisa qu'elle ne lui avait pas répondu. Elle prit son téléphone et écrivit tout en continuant à marcher.

Salut Arnie, merci beaucoup pour ton message. Désolée d'être partie comme ça hier. Je me sens mieux maintenant et j'espère que les choses vont s'arranger entre Kalle et moi. Question : tu sais à quelle heure vous serez de retour ce soir ? Bisous, L.

Quelques minutes plus tard, son téléphone bipait. Arnie répondait qu'on venait les récupérer à Tjøme à cinq heures, donc à moins qu'il n'y ait beaucoup de circulation en direction d'Oslo, ils devraient être rentrés vers sept heures.

Lena traversa la Kirkeveien et se dirigea vers le grand portail du parc Frogner. Devant l'entrée étaient alignées des rangées entières de cars de touristes. C'était encore la haute saison pour tous les vacanciers asiatiques qui venaient voir le *Gamin en colère* et les autres sculptures de Vigeland. Lena entra dans le parc, passa entre les statues de bronze qui bordaient le pont et, devant la fontaine et le grand parterre de fleurs, tourna à droite. Elle s'installa dans l'herbe à l'écart du flot de touristes, les fesses sur son sac et le dos appuyé contre un gros tronc d'arbre. Elle leva la tête. Quelques rayons de soleil se faufilant à travers les branches lui frappèrent la rétine. C'était une partie du parc un peu secrète dans laquelle on pouvait avoir la paix.

Elle inspira à fond par le ventre et expira par la bouche. Puis elle sortit son téléphone, ouvrit Snapchat, et prit une photo de l'arbre en s'assurant qu'on voyait bien la statue du *Monolithe* en arrière-plan pour que l'endroit soit facile à reconnaître. Et elle écrivit : *Je suis amoureuse de toi. Et je peux tout t'expliquer. J'espère de tout mon cœur que tu me donneras une chance de le faire. Je t'attendrai ici à 19 h 30.*

Et elle envoya le snap à TRPK. Puis elle attendit. Et attendit.

Une demi-heure s'écoula.

Trois quarts d'heure.

Toujours pas de réponse.

Elle commençait à avoir mal au ventre. Les minutes continuant à défiler, vint la nausée.

Elle était sur le point de se lever pour partir lorsqu'un petit « ping ! » transforma comme par magie sa peine et sa nausée en euphorie.

Kalle lui avait envoyé un pouce jaune.

32

0,2 %

— Alors, comment ça s'est passé dans ce bon vieux comté du Vestfold ? Je suppose que l'ambiance était bonne, puisque nous n'avons pas eu de nouvelles de toi.

Les mots qui sortaient de la bouche de sa mère étaient aussi enthousiastes que d'habitude, mais elle semblait inhabituellement fatiguée. Lorsqu'elle descendit dans le salon, Theodor dans les bras, elle portait encore son pantalon de randonnée et son maillot de corps en laine ; elle bâilla en donnant son fils à Lena.

— Oui, c'était bien, mentit Lena.

Elle n'avait pas le courage d'entrer dans les détails. Elle préférait lui raconter plus tard, une fois que tout serait réglé et qu'elle devrait lui demander 3 500 couronnes.

— Je m'en doutais. Je savais que ça te ferait du bien de passer un week-end loin de tout, y compris de ce petit tyranneau, dit sa mère en s'asseyant lourdement sur le canapé.

Theodor émit des petits gargouillis de joie. Lena sentit la chaleur de son petit corps contre elle. Son cœur était à deux doigts d'exploser lorsqu'il posa la tête au creux de son cou.

— Oh, maman t'a quand même un peu manqué, alors ? dit Lena en embrassant son fils sur le sommet de sa tête lisse.

Quand elle pensait que son trésor, ce petit paquet d'amour à l'odeur de couches, aurait pu ne pas exister… Ce qui aurait certainement été le cas si elle avait découvert sa présence à temps pour s'en débarrasser. La honte de s'en être rendu compte aussi tard avait presque été aussi rude à encaisser que le fait même d'être enceinte. Au neuvième mois à trimballer Theodor dans son ventre, elle avait lu un article selon lequel seules 0,2 % de la totalité des femmes qui accouchaient en Norvège avaient moins de dix-sept ans. « Les grossesses chez les adolescentes ne sont donc pas une grande préoccupation dans notre pays, bien qu'il y ait clairement des problèmes sociaux qui y sont associés. Grâce à un bon accès à la contraception et à des avortements sans danger, peu d'adolescentes deviennent mères. »

On lui avait souvent posé la question – du moins, les rares personnes qui osaient faire un commentaire. Pourquoi tu n'as pas utilisé de contraceptif ? Pourquoi tu n'as pas simplement pris la pilule du lendemain ? Tu es au courant qu'elle est en vente libre en supermarché ? La fille qui lui avait demandé cela « en avait une armoire pleine, juste au cas où ». La vérité était que Lena avait tout refoulé. Ignoré le fait. Jusqu'à ce qu'il soit trop tard. Et, aussi incroyable que ça puisse paraître, sa punition s'était avérée être une récompense. Parfois, elle avait envie que tout le monde le sache, tous ces gens qui avaient pitié d'elle, la regardaient d'un air dubitatif et avaient l'air de croire que sa vie était terminée. Parfois, elle aurait aimé être le genre de maman qui poste des photos de son gamin sur Insta.

Elle s'allongea sur le canapé avec Theodor dans un bras, chatouilla son menton potelé jusqu'à ce qu'il hoquette de rire. Repensa à la façon dont il s'était esclaffé quand Kalle lui avait chanté cette chanson débile dans le jardin. *I like big butts and I cannot lie.* Elle éprouvait un immense désir de les avoir avec elle en même temps. Mais pour l'instant, elle allait s'offrir une heure de câlins ininterrompus avec le petit d'un an le plus chou du monde. Ensuite, elle s'attellerait à la mise en œuvre de l'Opération Kalle.

33
DÎNER AUX CHANDELLES

Des ballons ?

Ce n'était pas son anniversaire. Et puis, ça risquait de donner une mauvaise impression, comme si elle trouvait qu'ils avaient quelque chose à célébrer. L'ambiance n'était pas aux « C'est ta fête aujourd'hui ! » mais plutôt aux « Pardonne-moi ». Donc, non aux ballons, aux guirlandes, aux paillettes et autres frivolités. De toute façon, Kalle n'aimait pas ce genre de choses, et ils n'avaient pas besoin d'attirer l'attention des éventuels promeneurs qui se trouveraient dans le parc Frogner ce soir. Elle voulait l'avoir pour elle seule.

Au fond, tout ce dont elle avait besoin, c'était une grande couverture. À manger et à boire. Et un discours sensé.

Allait-elle lui dire la vérité ? Ou seulement une partie ? La seconde option était probablement la meilleure pour tout le monde.

Elle emprunta une couverture et un panier à pique-nique à sa mère. Celle-ci, fidèle à elle-même, ne posa aucune question, se contentant de regarder Lena avec un sourire depuis le canapé. Elle avait l'air tellement épuisée après leur excursion en forêt que Lena avait envie de la taquiner, de lui demander pourquoi elle était partie en randonnée sans aucun entraînement. Mais elle n'avait pas le temps. Elle avait des courses à faire.

Elle se rendit au supermarché au bout de la rue et acheta cinq pizzas Grandiosa, une de chaque type dont ils disposaient. Dieu merci, le garçon dont elle était amoureuse n'avait pas des goûts ultra sophistiqués, on pouvait même se procurer son plat préféré dans l'un des rares supermarchés ouverts le dimanche. Elle rentra chez elle, alluma le four et fit cuire les cinq pizzas l'une après l'autre. Dès qu'elles eurent refroidi, elle les découpa en petites parts qu'elle disposa dans différents plats qu'elle trouva dans les placards. Pour finir, elle planta un cure-dent dans chacune d'elles en chantonnant, contente d'elle. Si seulement le fabricant savait que le futur monarque était l'un de ses ambassadeurs les plus fervents ! Au moment où elle contemplait son travail, son père entra dans la cuisine. À en juger par l'odeur de feu de camp qu'il dégageait, il ne s'était manifestement ni changé ni douché lui non plus.

— Est-ce qu'il en restera pour nous ou tu as un appétit supérieur à la moyenne ces jours-ci ? lança-t-il. Ne me dis pas que tu es…

Il fit un signe de tête pour montrer son ventre. Vers la fin de sa grossesse, elle mangeait comme un ogre. Une fois, elle avait englouti huit tartines au petit-déjeuner. Une autre fois, elle avait mangé toute une fricassée à la mexicaine – en la répartissant, il est vrai, entre le dîner et l'en-cas du soir. C'était évidemment devenu une des histoires préférées au sein de leur petite famille.

— Ben voyons. Non, je ne vais pas tout emporter. Vous pourrez prendre le reste pour le dîner.

— Lena Karlsvik qui cuisine ? Je n'en crois pas mes yeux. Eh bien, bonne chance pour ce soir, alors.

— Merci, je vais en avoir besoin.

Il la regarda fixement, comme s'il cherchait les bons mots.

— Tu veux que je te dépose ? finit-il par demander.

Deux heures plus tard, il la laissait sur le parking du parc Frogner. Il était sept heures et la nuit commençait déjà à tomber. Le ciel s'était dégagé depuis l'orage de la veille dans l'Østlandet, mais les soirées de crépuscule interminable typiques de l'été scandinave appartenaient définitivement au passé. L'automne était dans l'air.

C'était une bonne idée d'avoir pensé à prendre des bougies chauffe-plat. Elle les disposa en rang serré sur le bord de la couverture de pique-nique rouge et blanche qu'elle avait étalée sur la pelouse juste à côté de l'arbre, à la lisière du parc. Elle sortit son briquet et les alluma sans attendre, au cas où Kalle arriverait plus tôt que prévu.

Elle regarda sa montre.

Sept heures et quart.

Elle prit des assiettes et des verres – des vrais, pas en plastique – dans le panier à pique-nique, ainsi que deux couteaux et deux fourchettes dans le compartiment à couverts ménagé dans le couvercle. Ensuite, elle sortit les plats un par un et les disposa côte à côte, jusqu'à former un véritable petit buffet de pizzas sur la couverture. Ce n'était peut-être pas digne d'une Kardashian, mais elle était sûre et certaine que Kalle apprécierait. La couverture était tellement encombrée de nourriture et de vaisselle qu'il y avait à peine de la place pour eux. En d'autres termes, ils devraient s'asseoir tout près l'un de l'autre.

Elle avait à la fois hâte et peur. Mais surtout hâte. De le voir. De caresser à nouveau ses cheveux. De réparer toutes les bêtises, et de lui dire que le sexe n'avait pas d'importance.

De tout recommencer à zéro.

Soudain, elle entendit des pas dans l'herbe derrière elle. Son cœur battait la chamade quand elle se retourna.

Il faillit s'arrêter.

— Margrethe… ?

L'espace d'une brève seconde, elle eut une peur bleue qu'il soit arrivé quelque chose à Kalle. Qu'ils aient eu un accident de voiture en rentrant de Tjøme et qu'il soit à l'hôpital, gravement blessé, incapable de la prévenir. Mais l'expression de Margrethe ne laissait présumer aucun drame de ce genre.

En tout cas, pas concernant son frère. La princesse promena lentement son regard sur la couverture et les rangées de bougies qui la bordaient, puis le posa sur Lena.

— C'est vrai que tu dois avoir pas mal d'expérience en organisation de pique-niques sympas, dit-elle enfin. Quel âge a ton fils, au fait ?

Lena sentit tout à l'intérieur d'elle se transformer en glace et commencer à s'effondrer. Emporter son cœur, ses poumons, ses organes, tout son être. Elle resta assise sur la couverture, vidée, tremblante.

Game over.

Elle était donc quand même hors jeu, finalement.

— En ce qui me concerne, tu peux tout à fait continuer ton petit cinéma, dit Margrethe, considérant Lena de haut, les bras croisés. Mais sans mon frère.

— Ce n'était pas…

— Kalle a déjà eu droit à trop de critiques dans la presse. Trop de photos partagées sur les réseaux qui parlent de « Prince Fuckboy », alors qu'il est l'opposé total. Je me demande s'il s'en rend compte. S'il découvre la vérité sur toi, il refusera sûrement d'admettre que ça va nous nuire – et c'est un euphémisme. Si les gens apprennent qu'il sort avec une énième fille et que, cette fois, c'est carrément une mère instable de seize ans avec des *antécédents*… On n'a pas la moindre envie de supporter ça. Ni moi, ni mon père. Et encore moins ma mère. On est au bout du rouleau.

Lena avait l'impression d'être dans une bulle. Elle voyait les lèvres de Margrethe bouger, mais sa voix lui semblait lointaine. Pourtant, elle entendait distinctement ses paroles. Elle entendait également qu'il n'y avait aucune violence dans la voix de la princesse.

Rien que du désespoir.

Et de la peur.

Elle voyait Lena et Theodor comme une menace directe pour le futur de la famille royale.

Et puis elle dit une phrase qui fit éclater la bulle de Lena, lui faisant réaliser à quel point il faisait froid.

— Je garderai ton secret, dit Margrethe en s'accroupissant (et la flamme des bougies se refléta alors sur son visage), seulement si tu nous laisses tranquilles.

Sur ces mots, elle s'en alla.

Lena resta là, sur la couverture, à regarder la princesse s'éloigner jusqu'à ce qu'elle ait disparu de son champ de vision. Elle saisit son téléphone. Il était vingt-cinq. Au même moment, snap de TRPK : la photo d'un parking avec le toboggan de la piscine de Frogner en arrière-plan. *Rolf est en train de garer la voiture.*

Lena fixa l'écran pendant quelques secondes.

Puis elle se leva et s'enfuit à toutes jambes.

34
VIVRE (PLUS OU MOINS)

En rentrant, elle se précipita directement dans sa chambre sans un bonsoir ni à ses parents, ni à Theodor. Il ne fallut que quelques minutes avant que l'on vienne frapper doucement à la porte. Comme elle ne répondait pas, la porte s'ouvrit. Il n'y avait pas de clé dans la serrure quand ils avaient emménagé. Elle regrettait à présent de ne pas s'être procuré un verrou digne de ce nom.

Elle resta allongée le visage enfoui dans l'oreiller tandis que sa mère se glissait à l'intérieur, s'asseyait sur le bord de son lit et lui caressait lentement les cheveux. Elle attendit patiemment que tous les hoquets et les larmes soient sortis. Alors, sans regarder sa mère, Lena marmonna que c'était fini avec Kalle.

— Oh, ma petite Lena, dit sa mère d'une voix calme et chaleureuse.

— Et puis j'ai besoin de 3 580 couronnes.

Aussitôt, sa mère se raidit et les caresses cessèrent.

— Quoi ? Trois mille… C'est une histoire de drogue ? Bjørn !

La mère de Lena se leva et appela son mari une nouvelle fois. Lena dut s'arracher à son oreiller et ils ne tardèrent pas à se retrouver tous les trois dans la cuisine, une tasse de thé entre les mains, les parents regardant fixement leur fille face à eux. Elle s'était creusé la tête pour essayer de trouver une manière de leur présenter les choses qui n'impliquerait ni sexe, ni mensonges, ni Horten, ni chantage par des princesses. Qu'est-ce que Tess avait dit, déjà ? Le principe du *need to know*. Le besoin de savoir. Qu'est-ce que ses parents avaient *vraiment* besoin de savoir ?

— Kalle et moi… Ça n'a pas marché. Il a fallu que je quitte le chalet en plein milieu du week-end. Mais je ne voulais pas vous appeler.

— Ah, celui-là ! Je le savais ! Il a été méchant avec toi ? Est-ce qu'il a essayé de… ?

Son père laissa la fin de sa phrase en suspens. Il semblait hors de lui.

Lena secoua énergiquement la tête.

— Non, non, rien à voir, répliqua-t-elle, songeant que ce n'était pas lui qui avait essayé de…

— On s'est juste disputés. Bref. Je ne voulais pas gâcher votre rando, mais il fallait vraiment que je parte. Et le trajet en taxi a coûté cher… Ce soir, on aurait dû se réconcilier, mais…

Ses parents se penchèrent en avant, suspendus à ses lèvres.

— Mais maintenant, c'est fini, conclut-elle en s'adossant à la chaise de la cuisine, les bras croisés.

Le visage de ses parents s'adoucit. Elle se demanda ce qu'ils avaient imaginé.

— Mais enfin, Lena, rentrer en taxi du Vestfold pour plus de 3 000 couronnes… Tu sais que tu peux toujours nous appeler, non ? dit son père.

Sa mère semblait soulagée, presque heureuse.

— Les garçons, ça va, ça vient ! Tu t'es fait plein d'amis ici et l'année scolaire ne fait que commencer…

D'un coup, Lena s'enflamma.

Le problème n'était-il pas là, justement ? Ils lui mettaient toujours la pression, voulaient qu'elle fasse tout ce que faisait une adolescente ordinaire.

C'est ce qu'elle avait fait ! Et qu'est-ce que ça avait donné ? Elle n'était pas une adolescente ordinaire !

— J'arrête, lança-t-elle.

Puis, après une pause, elle reprit :

— J'arrête le lycée. C'est impossible. Qu'est-ce que vous croyiez ? Que j'allais pouvoir m'intégrer dans une nouvelle classe et me faire des tas d'amis pour la vie ? Tout en ayant un fils ? Vous êtes complètement cinglés ou quoi ? Ce déménagement n'a servi à rien. Je le dis depuis le début. On aurait très bien pu rester à Horten !

— Lena. Tu es ingrate, là, répliqua son père en élevant la voix. Tu sais parfaitement que ta mère… a arrêté de travailler pour t'aider. Pour nous aider.

Sa femme lui envoya un regard acéré.

Lena haussa les épaules.

— Nous n'avons pas déménagé à cause de toi, Lena. En tout cas, pas seulement à cause de toi, dit sa mère. Nous formons une famille. Quand ton père a eu ce nouveau poste, que moi, j'ai eu l'opportunité de rester à la maison et toi, de changer d'air… Toi aussi, tu étais contente.

Elle sourit et se pencha vers Lena d'un air compréhensif.

— Tu viens à peine de te lancer, et même si ça a mal tourné avec un garçon, dans un sens, c'est bien, non ? Tu es à la fois une mère et une ado, et nous voulons que tu puisses être les deux à la fois. Que tu vives, quoi.

Même si ça a mal tourné avec un garçon…

— VOUS NE COMPRENEZ VRAIMENT RIEN À RIEN, PUTAIN ! s'écria Lena en se levant.

Elle se dirigea vers l'escalier, puis s'immobilisa pour leur lancer :

— Je ne peux pas être à la fois la personne que j'étais et la personne que je suis aujourd'hui. Pourquoi est-ce si difficile à comprendre ? Rien ne sera plus jamais cool dans ma vie ! C'est vous qui refusez de l'admettre, pas moi !

Elle monta l'escalier en tapant des pieds et claqua la porte de sa chambre, ce qu'elle regretta aussitôt quand il lui revint à l'esprit que Theodor dormait dans celle d'à côté. Elle retint sa respiration et attendit de voir s'il allait se mettre à pleurer. Puis elle dressa l'oreille pour savoir si ses parents la suivaient, mais non.

Tout à coup, tout lui parut clair. Ce qu'elle avait dit était vrai. Le problème, c'est qu'elle avait essayé. Elle avait cru sa mère, sa stupide et naïve mère. Elle s'était laissé convaincre par tout son blabla optimiste. Elle avait essayé d'être une élève de seconde ordinaire, de se faire des amis, d'aller à des soirées et d'avoir un copain. Mais ça ne pouvait pas marcher. Cette sorcière de Margrethe avait raison : il n'y avait pas de place ici pour quelqu'un comme elle. Elle ne faisait pas partie du même monde et n'en avait jamais fait partie. Lena Karlsvik n'était qu'un troll des réseaux, une mère adolescente minable venue d'une petite ville ; elle appartenait aux 0,2 % et ne réussirait à s'intégrer nulle part. Surtout pas ici. Margrethe avait dit que leur histoire avec Kalle porterait préjudice à la famille royale si elle se savait. Peut-être. Mais ce qui lui faisait mal à elle, c'était que tout le monde allait apprendre par la même occasion qu'elle avait essayé. Qu'elle, une mère célibataire dépravée, avait tenté de mettre le grappin *sur le prince*. Et – encore pire – qu'elle l'avait embobiné. Leur relation prendrait fin à la seconde où la nouvelle atterrirait sur Snap, Jodel, Insta et deviendrait un millier de mèmes. Le beau prince séduit par une jeune mère. Une jeune mère aux allocs. Peut-être que réapparaîtraient des photos d'elle avec un landau, que Theo finirait par lire ça un jour. Et il découvrirait qu'elle avait couru après d'autres garçons alors qu'il n'était encore qu'un bébé. Kalle prétendrait n'être au courant de rien, et Theodor apprendrait qu'elle avait essayé de cacher son vrai lien avec lui.

Elle s'affola. Non. Hors de question que Theo se retrouve mêlé à cette histoire. Et de toute manière, leur relation était terminée puisque Kalle détestait les colporteurs de ragots et les menteurs. Les personnes comme elle, en somme. Il la détesterait quoi qu'il en soit. Au moins, si Margrethe n'ébruitait pas le secret, la famille royale aurait la paix. Il n'y aurait que Kalle qui serait un peu dérouté pendant un certain temps. Donc, autant le laisser croire que c'était à cause du fiasco de leur nuit ensemble au chalet. En ce qui le concernait, tout valait mieux plutôt que d'être épinglé comme père de famille malgré lui.

Le téléphone de Lena bipa.

Six messages non ouverts et encore plus de snaps de Kalle. Évidemment. Il devait se demander ce qui s'était passé. Il oublierait bientôt. La dernière notification était un message de son père. Ignorant les précédents, Lena ouvrit celui-ci. Il disait : *Je viens de t'envoyer l'argent. C'est un prêt. Bonne nuit.*

35
NOUVELLE TENTATIVE

Silence dans la voiture sur le chemin du lycée. Lena appuya sa tête contre la vitre passager et regarda défiler les immeubles de couleur claire.

— Tu es largement à l'heure, dit son père, en jetant un coup d'œil à l'horloge du tableau de bord. Elle est juste, non ?

Lena haussa les épaules. Elle avait éteint son téléphone avant de s'endormir la nuit précédente et n'avait pas la moindre intention de le rallumer. Son père mit son clignotant et vint stationner juste à côté de l'arrêt de tram Briskeby. On klaxonna agressivement derrière eux. Lena attrapa son sac, dit au revoir à son père et s'avança à pas lents vers l'entrée du lycée. Dès que la voiture fut hors de vue, elle fit demi-tour, retourna à l'arrêt de tram et se laissa tomber sur le banc. Elle avait un plan. Elle resterait assise ici jusqu'à ce que la cloche sonne. Désormais, elle serait la dernière à arriver en cours et la première à partir.

Une fille dans un grand manteau blanc passa devant elle, s'arrêta et retira des AirPods blancs de ses oreilles.

— Lena ? Qu'est-ce que tu fais ici ? Tu as pris le tram ? Comment ça va ?

Lena avait passé toute la nuit à réfléchir à la manière de se sortir de ce pétrin. Ce n'était pas exactement la première rencontre qu'elle pensait faire, mais elle se força à sourire.

— Salut, Tess.

— Tu vas bien ? C'était sympa hier, au fait. Tu es bien rentrée ?

— Tu auras l'argent ce soir, je te le promets, dit Lena.

Tess secoua la tête.

— L'argent ? Je t'ai déjà dit d'oublier ça. Tu n'as pas peur des résultats du test de norvégien tout à l'heure ? Sinon, Ingrid et moi, on pensait faire un petit marathon *Friends* mercredi, vu qu'on commence tard jeudi. Ça te dirait ?

Lena la regarda fixement.

— Ça va être un peu difficile. Mais merci encore pour les sous. Je vais te rembourser.

Sur ce, elle ramassa son sac et se dirigea rapidement vers le lycée, laissant Tess plantée sur place, déconcertée.

Heureusement, la sonnerie retentit juste au moment où elle franchissait le portail. Elle vit la voiture noire qui avait déposé les jumeaux faire demi-tour dans la cour. Donc, ils étaient déjà arrivés.

— Ah, te voilà ! Qu'est-ce qui se passe ? Tu as perdu ton téléphone ? lui chuchota Kalle à l'oreille quand elle se glissa à sa place.

C'était l'horreur qu'ils soient assis l'un à côté de l'autre. L'horreur qu'ils soient dans la même classe et aient quasiment tous leurs cours ensemble. Combien de temps supporterait-elle de rester assise près de lui ?

Pouvait-elle demander à M. Ove la permission de changer de place ?

Lena, l'air distant, secoua la tête, puis laissa son regard parcourir la classe. Il fallait qu'il en soit ainsi. Puisqu'elle ne pouvait pas s'expliquer, elle allait couper les ponts sans ménagement.

Elle essaya de tout regarder sauf lui, de ne pas rencontrer ses yeux bleu foncé. Il fallait qu'elle se focalise sur autre chose. Un objet neutre. L'évier. Une lampe. L'interrupteur. La tête des filles du premier rang. Les longues boucles brunes de celle qui se tourna vers eux en souriant et en mâchouillant doucement le bout d'un crayon.

Margrethe.

Lena, sentant son estomac se nouer, détourna la tête et regarda par la fenêtre. L'école maternelle. Des enfants avec de vrais parents. Des feuilles sur les arbres. Jaunes, bientôt mortes.

— Il y avait plein de bougies, à manger, une couverture et tout… c'était toi, non ? Mais tu étais où ? Tu t'es à nouveau sentie mal ? Pourquoi tu ne m'as pas répondu ? Je me suis inquiété pour toi !

Lena secoua légèrement la tête et continua à regarder fixement par la fenêtre.

— Oublie, murmura-t-elle. C'était juste… stupide. Laisse tomber.

— Laisse tomber quoi ? chuchota fiévreusement Kalle en voyant M. Ove entrer dans la salle de cours, portant une pile de copies de norvégien.

— Tout, répondit Lena en déglutissant.

Voilà ce vers quoi elle devait tendre, ce qu'il lui faudrait endurer : mettre un terme à cette relation qu'elle avait été assez stupide pour entamer. Kalle lui prit les épaules et tenta de la faire se tourner vers lui.

— C'est le moment de vérité, dit le prof en laissant tomber la pile de devoirs sur son bureau.

Lena sentit la chaleur des mains de Kalle à travers son pull. Elle se dégagea.

— Arrête, dit-elle sèchement.

Kalle laissa retomber les mains comme s'il s'était brûlé. Elle prit une grande inspiration et se tourna vers lui.

— On laisse tomber, on laisse tomber notre relation. On oublie tout, d'accord ? Je n'ai pas envie.

Le professeur passait entre les tables pour distribuer les copies en fredonnant. Lena se força à regarder Kalle dans les yeux pour qu'il comprenne qu'elle était sérieuse. Il ne savait plus quoi penser.

— Arrête de… d'insister, conclut-elle.

À son grand soulagement, elle vit que le visage de Kalle se fermait. Ses mâchoires se crispèrent et il haussa les épaules.

— Whatever, répondit-il.

Et ils s'absorbèrent tous les deux dans les copies que M. Ove venait de déposer sur leurs bureaux.

« 12/20 », était-il écrit au stylo rouge sur la dernière page de son test.

Lena s'accrochait à son devoir comme à un volant, une bouée de sauvetage. Elle tremblait comme une feuille.

36

MODE AVION

Faire tous les jours la même chose n'était pas si difficile, une fois qu'on l'avait décidé. La manière dont elle vivait ces dernières semaines, depuis qu'elle avait fui le parc Frogner et le pique-nique romantique, différait à peine de celle dont s'était déroulée une grande partie de sa classe de troisième à Horten.

Une fois de plus, elle poussait à la perfection l'art de la solitude.

Le matin, elle dormait le plus tard possible et arrivait au lycée juste à la sonnerie. Pendant les pauses, elle ne s'asseyait pas dans la cour, où les autres auraient pu l'observer. Elle trouvait toujours quelque chose à faire. Soit elle restait dans la classe pour réviser, soit elle allait à la bibliothèque et s'y installait jusqu'à ce que la cloche sonne la reprise. Elle avait toujours le nez dans un manuel. Personne ne se souciait d'elle. Au sein du reste de la classe, les bandes semblaient s'être formées dès les premières semaines, pendant qu'elle avait passé du temps avec celle de Kalle.

L'après-midi, elle jouait par terre avec Theodor pendant que sa mère préparait le dîner. Ensuite, elle l'emmitouflait chaudement, enfilait son gilet réfléchissant et partait dans la forêt.

Elle ne se perdait plus maintenant.

On était au mois d'octobre. La température extérieure avait baissé. Lena mit le frein du landau, lâcha la poignée et réajusta son écharpe. Elle se pencha et glissa un doigt dans le col de Theo pour vérifier qu'il n'avait pas froid. Mais non, il était bien au chaud et observait d'un œil ensommeillé les arbres aux feuilles jaunes. Il valait mieux faire demi-tour : la combinaison des cahots sur le sentier forestier et de la froideur de l'air automnal allait l'endormir, et il serait plus difficile de le mettre au lit ensuite.

Elle redescendit la colline et reprit le chemin de la ville qui s'étalait à ses pieds. Au loin, elle distinguait le fjord, ainsi que les pontons, en train de se vider pour la saison, qui se dressaient comme des branches nues.

— Ne t'endors pas, Theodor, dit-elle à haute voix, en se penchant sur le landau et en faisant le clown pour l'amuser.

Aussitôt, son visage s'anima et il se mit à rire. C'était bon d'être seule avec lui. Il ne lui envoyait pas de regards inquisiteurs et inquiets comme ses parents, qui étaient toujours dans ses pattes et surveillaient ses moindres faits et gestes.

Après sa promenade du soir, elle lui disait bonne nuit et regardait des séries télévisées jusqu'à ce qu'elle s'endorme. En général, il suffisait de trois ou quatre épisodes.

Cette fois, elle n'avait désactivé ou supprimé aucun compte ; elle avait tout simplement éteint son téléphone. Bien qu'elle puisse encore se surprendre à le chercher par réflexe dans sa poche, dans son sac ou sur sa table de chevet quand elle se réveillait la nuit, elle avait réussi à ne pas le rallumer. Cette fois, c'était hardcore. Elle n'avait pas droit à l'erreur. Elle ne voulait pas se remettre à espérer qu'une autre vie était possible. En fait, c'était plus simple qu'on aurait pu le croire. Quand on a toujours l'air pressé dès qu'on va quelque part et qu'on a toujours le regard fixé ailleurs, les gens ne vous suivent pas.

Elle n'avait toujours pas adressé la parole à Kalle. À plusieurs reprises, au début ou à la fin d'une heure de cours, il avait semblé sur le point de lui dire quelque chose, avant de se raviser. Au bout d'un moment, elle avait cessé de lui en laisser l'opportunité en évitant systématiquement de croiser son regard.

C'était douloureux, mais ça fonctionnait. Elle avait atteint l'objectif qu'elle s'était fixé au début de l'année scolaire : traverser le temps et l'espace comme un courant d'air.

Un matin, elle avait découvert que Kalle avait changé de place. Elle s'était sentie soulagée de ne plus être obligée de l'avoir toujours à côté d'elle. Là, elle ne voyait plus que son dos. Il était assis à l'une des places du devant de la classe, dans la même rangée que Margrethe.

Il ne se retournait jamais.

Une fois, Tess et Ingrid avaient suivi Lena. En tout cas, elles avaient fait leur apparition à la bibliothèque en même temps qu'elle.

— Comment vas-tu ? lui avait demandé Ingrid.

Leurs regards scrutateurs n'avaient pas échappé à Lena.

Elle les avait vues venir de loin. C'était le jour où elles avaient eu une discussion sur la santé mentale en cours de sciences sociales ; une représentante envoyée par une association d'aide psychologique leur avait montré un film expliquant l'importance de demander aux gens comment ils allaient. Comme si ça pouvait aider ! Et s'ils essayaient de leur ficher la paix, plutôt ?

Avaient-elles pressenti qu'il y avait une histoire derrière tout ça ? Margrethe avait-elle commencé à répandre son secret ? Probablement pas. Depuis le fameux soir au parc, la princesse s'était montrée polie envers elle – même si, le plus souvent, elle faisait comme si Lena n'était pas là du tout. Les autres n'avaient pas tardé à faire de même. Et Lena aussi s'était montrée polie.

Chaque matin, elle mettait calmement ses lunettes – qu'elle avait ressorties. Pourquoi s'embêter avec des lentilles de contact ? Elle enfilait les premiers vêtements sur lesquels elle tombait. Elle ne se souvenait même plus de la dernière fois où elle avait utilisé du mascara. À quoi bon ?

— Tout va bien, avait-elle répondu vivement à Ingrid et Tess. Je me concentre sur les devoirs. Au fait, tu as eu l'argent, n'est-ce pas, Tess ?

Tess avait plissé ses yeux sombres.

— Hein ? Oui, oui. Mais c'est toi qui en fais toute une histoire, pas moi.

Lena avait simplement souri et dit :

— Désolée, mais je connais la valeur de l'argent quand on a travaillé pour le gagner, dit-elle, notant avec plaisir que sa petite pique touchait Ingrid.

Elles étaient reparties toutes les deux, laissant Lena libre de se concentrer à nouveau sur la révolution linguistique du XIXe siècle en Norvège et l'abandon progressif de la langue danoise. Chaque fois que c'était trop, qu'elle repensait aux discussions de groupe, aux soirées, aux câlins avec Kalle, à son corps chaud et à son regard pétillant, elle ouvrait ses livres, allait voir Theodor, ou sortait se promener en écoutant un podcast.

Comme en ce moment précis.

D'ailleurs, ça suffisait maintenant, la promenade.

Elle tourna dans la rue Grevlingveien, où les fenêtres des villas brillaient dans la pénombre automnale, ce qui créait une atmosphère chaleureuse. Sur les marches de la maison voisine était apparue une grosse citrouille orange. Lena se demanda à quel âge les enfants aimaient se consacrer à ce genre d'activités. Theo, lui, commençait à maîtriser la marche, mais il faudrait sans doute encore un bon moment avant qu'il puisse l'aider à sculpter une tête dans une citrouille d'Halloween. Pour le moment, elle devrait le faire seule. Dans quelques années, ça serait sympa. Tout se mettrait en place. En attendant, c'était nul. Nul d'être une mère, nul d'aller au lycée.

Parvenue devant la porte, elle retourna le landau et le manœuvra en marche arrière avec dextérité jusqu'au perron. Ouvrant la porte avec le coude, elle entendit une chanson de Håkan Hellström sur fond de bruit de lave-vaisselle. Elle avança le landau à l'intérieur et sursauta en voyant sa mère trépigner sur place d'un air gêné.

— Salut… Qu'est-ce qui ne va pas ? demanda Lena.

Elle consulta la montre qu'elle portait depuis qu'elle avait laissé tomber son téléphone.

— Il n'est que cinq heures et demie, ajouta-t-elle. Il n'a pas dormi. Je pense que ça devrait aller ce soir.

Sa mère lui fit un petit sourire, celui qu'elle avait quand elle était inquiète. Elle semblait à la fois excitée et triste. Elle avait les traits tirés. C'était d'ailleurs souvent le cas ces jours-ci.

— Sérieux, qu'est-ce qu'il y a, maman ?

— Euh… Nous avons eu… Enfin, tu as eu de la visite.

— Ah bon ?

— Karl Johan est passé. Il voulait récupérer un pull. Apparemment, il l'a laissé ici un jour où il est venu chez nous, il y a un moment déjà. Puisque tu n'as pas ton téléphone, je ne savais pas où tu étais ni quand tu rentrerais à la maison… mais je me doutais que vous n'alliez pas tarder, donc je lui ai proposé d'entrer pour t'attendre.

Elle ajouta d'une voix forte :

— Il m'a dit oui tout de suite !

Lena jeta un coup d'œil vers la cuisine et remarqua deux verres et une carafe d'eau. Sa mère suivit son regard.

— On s'est installés là.

Lena déglutit.

Soudain, elle comprit tout.

Quand on était assis sur la banquette, on avait vue sur toute la cuisine. Le frigo couvert de factures, de magnets, de Post-it, de vieilles cartes de vœux de Noël. Et aussi la photo un peu tachée de Lena et Theodor après l'accouchement. Elle en blouse d'hôpital, un nouveau-né tout fripé sur le sein.

— Il a vu la photo, dit-elle.

Ce n'était pas une question.

Sa mère hocha la tête en silence. Lena se rendit compte qu'elle avait toujours la main sur le guidon du landau.

— Et qu'est-ce qu'il a dit ?

— Rien. Il m'a dit au revoir et il est parti, répondit sa mère.

Elle avait l'air de vouloir l'aider, faire quelque chose, mais quoi ?

Lena se contenta de hocher brièvement la tête et se pencha sur son fils.

— On va te sortir de ce landau avant que tu te liquéfies complètement, lui dit-elle en souriant.

La mère de Lena se précipita vers eux et enleva son bonnet à Theodor.

— Je peux ? Ça fait tellement longtemps que je l'ai couché, dit-elle doucement.

Lena acquiesça. Elle insistait généralement pour s'en charger afin d'avoir un peu moins de temps à tuer le soir. Mais là, ça l'arrangeait. Elle adressa un sourire à sa mère.

— Merci beaucoup.

Elle monta l'escalier jusqu'à sa chambre, aussi lentement que possible, ferma la porte derrière elle, se précipita vers sa coiffeuse, ouvrit vivement le tiroir et chercha fébrilement son téléphone. L'alluma. Batterie morte. Elle fouilla à nouveau dans ses tiroirs, trouva le chargeur, brancha le téléphone. Et se mit à tourner en rond dans sa chambre. Kalle savait.

Kalle savait.

Comprenait-il maintenant pourquoi elle avait pris des distances, pourquoi elle avait mis fin à leur relation ? Avait-il deviné le rôle que Margrethe avait joué là-dedans ? Ou bien… La pomme blanche s'illumina sur son téléphone. Pourquoi fallait-il tant de temps pour redémarrer un téléphone déchargé ?

L'intensité de son espoir la troublait. Elle avait rejeté Kalle, l'avait ignoré pendant plus d'un mois, et il était quand même venu chez elle. Juste pour récupérer un pull, d'accord, mais un pull oublié des semaines auparavant. Une excuse minable qui ne pouvait signifier qu'une chose : il avait pensé à elle tout le temps. Il n'avait pas renoncé à elle ! Et maintenant, il savait tout. Il allait bien être obligé de réagir, non ? De lui envoyer un message pour lui dire… quelque chose ?

Son portable s'alluma, mais resta silencieux. Ses parents savaient qu'elle ne s'en servait plus et ne lui envoyaient plus de messages. Elle ouvrit Snapchat : elle avait toujours accès aux vidéos de ses contacts, mais il n'y avait aucune nouvelle notification. S'il y en avait eu avant, elles avaient certainement disparu depuis le temps. Sur le groupe de sa classe, rien de nouveau non plus depuis qu'elle avait éteint son téléphone.

Il fallait probablement un certain temps pour que les nouveaux messages arrivent.

Elle ouvrit Instagram, regarda les comptes de différents élèves de la classe. Ils faisaient la fête et allaient dans des cafés, comme d'habitude. Kalle était sur plusieurs photos. Là, Lena perdit pied. Avant même de se rendre compte de ce qu'elle faisait, elle regarda le compte de Liv, celui de sa grande sœur Guro, et de toute la bande de Horten.

Il y avait des photos de devoirs, de grimaces, de couchers de soleil. Elle se mordit la joue. Oh là là… Ils s'amusaient tous tellement. Comme tout ça lui manquait !

Sur un snap d'Ingrid, rien qu'elle et Kalle. Apparemment, la photo avait été prise chez Ingrid le week-end précédent. Ils passaient clairement beaucoup de temps ensemble. Kalle était loin d'avoir le cœur brisé. L'avait-elle vraiment cru, au fond d'elle ? Oui. Quelle conne.

Pourtant, il était venu la voir !

Une autre voix rétorqua dans sa tête : *Oui, et il a découvert qui tu étais. Et il s'est cassé !*

Son téléphone restait muet. Lena tournait en rond, passant d'Insta à VSCO à Snap. Rien. Elle ouvrit la carte Snapmap : bien sûr, il n'était nulle part. Au moins, c'était clair maintenant. Le seul mystère, c'était pourquoi elle avait autant de peine et pourquoi elle était incapable d'arrêter ses larmes. Pourquoi avait-elle le cœur en miettes ? Comment pouvait-elle être aussi seule ? Ça faisait pourtant longtemps que c'était comme ça – très longtemps.

Lena, la fille-mère de Horten qui courait après les garçons plus âgés et balançait des potins sur tout le monde sur le net, n'avait jamais eu la moindre chance à Oslo.

Alors, pourquoi avait-elle l'impression qu'elle venait de perdre quelque chose ?

37
DÉGUISEMENT

Lentement mais sûrement, le monde devint orange. Des citrouilles apparurent un peu partout : dans les vitrines des magasins, sur les publicités dans les bus, dans les jardins des voisins impatients. Les conversations sur la grande fête d'Halloween – le *bal* d'Halloween, plus précisément – fleurirent elles aussi : dans la cour du lycée, dans la classe, dans les groupes de discussion. Lena avait mis fin à l'interdiction d'utiliser son téléphone qu'elle s'était auto-imposée. Elle avait besoin de cette distraction qu'il lui offrait, accessible même en état de mort cérébrale. Surtout pendant les pauses, quand elle n'avait pas la force de lire des manuels ou des romans. Elle suivait les autres de près sur Snap et Insta. C'était devenu de moins en moins douloureux. Comme de regarder n'importe quelle vieille série télévisée. Ça ne l'embêtait même plus que les autres sachent qu'elle les suivait.

Depuis le fond de la classe, elle regardait les dos courbés. Tout le monde donnait l'impression d'être concentré sur les maths, mais elle entendait des chuchotements et des conversations à voix basse. La plupart d'entre elles portaient sur les costumes. Elle savait qu'Ingrid s'était cousu une tenue de Catwoman, qu'Arnie n'arrivait pas à se décider entre Trump, Poutine et Kim Jong-un, et que Tess se demandait encore de quoi se servir pour le faux cul de son costume de Kim Kardashian. Son objectif était de se fabriquer une paire de fesses assez grosse pour créer le buzz, ou au moins générer de l'audience sur ses propres chaînes.

Même si Tess et elle n'avaient jamais réussi à devenir de véritables amies, Lena sentait qu'elle lui manquait. Elle aimait bien cette fille. Ça avait été tellement agréable de passer du temps chez elle. Elle était drôle, intelligente, et si la situation avait été différente… Bon. Mieux valait ne pas y penser.

Son regard fut attiré par la place vide de Kalle.

Il n'était pas venu en cours depuis mercredi. Le jour où il avait découvert la vérité sur elle. Et ce, non à cause de sa sœur, la princesse intrusive ayant juré de garder le secret, mais d'une putain de photo collée sur le frigo dans sa propre maison. Était-ce une coïncidence qu'il ait été absent ces deux derniers jours ? Était-il vraiment malade, ou avait-il été tellement bouleversé, retourné, dégoûté par ce qu'il avait appris sur Lena qu'il ne supportait même pas l'idée d'être dans la même pièce qu'elle ?

C'était aussi bien. Elle non plus ne supportait pas l'idée de le voir, même si c'était pour des raisons radicalement différentes. Imaginer la façon dont il la dévisagerait, comme s'il la voyait pour la première fois… Son regard sur elle risquait d'être empreint de pitié, de condescendance, du fait qu'il la trouvait pathétique. Et si jamais il affichait sa peur, sa répulsion face à une… une pute qui attirait les garçons dans son lit pour avoir des bébés ? Son plus grand cauchemar ! Peut-être que le pire aux yeux du prince était que Lena lui ait menti de façon éhontée. Le mensonge : ce qu'il détestait le plus dans la vie. Elle n'avait pas la moindre idée de ce qu'elle aurait dû lui dire. De comment elle aurait pu lui expliquer tous ces mensonges. Il n'y avait rien à ajouter. Il savait tout désormais.

Il n'en avait sûrement parlé à personne. Ou alors, les autres donnaient étonnamment bien le change. Mais c'était peu probable. Une seule personne au courant aurait suffi pour que l'info se répande comme une traînée de poudre à Elisenberg. Peut-être Kalle avait-il honte. Il avait failli sortir avec *une fille comme ça*. Une fille qui l'avait complètement embobiné. Qui l'avait attiré dans son lit. Peut-être avait-il réalisé qu'il était dans son intérêt que ça ne se sache pas.

— Bon, tout le monde. Voilà ce qu'on va faire, dit M. Ove en fermant le livre sur son bureau. Aujourd'hui, je vous libère un quart d'heure plus tôt. J'ai l'impression que vous êtes plusieurs à manifester davantage d'intérêt pour ce qui est prévu ce week-end que pour les exercices de maths. Happy Halloween. C'est comme ça qu'on dit, non ?

Tout le monde se leva et décampa tellement vite que Lena n'eut pas l'occasion de s'en aller la première comme elle en avait l'habitude. Pas de problème, elle sortirait la dernière. Elle prit son temps pour ranger ses affaires.

Encore le week-end.

Deux jours de plus à gazouiller avec son bébé et à s'endormir devant Netflix.

Au moment où le dernier élève franchissait la porte, Lena enfila enfin son manteau et mit son sac sur son épaule. En passant devant son professeur, elle lui fit un signe de tête.

Il leva les yeux et sourit.

— En quoi vous déguiserez-vous, Lena ?

— Pardon ?

— Au bal ! Allez-vous adopter le look sorcière classique, ou avez-vous loué vous aussi un costume extravagant ?

Lena fit une tentative de sourire.

— Je vais probablement rester simple, je pense. Bon week-end !

Les couloirs étaient déjà déserts. Un calme absolu régnait dans le lycée lorsqu'elle descendit les trois étages jusqu'à la cour. M. Ove ne devait pas être le seul enseignant à ne pas avoir voulu retenir des élèves qui ne pensaient qu'à la fête.

Lena poussa un grand soupir. Il était deux heures et demie. Ce qui lui laissait soixante-six heures avant de devoir revenir ici. Soixante-six heures avant de revoir des visages familiers autres que ceux de sa famille.

Car elle n'avait certainement pas l'intention d'aller au bal masqué.

Se déguiser plus que d'ordinaire ne la tentait pas particulièrement.

38

MILLE MORCEAUX

Lena posa le verre de lait vide sur son assiette, puis le tout sur le plan de travail de la cuisine.

— Ce sera passionnant de voir si c'est l'assiette ou le verre qui réussira à ouvrir la porte du lave-vaisselle aujourd'hui, lança sa mère sans lever les yeux de son journal. Ça me fascine toujours de voir ces deux-là grimper tout seuls dans le lave-vaisselle.

Lena lui sourit et laissa tout en plan, comme d'habitude. Elle savait que sa mère s'en occuperait, tout comme ce serait elle qui débarrasserait le fromage et le beurre restés sur la table après les tartines du soir. Elle remonta dans sa chambre en traînant les pieds et s'écroula sur son lit.

Netflix faisait une promo agressive des films d'Halloween. Les recommandations pour Lena n'étaient qu'une longue liste de films d'horreur. Elle y reconnut plusieurs navets qu'elle avait regardés avec Liv en se cachant derrière leurs coussins et en se goinfrant de bonbons. Elle ressentit un pincement au cœur en repérant celui qu'elle avait vu avec Kalle. Elle les fit rapidement défiler, ouvrit l'application de replay et était sur le point de commencer un nouvel épisode des Kardashian lorsqu'elle entendit un cri strident en provenance de la cuisine.

On aurait dit que quelque chose venait de s'écraser au sol.

— Maman ? s'écria-t-elle. Qu'est-ce qui se passe ?

Pas de réponse.

Lena dressa l'oreille.

Tout à coup, elle se souvint que son père était à un dîner d'affaires.

Theo poussa un hurlement.

Lena se leva d'un bond et se rua dans la cuisine. Du couloir déjà, elle remarqua, répandus à terre au milieu des miettes, les mille morceaux de l'assiette sale qu'elle avait laissée dans la cuisine. Levant les yeux, elle vit Theo assis sur sa chaise haute.

Puis sa mère, étendue au sol.

— MAMAN !

Lena sentait ses pieds figés, son corps entier paralysé. Seule sa voix fonctionnait, or elle ne lui était d'aucune aide. Sa mère gisait là, inerte. Mais elle avait les yeux ouverts.

— J'ai mal, gémit-elle. Poitrine… Ambulance.

Lena hocha la tête, décolla ses pieds du sol, les força à courir à l'étage chercher son téléphone et redescendit après avoir composé le 112 d'un doigt tremblant. Quand une voix calme répondit à l'autre bout du fil, Lena hurla son adresse et implora les secours de venir immédiatement.

On lui demanda de rester en ligne. Elle enclencha le haut-parleur tout en examinant la pièce, désespérée. Son père. Il fallait qu'elle prévienne son père ! Elle vit le téléphone de sa mère sur le plan de travail, sélectionna le contact de son père et l'appela, mais tomba sur le répondeur. Elle lui laissa un message incohérent, plutôt des sanglots que des mots, toujours accroupie à côté de sa maman.

Son père rappela quelques secondes plus tard. Au son de sa voix, les sanglots de Lena firent place à des cris hystériques. Elle brûlait de lui demander si sa mère allait mourir, mais c'était impossible : elle était allongée juste à côté d'elle.

Enfin, elle entendit le bruit des sirènes au-dehors.

39
DÉSOBSTRUCTION

Tout ce qu'elle avait mangé ce jour-là nageait maintenant au fond des toilettes de l'hôpital.

Agenouillée devant la cuvette, Lena avait l'impression que ça ne s'arrêterait jamais. À croire que son corps faisait une réaction à retardement, qu'il essayait désespérément d'expulser toute la peur et la douleur qui s'étaient logées en elle. Elle vomit à nouveau, mais ce n'était plus qu'une sorte de mousse qui sortait de sa bouche.

Une fois son estomac un peu calmé, une énorme fatigue lui tomba dessus. Elle se releva, passa la tête sous le robinet et avala goulûment quelques gorgées d'eau froide. Observa son reflet. Ses yeux rougis reflétaient la peur.

Elle retourna dans le couloir aseptisé. Il était presque désert ; seul, de temps en temps, un infirmier passait d'un pas pressé d'une pièce à l'autre. Lena n'avait aucune idée de l'heure qu'il était, elle savait juste qu'on était en pleine nuit. Theodor s'était enfin endormi dans son landau, et son père s'était assoupi sur un banc.

Il avait proposé à Lena de rester à la maison avec Theodor pendant qu'il suivrait l'ambulance, mais elle avait refusé. Pas question de laisser sa mère monter seule là-dedans. Ni d'affronter l'hôpital sans personne à ses côtés.

Elle n'allait pas la laisser mourir sans être à son chevet.

« On soupçonne une crise cardiaque », avait-elle entendu l'ambulancier dire à l'infirmière quand ils étaient arrivés aux urgences. Ils l'avaient emmenée au pas de course.

Lena n'avait pas la moindre idée du nombre d'heures qui s'étaient écoulées depuis.

Elle n'avait pas la moindre idée de ce qui se passait. Elle n'avait qu'une image en tête : un cercueil blanc que l'on descendait en terre, et son père, Theodor et elle plantés là, tenant chacun une rose à la main.

Que feraient-ils si sa mère mourait ?

À quoi ressemblerait la vie de Theodor ?

À quoi ressemblerait sa vie à elle ?

Elle pensa, mal à l'aise, à toutes les fois où sa mère lui avait caressé le front et préparé du thé, à toutes les fois où elle l'avait réconfortée. À son optimisme indécrottable. Au fait qu'elle n'avait jamais rien reçu en retour.

Si sa mère mourait ce soir – « mon Dieu, faites qu'elle survive ! » –, Lena n'aurait d'autre choix que de prendre ses responsabilités.

Elle ne pourrait plus se contenter de promener son fils dans son landau avant le dîner, mais devrait être là pour lui à plein temps. Peut-être quitter le lycée. Trouver un travail. Faire à manger. S'occuper de la maison. Être mère à cent pour cent. Elle jeta un coup d'œil dans le landau de Theodor. Puis à son père qui ronflait, bouche ouverte, tête penchée en arrière. Comment pouvait-il dormir dans un moment pareil ?

Elle se leva, les yeux dans le vague.

Pour la première fois depuis des années, elle se sentait parfaitement réveillée.

Une voix grave brisa le silence, et fit sursauter Lena :

— Famille Karlsvik ?

Se retournant, elle découvrit deux pieds en chaussettes dans des sandales. Levant les yeux, elle constata que les pieds appartenaient à un homme vêtu d'une blouse verte de médecin.

— Oui, c'est nous, répondit-elle en donnant un coup de coude à son père.

Il ne devait pas dormir très profondément car il écarquilla aussitôt les yeux.

— Qu'est-ce qui se passe ? demanda-t-il, confus, d'une voix rauque et endormie.

Le médecin se détourna du père et s'adressa à Lena. C'est à peine si elle parvenait à soutenir son regard tellement son cœur battait dans ses tempes. Elle avait une peur bleue de ce qu'il allait leur annoncer.

— Elle va s'en sortir.

Lena eut l'impression qu'on lui ôtait un poids énorme des épaules. Elle se dit que, peu importe ce qui sortirait ensuite de la bouche de cet homme, elle l'adorait.

Il leur expliqua que, selon eux, un caillot de sang avait bouché une artère coronaire et empêché la bonne oxygénation d'une partie du cœur. Lorsque l'apport sanguin était interrompu trop longtemps, la partie du cœur privée de sang mourait. C'étaient les tissus morts qui avaient provoqué l'infarctus. Les médecins venaient de procéder en urgence à une désobstruction de l'artère bouchée, ce qu'on appelait une ICP, pour « intervention coronarienne percutanée ». L'opération avait réussi, mais la mère de Lena devrait rester à l'hôpital encore un peu.

Lena inspira. Elle dut se forcer à demander :

— Mais… pourquoi ça lui est arrivé ?

À vrai dire, elle n'avait aucune envie d'entendre la réponse. Elle la devinait déjà. Elle songea à sa mère, toujours en train de s'activer en cuisine, ayant déménagé loin de tous ses amis, impliquée malgré elle dans les soins à prodiguer à un bébé, le tout avec une mère adolescente aigrie vivant à l'étage du dessus. *Votre mère était surmenée. Elle avait trop d'enfants ingrats. Trop de charges pesaient sur elle.* Voilà ce qu'elle allait entendre à coup sûr.

— Nous savons encore trop peu de choses sur les raisons pour lesquelles tant de femmes encore relativement jeunes rencontrent des problèmes cardiaques. Il s'agit souvent d'une combinaison de facteurs génétiques et de facteurs environnementaux. Ce que nous savons, en revanche, c'est que, comme votre mère, de nombreuses femmes ont des symptômes précurseurs. Mais elles sont nombreuses à ne pas les prendre au sérieux ou à les ignorer.

Même si elle se doutait que ce n'était pas la réaction que le médecin attendait de sa part, Lena se sentit obligée de sourire.

Ignorer les symptômes : ça ressemblait tout à fait à sa mère. Et, réalisa-t-elle soudain, peut-être à elle-même aussi. Mais l'opération avait été un succès ! L'image du cercueil qu'on mettait en terre se décomposa en des milliers de pixels évanescents et disparut de sa rétine pour laisser place à celle de sa maman souriante.

— Merci beaucoup, dit-elle au médecin.

Puis elle courut aux toilettes et rendit toute l'eau qu'elle avait bue.

40

SELFIE

Pour la première fois de sa vie, c'était Lena qui caressait le front de sa mère. Cela n'avait peut-être aucun sens étant donné qu'elle dormait, mais peu importe. Sentir la chaleur de la peau de sa maman lui plaisait. Voir sa poitrine monter et descendre régulièrement aussi. Elle avait mis Theodor sur ses genoux. Celui-ci montra sa grand-mère dans le lit médical. Lena lui dit d'une voix douce :

— Mamie se repose un peu.

— Mie, dit Theodor en pointant à nouveau le doigt sur sa grand-mère.

Lena, surprise, dévisagea son fils.

— Theo ! Tu as dit un mot ?

— Mie ! répéta Theodor de sa bouche édentée.

Lena cala son dos sur la chaise et enfouit le nez dans la nuque de Theodor. Ils restèrent ainsi un long moment. Son cœur faisait la taille de l'univers.

Sa tribu était encore au complet.

Theodor souriait et babillait. Il était d'excellente humeur. Lorsque Lena prit son téléphone pour vérifier l'heure, elle fit une chose qu'elle n'avait pas faite depuis longtemps : elle mit l'appareil photo en mode portrait et cliqua sur le bouton pour inverser la caméra. Elle vit son visage fatigué et celui, vif et expressif, de son fils, apparaître à l'écran.

— Souris, mon p'tit chou ! dit-elle.

Et elle appuya sur le bouton tout en embrassant sa joue potelée.

Plus tard, après l'avoir couché dans son landau, elle regarda la photo qu'elle avait prise.

Tout à coup, elle eut une idée.

Elle ouvrit Instagram et tapa l'identifiant de son compte Newzzz. Il lui fallut quelques secondes de réflexion avant de se souvenir de son mot de passe, mais elle arriva très vite sur sa page d'accueil. Elle cliqua sur le signe « + » en bas de l'écran, sélectionna la photo de Theo et elle, ajouta un filtre qui la rendait légèrement moins affreuse, appuya sur « Suivant » et commença à rédiger un texte.

Un dernier flash Newzzz. Voici Theodor, mon fils.

Elle attendit un moment. Se mordit la lèvre, puis écrivit à la vitesse de l'éclair :

S'il existe, c'est parce que je me suis retrouvée enceinte à quinze ans. Ce n'était pas censé arriver. J'ai fait une erreur. À l'époque, je pensais que les gens qui se ridiculisent en public l'ont bien cherché. J'avais tout faux. Ce n'est pas nouveau, les gens qui font des erreurs. C'est même le contraire d'une news, c'est absolument normal. Souvent, il faut se tromper pour que quelque chose de positif arrive. Comme Theodor. Je demande pardon à tous ceux qui ont commis des erreurs et qui se sont fait critiquer sur ce compte. Désolée.

Vive comme l'éclair, elle appuya sur le bouton « Partager » et se déconnecta du compte Newzzz pour se connecter à son propre compte, celui que suivaient les gens d'Oslo.

Elle sélectionna la même photo et écrivit :

Voici Theodor, mon fils. Il a quatorze mois et c'est le plus beau petit garçon du monde. Pourtant, j'ai gardé son existence secrète. J'avais honte. Je voudrais m'excuser auprès de tous ceux à qui j'ai menti, mais avant tout auprès de Theodor. Heureusement, il ne se rend pas compte à quel point sa mère a été bête. J'espère que ça n'arrivera jamais. Moi, en tout cas, je n'aurai plus jamais honte de lui.

Fallait-il qu'elle signe son propre arrêt de mort en concluant par : « Au revoir, Lena » ?

Non, ça suffisait comme ça.

Elle prit une profonde inspiration.

Et appuya sur « Partager ».

41

<3

Elle inspira à fond, retint l'air dans ses poumons. Et appuya sur les trois points dans le coin de l'image.

Supprimer, modifier ?

Elle avait l'impression d'être montée sur des montagnes russes, mais sans avoir le courage de s'élancer.

Elle se sentait à la fois légèrement nauséeuse et pleine d'une énergie formidable. Était-ce de l'adrénaline ? Du suspense ? De la colère ? Elle n'avait pas éprouvé ce sentiment depuis longtemps.

Ça devait dater de l'époque de Newzzz après un post vraiment top.

Cette fois, c'était encore mieux. Plus intense, en tout cas.

Quand elle avait son compte Newzzz, elle s'était juste déconnectée.

Quand elle était tombée enceinte de Theodor, elle avait ignoré les regards méchants et s'était réfugiée sur les forums.

Quand il était né, elle avait allongé son fils sur son sein tout en regardant Netflix du coin de l'œil.

À Oslo, elle avait essayé de nier tout ça et de recommencer comme avant.

Ce qui ne lui avait pas valu de se faire des amis ni facilité la vie quotidienne. Au contraire : ça avait fait d'elle une menteuse, donné à Kalle une fausse image d'elle-même, et à Margrethe un moyen de faire pression sur elle.

Elle déplaça le doigt pour lâcher l'image et enfonça le bouton power jusqu'à ce que l'écran devienne noir. Elle allait rester dans le wagon des montagnes russes et se laisser emporter au bord du précipice.

Theodor se réveilla en poussant un petit cri. Il n'était pas habitué à dormir dans son landau la nuit. Elle le souleva avec précaution et constata que sa couche était lourde. Elle glissa son téléphone dans le sac à langer, serra son fils contre sa poitrine et lui chanta une berceuse en se dirigeant vers la fenêtre, où elle aperçut leur reflet.

Elle arrêta de chantonner et les fixa.

Derrière eux, sa mère, allongée, un bras reposant au-dessus de la tête. Elle avait l'air vieille.

Alors que Lena, non.

Pour la première fois, le tableau correspondait à la réalité.

Elle était la mère ; dans ses bras, l'enfant ; sur le lit, la grand-mère.

Quand ils avaient regagné la rue Grevlingveien, au milieu de la nuit, il lui avait semblé tout naturel d'installer Theo dans son lit de voyage à côté de son lit à elle. Elle voulait l'avoir tout près. Elle se réveilla quelques heures plus tard. Theo ronflait. Elle s'assit dans son lit et regarda autour d'elle, un peu perdue.

— Bonjour, chuchota une voix dans l'embrasure de la porte.

C'était son père, en pyjama, une tasse de café à la main.

— Il est neuf heures passées ! Il dort encore ?

Lena acquiesça. Son père ouvrit de grands yeux. Elle ne put s'empêcher de rire : c'était une étape importante, même au milieu de toute cette histoire. Theo se réveillait toujours à six heures et demie au plus tard. Ils se faufilèrent hors de la chambre et descendirent dans la cuisine. L'aspirateur était resté en plan à l'endroit où son père l'avait laissé, après avoir nettoyé en rentrant les bris de l'assiette.

Lena avait un bon pressentiment, car son père avait souri en lui disant bonjour et avait descendu les marches d'un pas léger. Il ne *pouvait* pas avoir de mauvaises nouvelles.

— Elle peut rentrer à la maison dès aujourd'hui si on veut bien s'occuper d'elle. Évidemment qu'on veut bien ! Maintenant, c'est juste une question de récupération. Il va falloir qu'elle lève le pied. Et pas d'alcool, pas de café.

Lena agita ses mains dans un geste dénué de sens ; elle avait envie de… danser.

— C'est génial !

Ils restèrent là, un peu indécis, arborant tous les deux un sourire jusqu'aux oreilles. Puis Lena ouvrit les bras et ils se réfugièrent l'un contre l'autre.

Cette odeur de papa… Il y avait longtemps qu'elle l'avait sentie. C'était sa mère la plus câline dans leur famille.

— Super. On va la chercher ?

Son père secoua la tête.

— Il fallait qu'elle passe un dernier examen d'abord ; elle appellera après.

Dans l'entrée, Lena passa devant le landau. Ce n'est qu'en voyant le sac à langer qu'elle se souvint de son téléphone. Elle avait l'impression d'avoir posté la photo des années plus tôt. Elle prit son iPhone. Il était glacé, mais voulut bien s'allumer.

Elle se mordit la lèvre. Qu'est-ce qui serait le pire ? Que les gens soient en colère parce qu'elle avait menti, ou qu'ils s'en fichent complètement ? Une peur nouvelle la frappa. Et si Theodor faisait exploser son compte ? Si les gens pensaient qu'elle avait uniquement posté ça pour les likes !? Soudain, elle détesta tout internet. Trop tard, son téléphone était allumé. D'un geste automatique, elle cliqua sur la petite icône.

Il y avait des notifications en rouge. Des likes, beaucoup de likes ! Son Insta était saturé de commentaires, de messages, d'un nombre de cœurs qu'elle n'avait pas connu depuis la période de gloire de Newzzz.

Lena regarda la photo.

What ? Trop mimi !
Mamma mia <3

Et des cœurs. Le monde entier était un océan de cœurs. Des émojis de bébé ange. Des flammes.

Elle ouvrit le groupe de discussion Snap de sa classe.

Trois secondes après qu'elle avait posté la photo, quelqu'un avait écrit « Insta de Lena ». Des gens avaient mis des points d'exclamation et des émojis de visage avec la bouche ouverte. Il y avait beaucoup de réactions, mais aucune n'était négative. Lena posta une tête de singe se couvrant les yeux puis se déconnecta, soulagée. Elle avait besoin d'en savoir plus, et fit défiler les noms de ceux qui avaient liké. Arnie, Fanny, toute la classe. Plus quelques personnes qu'elle ne connaissait pas.

Rien de la part de Margrethe.

Rien de la part de Kalle.

Elle se connecta à son compte Newzzz. Là, personne n'avait laissé de commentaires, mais beaucoup l'avaient liké. Dont Liv.

Elle remit son téléphone dans le sac à langer.

Voilà. Ça y était.

Maintenant, elle devait être prudente. Ça ne voulait rien dire.

Elle entendit des pleurs venant du grenier aménagé.

Voilà où était son clan à elle. Sa tribu.

Les autres n'avaient aucune importance.

N'empêche, pendant qu'elle montait en courant l'escalier vers Theodor, jamais elle ne s'était sentie aussi légère.

42

TRICK OR TREAT

Lena, adossée à l'embrasure de la porte, considérait sa chambre.

En bas, tout sentait le savon noir ; salon et cuisine étaient impeccables. Son père et elle avaient passé toute la journée à faire le ménage en attendant que sa mère appelle de l'hôpital.

Son père venait de s'installer avec son ordinateur à la table de la cuisine pendant que Theodor faisait la sieste dehors dans son landau, sous le toit de la terrasse. Lena brancha le cordon de l'aspirateur dans la prise. Elle ne pouvait pas se permettre de s'asseoir : elle aurait tout de suite pris son téléphone pour vérifier son nombre de likes – une pulsion tellement familière… Ce n'était pas bien. Mais quand cette pulsion ne la poussait pas à perdre son temps à surfer sur son téléphone, elle lui donnait vraiment de l'énergie.

Dans sa grande chambre mansardée, c'est à peine si on voyait le sol sous les vêtements éparpillés à droite, à gauche ; sous la fenêtre, le bureau croulait sous les assiettes sales, les bouteilles d'eau, les paquets de chips et, autant l'admettre, les déchets. Elle empila assiettes et verres qu'elle porta jusqu'à la cuisine et les rangea directement au lave-vaisselle. Il lui fallut trois voyages pour tout descendre.

Puis elle lança une playlist « spécial maman », et les mélodies joyeuses de Håkan Hellström envahirent la pièce. Jamais Lena ne l'aurait avoué devant sa mère, mais en fait, cette musique était plutôt cool. Elle donnait la pêche. Kalle avait entièrement tort de la trouver pourrie. La guitare nerveuse et grésillante lui insufflait le courage nécessaire pour bourrer essuie-tout, sachets de bonbons vides et restes divers dans des sacs-poubelle. Elle ramassa pantalons de survêtement, culottes sales et pulls en laine légers, descendit à la cave et les fourra dans la machine à laver. Quand elle remonta, elle pouvait enfin nettoyer le sol. Du bout du pied, elle pressa le bouton de l'aspirateur.

Pour finir, elle s'attaqua aux cartons empilés le long du mur. Quand ils habitaient encore à Horten, ses parents lui avaient demandé plusieurs fois de passer en revue les affaires qu'elle avait dans sa chambre, de jeter ce qu'elle ne voulait plus et de mettre le reste dans des cartons. Elle n'en avait pas eu le courage, et un jour, elle avait découvert tout son barda déjà empaqueté. Elle ouvrit un premier carton. Des anges enfantins couverts de paillettes. Des figurines étranges, quelques peluches. Des monceaux de câbles. La plupart de ces objets allèrent directement à la poubelle.

À la fin, il ne restait plus qu'un carton.

Elle l'ouvrit avec précaution et en sortit des photos dans d'épais cadres marron. C'étaient ses photos de classe de l'école maternelle, du CP, du CM2, et de la première année au collège. Les mêmes visages d'enfants qui grandissaient peu à peu, jusqu'à la photo où ils posaient ensemble, souriants et embarrassés, sous le grand chêne dans la cour. Sur toutes les photos, Liv et Lena étaient côte à côte, Lena toujours une tête plus grande que Liv. Elle se souvenait que c'était agaçant. Et Liv, souriante, mignonne, avec son visage rond et ses joues rouge vif. En comparaison, Lena ressemblait à un lampadaire pâlot. Pourtant, il ne lui était jamais venu à l'esprit de se mettre ailleurs pour la photo. Elles étaient inséparables.

Elle détailla sa photo de quatrième. Ses longs cheveux blonds étaient rassemblés en donuts, un de chaque côté de sa tête ; était-ce la Princesse de Bel-Air qui lui avait inspiré cette coiffure ? Ça ne l'aurait pas étonnée. Tout chez Lena l'ado sentait le tuto YouTube, de l'eye-liner alambiqué qui lui partait du coin des yeux à sa pose un peu forcée. *Tournez la tête du côté où tombent vos cheveux.* Elle laissa son pouce s'attarder à côté du visage de cette petite effrontée de quatorze ans. Pour la première fois, elle ressentit une sorte d'affection envers elle. En fait, elle ressemblait un peu à Theodor sur cette photo, avec les mêmes grands yeux. Peut-être qu'elle en faisait trop, mais elle était d'un caractère exalté, tout simplement.

Elle se leva et se précipita dans l'entrée. Dans un tiroir, elle trouva une boîte de petits clous et un marteau. Sans prendre aucune mesure ni essayer d'accrocher les cadres bien droit, elle planta des clous au mur de sa chambre. Un pour chaque photo. Sur le dernier, elle mettrait une photo de Theodor et elle.

Elle venait de terminer de passer la serpillière quand le babyphone se déclencha. Theodor était réveillé.

Au moment où elle descendait, son père se leva de la table de la cuisine, brandissant son téléphone. Son large sourire coupa court à toute crainte de Lena.

— Elle sort de son rendez-vous avec le médecin. Feu vert pour rentrer à la maison. Je pars à l'hôpital !

— Yes ! s'écria joyeusement Lena.

Son père saisit les clés de voiture suspendues à un clou près de la porte et embarqua en passant les sacs-poubelle que Lena avait déposés dans l'entrée. Il lui sourit et dit :

— Bravo, ma fille ! On a assuré ! Je reviens dans une demi-heure !

Lena alla chercher Theodor, changea sa couche et lui réchauffa un petit pot pour bébés qu'il engloutit avec joie. Elle regarda autour d'elle. Pour être honnête, elle était très accueillante, cette nouvelle vieille maison dont ils avaient repris la charge.

Lena posa Theodor dans son parc et retourna à la cuisine, ouvrit le congélateur et découvrit un tiroir plein de pizzas Grandiosa. Elle en prit deux qu'elle sortit de leur emballage plastique avant de les déposer sur les cartons pour qu'elles dégèlent un peu.

Il n'y avait plus rien à faire.

Elle s'enfonça dans son fauteuil préféré du salon, remonta les genoux sous le menton et sourit à Theodor, qui était absorbé par les vieilles peluches qu'elle lui avait léguées. Alors, elle n'y tint plus, prit son téléphone et se laissa happer par les notifications de likes et de mises à jour. La photo de Theodor circulait toujours dans les algorithmes d'Insta et amassait des cœurs. Certaines personnes de sa classe l'avaient ajoutée sur Snap, probablement pour être sûres de recevoir les dernières mises à jour et les derniers potins. Le groupe de sa classe avait des tonnes de mises à jour et elle dut remonter loin en arrière pour tout lire. Il n'y avait rien de plus sur sa dernière news à elle. Tout tournait désormais autour du bal d'Halloween de ce soir.

Ingrid et Tess avaient posté des photos d'elles devant le grand miroir, et Fanny, une petite image carrée du tissu de sa robe, déclenchant une avalanche de posts similaires. Il y avait du tissu pailleté, du velours rouge, de la soie bleu roi et des étoffes noires. Puis un gros plan de ce qui ressemblait à un sexe féminin, posté par Arnie. Ce qui avait déclenché de nombreux *ARRÊTE ! DÉGUEU !* et *stop*, jusqu'à ce qu'il fasse un zoom arrière pour montrer que c'était juste, comme on aurait pu s'y attendre, un gros plan de son aisselle.

Lena ne put s'empêcher de sourire.

Un grand classique.

Lire cette discussion, c'était comme d'être à un before ou à une soirée pyjama, avec tout le monde dans la même pièce. Lena ressentit malgré elle le frisson d'excitation d'avant une soirée. C'était tellement idiot de sa part ! En postant la photo de Theodor et elle, elle avait fait son choix. Franchi la dernière étape pour devenir une mère à part entière. Elle ne s'était pas attendue à se sentir comme ça maintenant, à ressentir cette envie presque physique de serrer une bière fraîche dans sa main, danser sur de la musique, lever les bras et chanter sur le morceau idéal. Elle avait aussi envie de s'enfermer dans une chambre avec des copines, écouter de la musique, manger des chips, se maquiller et pouffer de rire à l'idée de tout ce qui allait se passer en soirée !

Elle quitta le groupe de sa classe et retourna sur Instagram. Elle chercha le compte de Liv, ce qu'elle regretta aussitôt. Elle avait mis à jour sa story avec des photos d'elle et d'une citrouille. Elle en avait sculpté une absolument géniale, encore plus réussie que celles qu'elles avaient l'habitude de faire ensemble. Elle avait dû regarder des tutos sur le net. Ou se faire aider par sa nouvelle meilleure amie.

Soudain, la maison lui sembla bien silencieuse.

Même Theodor semblait occupé à ses propres affaires dans son parc.

Lena avala la boule qu'elle avait dans la gorge, entra dans la cuisine, régla le four sur 220 degrés et enfourna les Grandiosa. Pile à ce moment-là, elle vit qu'elle avait été ajoutée à un nouveau groupe Snap : BalCostuméGamle-Logen2020.

Elle l'ouvrit et lut : *FYI : J'ai ajouté Lena.* Pouce en l'air de la part d'Arnie. Elle scrolla un peu : encore un fil sur la fête pour Halloween. Des détails sur la logistique, ce qu'il y aurait à manger, les videurs à la porte seraient-ils stricts ou pas ? Des paris sur une arrivée d'Arnie en hélicoptère et plusieurs liens YouTube sur les manières possibles de faire son entrée. Pourquoi l'avaient-ils ajoutée ?

Puis Arnie lui envoya un message : *Tu viens à la soirée ? Tout le monde doit être là avant 21 heures. À tout à l'heure !*

Vite, elle reposa son téléphone.

Étaient-ils juste gentils avec elle parce qu'elle avait un bébé ? Était-ce de la charité de leur part ? Elle s'imagina aller au bal, Arnie lui faisant un hug avant de retourner vivre sa vie. Ingrid et Tess… Margrethe ? Non, Lena était vaccinée maintenant. Jamais plus elle n'irait à une soirée avec eux.

Elle avait suivi tous ces gens de loin. C'était agréable et indolore, comme de regarder *Gossip Girl*. Mais maintenant qu'elle avait à nouveau frappé à la porte de leurs vies avec son post, elle devait faire attention. Il ne fallait pas rerentrer dans la ronde. Voilà quel était son nouveau but : ne pas essayer d'être comme eux.

Elle remit son téléphone en veille, sortit trois assiettes et trois verres, puis mit les couverts. Après quoi, elle trouva une bougie et l'alluma. La cuisine donnait envie de s'y installer. À ce moment, elle entendit la voiture dans l'allée et se composa un grand sourire – juste à temps pour voir sa mère franchir la porte. Ses cheveux d'ordinaire volumineux tombaient à plat sur sa tête et, malgré son large sourire, elle semblait épuisée.

— Aaah ! Je sens une odeur de nourriture qu'ils n'ont pas à l'hôpital ! Lena, la maison est magnifique ! C'est si bon d'être chez nous.

Lena s'avança lentement vers sa mère, luttant pour garder son sourire, mais en la prenant dans ses bras, elle ne put se retenir plus longtemps et éclata en sanglots. Sa mère l'imita et, une fois de plus, c'est elle qui caressa les cheveux de Lena.

— Tout ira bien, ma chérie.

— Je suis tellement contente que tu sois de retour, dit Lena, en réalisant à quel point c'était vrai.

Il fallait que ce soit vrai. Tout allait bien maintenant, elle avait retrouvé sa mère. Elle n'avait pas le droit de souhaiter plus.

Elle essuya ses larmes et sourit.

— C'est des larmes de joie, hein, expliqua-t-elle.

Le four émit un bip.

— À table !

— C'était un repas de roi, dit béatement sa mère en s'adossant à la banquette de la cuisine.

Son corps entier semblait avoir rétréci. Elle avait des cernes sous les yeux, et même si elle souriait tout le temps, Lena avait bien remarqué qu'elle n'avait mangé qu'une seule part de pizza.

La vie allait-elle ressembler à ça maintenant ? Allait-elle devoir s'occuper de sa mère pendant que tout le monde prétendrait que la vie avait repris comme avant ?

Est-ce que c'était comme ça pour Kalle avec sa mère à lui ?

Lena aurait bien aimé pouvoir lui poser la question.

Elle baissa le nez sur sa pizza. Elle essaya de déglutir, de respirer, de presser la langue contre son palais. Tous les vieux trucs. En vain : une nouvelle fois, elle ne put retenir ses larmes.

— Lena, qu'est-ce qu'il y a ? lui demanda sa mère.

Lena serra les dents.

— Non, rien. Je suis tellement contente.

Sa mère la regarda gravement.

— Ce n'est pas la peine de faire semblant que ce n'était pas flippant. J'ai eu très peur. Mais les médecins ont été formidables. Maintenant, j'ai juste besoin de me reposer et de m'habituer à ralentir le rythme. Tout ira bien, dit sa mère en se penchant par-dessus la table.

Encore une fois, c'était à elle de réconforter Lena.

Mais à partir de maintenant, ce n'était pas comme ça que ça devait se passer.

Et puis, ce n'était même pas pour ça que Lena était triste. Il allait être dix-neuf heures. Les autres étaient probablement déjà en route pour un before, avec d'épais manteaux d'hiver par-dessus leurs costumes soigneusement pensés, petit sac à la main et grandes attentes dans le cœur. Sans elle. Si ça se trouvait, Ingrid et Kalle étaient ensemble dans la voiture de Rolf, en chemin vers une énième expérience qu'elle ne vivrait jamais.

Elle prit une profonde inspiration et hocha la tête.

— Ça ira, dit-elle, en pensant qu'en effet il faudrait qu'elle fasse aller.

Alors, on sonna à la porte.

Son père se leva d'un bond.

— Oh mon Dieu, c'est pour des bonbons ! On en a ?

Lena ouvrit un tiroir et en sortit un sachet de mini-barres chocolatées. Contrairement à son père, elle n'avait évidemment pas oublié que c'était Halloween. En revanche, elle ne se sentait pas capable d'affronter les traditions qui allaient avec. Elle avait éteint la lumière extérieure, ce qui signifiait en principe que soit les gens n'étaient pas chez eux, soit ils ne voulaient pas de visites. Les enfants d'Oslo n'avaient manifestement pas compris le message.

En se dirigeant vers la porte d'entrée avec le sachet, elle jeta un coup d'œil à son reflet dans le miroir. Ses cheveux, qu'elle avait hâtivement rassemblés en chignon pendant cette journée ménage, ressemblaient à un arrêt sur image d'une explosion. Elle était pâle et ses cils se voyaient à peine. Cela faisait des semaines qu'elle n'avait pas utilisé de mascara, mais elle n'était toujours pas habituée à se voir sans. C'est dire le peu d'attention qu'elle s'était accordée.

Poussant un soupir, elle ouvrit la porte.

Personne sur le perron.

Lena se pencha et regarda à droite, puis à gauche. Si jamais des gamins bondissaient en l'air pour lui faire peur, elle les assommerait.

Mais non. Vraiment personne en vue. Avaient-ils sonné avant de s'enfuir ? Elle s'apprêtait à refermer la porte lorsqu'elle remarqua de petits objets disposés en ligne sur l'asphalte. Elle enfila les chaussures de son père et descendit gauchement les marches pour examiner cela de plus près.

C'étaient des petits bonbons rouges en forme de cœur.

Ils avaient été disposés de manière à former une sorte de piste. Le premier au pied de la marche du bas, les suivants dans l'allée, après quoi ils contournaient la maison. Lena les suivit en traînant les pieds dans l'obscurité totale. Elle aurait dû rallumer la lumière extérieure avant de sortir parce que, là, elle avait l'impression d'être dans un film d'horreur. D'être une de ces idiotes qui se jetaient droit dans la gueule du loup. Qui se laissaient prendre au piège à cause de… bonbons.

Tout à coup, elle crut entendre un grincement de porte quelque part dans le noir. Des bruits de pas. Un hurlement. Puis un rythme. Et la mélodie de *Thriller*, de Michael Jackson.

Tout à coup, la musique se tut.

— Putain, chuchota une voix.

— Hé, ho ?

Lena ne voyait toujours rien.

— Mais merde, y a pas de signal à Oslo ou quoi ? continua la voix, agacée.

Une citrouille ambulante surgit d'entre les arbres.

— C'est moins marrant de te faire peur sans musique, dit la citrouille d'une voix grave.

Elle avait une bouche en cul de poule et des cœurs à la place des yeux.

Et portait un manteau bleu râpeux.

Lena resta un moment immobile avant de se précipiter dans les bras de son ancienne meilleure amie. Au dernier moment, elle trébucha dans les chaussures trop grandes de son père et renversa Liv, qui perdit l'équilibre et partit en arrière en battant des bras. Une seconde plus tard, elle atterrissait dans un buisson, et la milliseconde suivante, Lena s'aplatissait sur elle. Liv se mit à crier, Lena à hurler. Alors, l'enceinte portative posée dans l'herbe grésilla et reprit le morceau de Michael Jackson.

Liv et Lena échangèrent un regard, puis braillèrent toutes les deux :

— *Cause this is thriiiiller, thriller night !*

43

TRANSFORMATION

La citrouille, quelque peu cabossée après avoir servi de casque, avait été laissée dehors sur les marches. Liv avait emprunté un pyjama à Lena, qui avait mis son matelas par terre pour qu'elles s'installent dessus. Elles étaient allongées sur le ventre, chacune à un bout, un grand sac en papier débordant de bonbons rouges en forme de cœur posé entre elles. Sur l'écran du Mac de Lena, Jack Skellington, l'insensé roi des citrouilles, venait d'ouvrir la porte menant à la ville de Noël.

Lena savait très bien ce qui allait se passer ensuite, mais Liv et elle semblaient absorbées par *L'Étrange Noël de monsieur Jack* comme si c'était la première fois qu'elles le voyaient.

Peut-être pour éviter de parler.

Lena jeta un coup d'œil furtif à Liv. Elle ne comprenait pas pourquoi elle avait débarqué chez elle. Elle brûlait d'envie de tout lui raconter, de s'expliquer, mais c'était difficile. Que dire ?

Liv avait des raisons d'être en colère, mais enfin, c'étaient des broutilles comparé à ce que Lena avait enduré, non ? Où étaient passés les amis qui auraient dû venir voir le bébé et la soutenir contre vents et marées ? Lena, sentant la rage monter en elle, essaya de se concentrer sur le film.

On frappa à la porte. Lena appuya sur la barre d'espace et l'image se figea.

— Ton téléphone est en train de devenir fou, il n'arrête pas de biper et de vibrer. Je me suis dit que tu préférerais peut-être que je te le monte ?

Lena leva les yeux au ciel, s'approcha de sa mère restée à la porte, et lui prit le téléphone des mains.

— C'est juste à cause de cette soirée, dit-elle d'un air las.

Elle regarda l'écran. En effet, ça chauffait sur Snap. Le groupe de sa classe était en ébullition. En plus, elle avait reçu des messages d'Arnie et d'un numéro inconnu. Elle ouvrit celui du numéro inconnu.

Hello stranger, tu viens au bal ? Avec ou sans gamin ! On passe te prendre ? Faut être là pour 9 heures. C'était signé : *Tess.*

Arnie avait écrit : *Donc, on se voit à 9 h au plus tard. Tess passe te prendre.*

Nouveau message de Tess : *Où est-ce que tu habites ? Hé, ho !*

Lena fronça les sourcils. Pourquoi étaient-ils tous persuadés qu'elle irait au bal ? Elle n'avait rien dit en ce sens. Elle se demanda si elle allait leur envoyer un SMS, mais il s'était déjà écoulé une demi-heure depuis que Tess lui avait écrit ; ils étaient probablement déjà dans la belle salle de bal de Gamle Logen. Elle ne voulait pas paraître prétentieuse, du genre qui trouve normal qu'ils l'attendent.

Sur le groupe officiel de sa classe aussi, l'activité battait son plein.

Quelqu'un a réussi à localiser Lena ? Elle sera là à 9 heures ? Son adresse ?

Ingrid avait répondu : *Elle ne lit pas les messages ici. Quelqu'un a son numéro ?*

Merde, maintenant ils pouvaient voir qu'elle avait lu le message. Aurait-elle dû répondre ? Elle resta plantée un instant à fixer l'écran, puis écrivit rapidement : *Merci d'avoir pensé à moi. J'ai de la visite, donc je reste à la maison, mais amusez-vous bien !* Et elle ajouta des émojis de citrouille et de bouteille de champagne.

Elle posa son téléphone et se pencha en avant pour relancer le film.

Liv la regarda et, d'un geste, stoppa à nouveau *L'Étrange Noël.*

— Qu'est-ce qui se passe ? demanda-t-elle.

Lena haussa les épaules.

— Le lycée organise un bal d'Halloween ce soir, alors tout le monde m'embête avec des messages pour la logistique et tout, dit-elle avec un sourire en coin. Mais on s'en fout, ça y est, j'ai coupé le son.

Elle s'apprêtait à relancer le film quand Liv lui saisit le bras.

— Hé ! Un bal d'Halloween ? Ce soir ? Et tu es encore chez toi ?

Lena hocha la tête et fit mine de rien.

— Yep. Je n'y vais pas. Aujourd'hui, c'est le jour des films et des bonbons !

— Bon, laisse-moi répéter la question : tu es dans la classe la plus privilégiée d'Oslo, il y a un *bal d'Halloween* ce soir, et on reste ici à manger des bonbons en pyj ? Qu'est-ce qui t'est arrivé ?

Ne sachant quoi répondre, Lena haussa les épaules. Liv s'assit et la regarda d'un air grave.

— Tu recommences ?

— Je recommence quoi ?

— À te renfermer sur toi-même ! Comme à Horten ! Tu as disparu tout d'un coup. Tu te rends compte à quel point c'était abusé ?

Lena ne savait plus quoi penser. Liv semblait en colère.

— Qu'est-ce que tu veux dire ? Tu sais bien ce qui s'est passé.

Liv hocha la tête.

— Oui, tu as eu des problèmes, tu es tombée enceinte et tu as coupé tous les ponts avec nous. Même moi.

Lena n'en croyait pas ses oreilles.

— Moi, j'ai coupé le contact avec vous ? C'est *vous* qui avez disparu ! Tout le monde me détestait ! Et puis je… j'ai eu un BÉBÉ, bordel !

— Merci, j'avais compris. Et oui, je sais que c'était vraiment pas cool de la part de ma crétine de sœur de prendre les choses en main, mais si on regarde bien, c'était une bonne chose que Newzzz s'arrête avant d'aller trop loin, non ? Et pour cette histoire comme quoi tout le monde te détestait, ce n'est pas vrai. Tu as oublié les messages qu'on t'a envoyés ? On t'a appelée, invitée à sortir avec nous ! On n'a jamais eu de réponse ! Tu te souviens de la fois où on a organisé une fête pour Pâques et qu'on a essayé de te faire venir ?

Lena se tut. Elle avait un vague souvenir de quelques messages ; soudain, lui revint en mémoire un jour où sa mère était montée la prévenir que Liv était là. Lena avait tout balayé d'un revers de la main. Elle n'avait pas le courage d'affronter d'énièmes reproches à cause de Newzzz, de devoir répondre à des questions sur sa grossesse, et encore moins d'être regardée comme un animal de cirque à cause de son ventre de baleine.

Elle ne dit rien. Liv la fixait.

— C'était ta baby shower ! Tu n'es même pas venue ! Regarde, dit Liv en parcourant les photos de son téléphone.

Elle le brandit devant Lena pour lui montrer des photos de ballons bleu pâle et de gâteau à la crème.

— Tout ça t'attendait, mais même ce jour-là, tu n'es pas venue. J'ai eu l'impression… J'ai eu l'impression de t'avoir perdue. C'était comme si tu étais morte !

Lena sentit les larmes lui monter aux yeux.

— Désolée, répondit-elle à voix basse. Mais… Je…

— Oui, bref, peu importe, Madame Tout-noir-ou-tout-blanc, coupa Liv. En tout cas, je t'interdis de récidiver. S'il y a un truc que tu m'as répété jusqu'à plus soif, c'est que dans la vie, il ne faut pas avoir peur de tout. Donc, pas moyen que je te laisse t'esquiver maintenant. On ne va pas rester ici à manger des bonbons et à regarder des vieux films alors qu'il y a un *bal* à Oslo.

— Je ne vais à aucun bal, moi ! On regarde des films, rétorqua Lena en appuyant d'un geste décidé sur la barre d'espace de son Mac. Je ne peux pas y aller. Tu ne comprends pas !

À ce moment, la sonnette retentit en bas.

— Lena ! cria son père. Tu as de la visite !

— Hé ! Tu vieeens ? lança une voix dans l'entrée.

Lena descendit lentement l'escalier.

— Oh. Je vois. Tu es… loin d'être prête.

L'expression découragée de Tess n'allait pas très bien avec le reste de son look. Ses tresses, pailletées pour l'occasion, étaient ramenées très serré en un grand chignon glamour ; elle portait une robe à manches longues de velours bordeaux qui tombait jusqu'au sol. Sur ses épaules, une pelisse noire aux airs de cape. Sans oublier le cul qui dépassait derrière, à la limite du burlesque. Elle ressemblait à un mélange de Kim Kardashian et de reine de conte de fées tout droit sortie de Narnia.

— Oh non ! s'écria Lena. Qu'est-ce que tu fais ici ? Je ne vais pas au bal. Je viens de vous l'écrire sur Snap. D'ailleurs, tu ne devrais pas être sur place depuis longtemps ?

— Si, répondit Tess, agacée. Mais ça prend plus de temps que prévu puisque tu n'as pas daigné me répondre et me dire où tu habites ! Tu as de la visite ?

Liv fit trois pas et vint se placer devant Lena.

— Oui ! Je m'appelle Liv.

Lena hocha la tête.

— On est en train de mater des films. Mais merci d'avoir pensé à moi. Bonne soirée, dit-elle.

Liv leva sa main.

— Non, non, non, on n'est pas en train de mater des films. Lena ira à ce bal. Elle est juste un peu… lente à la détente.

Lena commença à remonter dans sa chambre.

— C'est non et encore non. Tu m'entends ? Je ne veux pas aller au bal, et je n'irai pas au bal. En plus, je n'ai rien à me mettre.

Liv jeta un coup d'œil à Tess, puis se tourna vers Lena.

— Lena, tu n'es pas prête, on est toutes d'accord là-dessus. Mais si on connaissait quelqu'un capable de t'aider à te faire belle ?

Et elle parcourut lentement l'entrée du regard, faisant mine de chercher.

Tess leva les yeux au ciel et enleva vivement sa pelisse de fourrure.

— Bon. On a vingt minutes, dit-elle.

44

DÉFI ACCEPTÉ

Il fut une époque où Lena aurait trouvé que cette scène était un rêve devenu réalité : la Princesse de Bel-Air en personne dans sa chambre, devant sa garde-robe. Aujourd'hui, elle aurait volontiers claqué les portes de l'armoire et demandé à Tess de s'en aller. Elle pouvait toujours espérer. Pendant un long moment, Tess passa méticuleusement en revue le contenu des étagères et les vêtements de la penderie. Heureusement que Lena avait fait le ménage aujourd'hui, sinon ça aurait été encore plus embarrassant que ça l'était déjà. Sa costumière et styliste autoproclamée de la soirée aurait mieux fait d'abandonner tout de suite sa mission.

— Je n'ai rien pour me déguiser, déclara-t-elle.

— L'important, au bal d'Halloween d'Elisenberg, ce n'est pas de se déguiser, répondit Tess. C'est d'avoir de l'allure. Je peux jeter un coup d'œil aux fringues de ta mère ?

— Euh, je ne pense pas…

Mais Tess sortait déjà de la pièce, et Lena et Liv durent presser le pas pour la suivre. La mère de Lena fut surprise et visiblement très excitée lorsque Tess lui demanda la permission de fouiller dans sa garde-robe. Bientôt, toutes les trois suivaient Tess comme un petit troupeau de brebis.

— J'ai un super costume du carnaval de…

— Celle-là, déclara Tess, en sortant du fin fond du placard une robe de dentelle blanche à manches longues qui s'arrêtait aux genoux.

La mère de Lena hoqueta de rire.

— Ma robe de mariée ? Ha ! Ha ! Je t'en prie, prends-la ! Je ne pense pas la mettre ce soir, en tout cas.

— Sérieux, protesta Lena. Je ne peux pas y aller avec la robe de mariée de ma m…

— Tu seras la Victoria de *Corpse Bride*, dit Tess. La mariée cadavérique. Maintenant, il faut te mettre du blanc sur le visage. Tic, tac : il nous reste quinze minutes.

Elle sortit de la chambre des parents de Lena d'un pas décidé, portant à bout de bras le cintre avec la robe. Elle s'arrêta brusquement, se retourna et dit à Lena, les yeux pétillants de malice :

— Je te promets que tu seras belle à mourir.

La lumière crue de la salle de bains était sans merci. Même de là où elle était assise, Lena voyait les impuretés sur sa peau. Ses cils clairs et sa peau blafarde. En fait, elle ressemblait déjà à un fantôme. Liv se tenait derrière elle et l'observait dans le miroir pendant que Tess la transformait en jolie morte. Elle lui appliqua, dans l'ordre, fond de teint crème, poudre blanche, fard à paupières, eye-liner, mascara, et rouge à lèvres rouge. C'était comme un tuto de maquillage en direct, sauf que Tess ne parlait pas à la caméra ; elle se concentrait sur Lena et son reflet dans le miroir.

— Ça ne sera pas mal du tout, commenta Liv. Sinon, tu peux y aller avec ma citrouille sur la tête.

Lena lui tira la langue.

C'était tellement bon de revoir son amie d'enfance. Une partie d'elle-même avait envie de rester sur le matelas à regarder des films avec elle. Mais peut-être y avait-il un espoir qu'elles puissent se revoir ? Était-ce vrai, ce que Liv avait dit ? Que c'était Lena qui l'avait laissée tomber et non l'inverse ?

— Merde, on n'a plus beaucoup de temps, dit Tess. Vous avez un fer à lisser dans cette maison ?

— Oui ! s'exclama la mère de Lena en bondissant sur ses pieds.

Elle était pourtant censée se reposer, non ? Elle prit le fer à lisser dans un placard et le brancha vivement dans une prise. On aurait dit qu'elle participait à un épisode d'une émission de relooking à la télé. *Extreme Makeover*, spécial Halloween.

— Pourquoi c'est si important d'y être à neuf heures, d'ailleurs ? demanda Lena à Tess. Qu'est-ce qui va se passer ?

Lena avait abandonné ses protestations, mais était-il vraiment nécessaire de stresser à ce point pour l'horaire du bal ? De toute façon, la seule chose qu'elle ferait de la soirée serait de répondre à des questions sur Theodor.

— Juste un truc à manger, je crois, marmonna Tess en vérifiant si le fer était assez chaud. Bon, ça devrait aller.

Elle passa le fer à lisser dans les cheveux de Lena comme seuls les pros savent le faire, et les mèches rebelles se transformèrent en ondulations légères et élégantes au tomber naturel.

— Et voilà, conclut Tess après avoir répété le processus sur le reste des cheveux de Lena en un temps record. Tu vas devoir te passer de la couleur bleue, par contre. J'ai fait tout ce que je pouvais. Maintenant, on y va. Je veux dire, quelqu'un pourrait appeler un taxi ?

— Le chauffeur vous attend ! lança une voix dans l'entrée.

Son père aussi avait donc suivi tout ce remue-ménage ?

— Montez, je vous emmène, dit-il.

Lena aurait juré qu'il était impressionné.

— Même morte, tu es belle, ma fille unique et préférée.

Lena se dévisagea dans le miroir. Elle croisa le regard de son père et sourit.

Puis toute la troupe dévala les marches du perron. Heureusement, Theodor dormait. Le moins qu'on puisse dire est qu'il aurait été déconcerté de voir autant de gens aussi exaltés d'un coup dans la maison. Liv applaudit pendant que Lena enfilait manteau et écharpe.

— Le bal royal ! Le bal royal ! scanda-t-elle.

— On se calme, dit Lena. Tu peux venir si tu veux.

— Non merci. Un bal d'Halloween dans la capitale, ça fait trop peur à Liv-la-Flippée.

— Tu veux bien dormir ici, alors ? Qu'on puisse continuer à discuter demain ?

Elle avait tellement de choses à lui dire. Elles avaient plus d'un an à rattraper.

— Bien sûr que je reste jusqu'à demain. Je veux *tout* savoir sur cette soirée. Allez, cassez-vous !

Liv et la mère de Lena restèrent sur le perron, souriant jusqu'aux oreilles. Elles saluèrent Lena et Tess de la main quand celles-ci s'installèrent sur la banquette arrière de la voiture.

Soudain, Lena sentit son ventre se nouer.

Kalle savait-il qu'elle venait ? Serait-il fâché ?

Elle jeta un coup d'œil à Tess, absorbée par son téléphone. Soudain, elle leva la tête et lui fit un clin d'œil. Lena avait eu le temps de lire son message :

On est en route. Ouf !

45

LES MASQUES TOMBENT

La dernière fois qu'elle était allée à un bal, c'était en quatrième, dans le gymnase du sous-sol sans fenêtres d'Horreurønningen. Leurs professeurs, moyennement motivés, avaient accroché sans conviction quelques ballons et des décorations de Noël, mais les buts du floorball[1] étaient restés bien visibles à côté de la piste de danse improvisée. Le seul endroit où venir s'adosser entre deux morceaux, c'était les espaliers. Les odeurs de parfum s'étaient mêlées à celles de chaussettes en sueur.

Sans surprise, le lycée d'Elisenberg jouait dans une autre catégorie.

Même depuis l'endroit où son père s'était garé, à plusieurs dizaines de mètres, Lena voyait le tapis orange déroulé à l'entrée. Le lieu de la fête, Gamle Logen, « L'Ancienne Loge », était un énorme bâtiment de briques carré, tout proche de la forteresse d'Akershus. On aurait dit un vieux château fort, et les torches allumées autour donnaient à l'ensemble un éclat supplémentaire d'exception et de grandeur.

Lena déglutit.

Naturellement. C'était dans des endroits comme celui-ci que les élèves d'Elisenberg organisaient leurs fêtes.

Un taxi van s'arrêta juste derrière eux et un groupe de jeunes en habits de fête et pouffant de rire en sortit. Lena en reconnut certains, d'autres étaient impossibles à identifier en raison du maquillage et des costumes, mais elle

1. Hockey sur glace sans la glace. Sport très populaire en Scandinavie. (N.d.T.)

constata aussitôt que Tess avait raison : personne n'était venu en œuf au plat ou en infirmière dévergondée. Ici, c'était classe. La plupart des filles portaient des robes longues.

— Prête à mettre le feu à Gamle Logen ? lui demanda Tess.

Elle détacha sa ceinture de sécurité, mais resta assise et sortit un petit étui de son sac.

Lena sentait son corps entier protester. Elle n'était toujours pas convaincue que la soirée qui l'attendait vaudrait mieux que des films et des bonbons, mais resterait éternellement reconnaissante à Tess des efforts qu'elle avait fournis.

Elle tourna la tête vers elle.

— Désolée si je t'ai fait rater le before.

Tess ouvrit le couvercle de son étui, qui contenait un petit miroir. Elle le maintint devant son visage d'une main tandis que, de l'autre, elle appliquait une nouvelle couche de rouge sur ses lèvres.

— Ce n'était vraiment pas un sacrifice, répondit-elle quand elle eut terminé. Te voir dans cette tenue, je n'aurais manqué ça pour rien au monde. C'est peut-être la réalisation dont je suis le plus fière jusqu'ici. Il va peut-être falloir que je te poste, tu sais.

Lena sourit.

— Je t'en prie. Merci encore. Pour ça aussi.

Elles remercièrent le père de Lena de les avoir conduites au bal et s'élancèrent dans la froide soirée d'octobre. Au loin, on entendit le carillon de l'hôtel de ville jouer sa mélodie.

Il était neuf heures.

Tess prit Lena par la main et l'entraîna vers l'entrée.

Un jeune garçon en uniforme prit leurs manteaux à un comptoir installé sous un panneau « Vestiaire ». En apercevant son reflet dans le miroir, Lena fut à nouveau assaillie d'un doute. La robe lui allait comme un gant, mais elle était moulante, courte, et décolletée. Morte ou vivante, n'était-ce pas un peu dingo que la seule maman du lycée se montre dans une tenue pareille ?

Elle essaya de baisser le tissu sur ses cuisses, mais Tess posa une main sur la sienne.

— Arrête, dit-elle calmement avant de l'entraîner plus loin dans la salle.

— Mortelle, ta robe, lança une Marilyn Monroe que Lena reconnut car elle était dans l'autre classe de seconde. C'est une By Timo ?

— Oh, merci, répondit Lena. Non, en fait, c'est…

— Vintage, coupa Tess. Je sais. *Mortelle.*

Elles croisèrent beaucoup de personnes de leur classe, d'autres qu'elle ne connaissait pas mais qui lui dirent quand même bonjour. La plupart se contentaient de la fixer ou de se chuchoter des commentaires à l'oreille. Pas de problème, Lena s'y attendait. Et puis, bras dessus, bras dessous avec Tess, elle se sentait en confiance.

Elles marquèrent une pause à l'entrée de la grande salle.

Lena resta bouche bée.

Elle n'avait jamais rien vu de tel. C'est ce qui devait se rapprocher le plus d'un bal au château de la famille royale. Cinq lustres gigantesques pendaient au plafond qui semblait s'élever jusqu'au ciel. Les murs étaient illuminés d'orange et de noir. La salle était bordée de tables rondes, alignées entre des rangées de hauts piliers. La zone centrale était clairement la piste de danse. À l'entrée de la salle, une scène sous un dôme, où jouait un groupe composé d'adultes, apparemment des musiciens professionnels. Tout était de si bon goût, si élégant, si… mature. Les robes longues aux couleurs vives et les perruques extravagantes allaient et venaient dans la salle, sur la piste de danse, devant la scène, et par la porte où se tenaient Tess et Lena.

Et maintenant ?

Tess aurait-elle envie de rester avec Lena plus longtemps que nécessaire ?

— Te voilà enfin, dit une voix de garçon familière juste derrière elles.

Il s'adressait sûrement à Tess, mais Lena se retourna elle aussi. Arnie portait un chapeau haut de forme et une veste queue de pie verte. Il était en directeur de cirque, songea Lena. Ça lui allait mieux que président ou dictateur. Son visage était mangé par un énorme sourire blanc. À côté de lui se tenaient Ingrid, Fanny, Astrid et Gunnhild. Le costume de Catwoman qu'Ingrid avait choisi lui permettait de mettre en valeur son corps si mince. Les trois autres portaient toutes des robes longues et de petites cornes rouges sur la tête. Pas facile de deviner en quoi elles étaient déguisées. Des démons glamour ? En tout cas, elles étaient toutes plus belles les unes que les autres. Elles rayonnaient. Deux d'entre elles avaient aussi l'air un peu pompette. Elles souriaient. Tout le monde souriait.

À qui donc ? À Lena ?

— Wow, dit Arnie, en s'approchant de Lena et en lui donnant un baiser de loin sur chaque joue pour éviter de gâcher son maquillage blanc. Je suis content de te voir.

Il lui fit un clin d'œil.

— Alors comme ça, tu croyais qu'on n'aimait pas les enfants ? Mais on les adore ! *Comment ne pas les aimer ?* C'est tellement facile d'en faire des esclaves. Même pas besoin de les payer un seul centime.

— Arnie, t'es vraiment un abruti, dit Ingrid en riant.

Ce fut à son tour de prendre Lena dans ses bras.

— Tu nous as manqué. On a vraiment hâte de rencontrer ton petit garçon. Viens t'asseoir avec nous.

À peine capable de répondre, Lena se contenta de les suivre jusqu'à la table la plus proche de la scène, qu'ils avaient visiblement réservée. Elle était ronde, couverte d'une nappe noire parsemée de petits crânes ; sur un plateau posé au centre, des cupcakes décorés de squelettes – livrés par une vraie pâtisserie, ça ne faisait aucun doute. Lena était complètement prise au dépourvu.

— En quoi Fanny et les autres sont-elles déguisées, au juste ? chuchota-t-elle à l'oreille d'Ingrid une fois tout le monde assis.

Catwoman fit semblant de se vexer avant de lui sourire.

— Mais enfin, atterris ! *Le Diable s'habille en Prada*, non ?

Lena secoua la tête. Quel endroit. Quels invités ! Elle ne doutait pas un seul instant que leurs robes venaient vraiment de chez Prada. Quand les musiciens entamèrent le générique de *Ghostbusters* et qu'elle vit toute la bande réunie autour d'elle – à l'exception de deux membres –, elle se sentit heureuse, tout simplement.

46

QU'EST-CE QU'ON POURRAIT FAIRE D'AUTRE ?

Ils n'étaient pas installés depuis plus de deux minutes que le proviseur du lycée monta sur scène. C'était un homme d'une soixantaine d'années, tellement bedonnant que les boutons de sa veste de prisonnier rayée menaçaient de céder d'un instant à l'autre. D'une voix solennelle, il entama un prêche contre l'importation en Norvège de nouvelles coutumes, et en particulier de la tradition d'Halloween, puis enchaîna sur l'histoire de Gamle Logen. À leur tablée, tout le monde échangea des regards en levant les yeux au ciel. Le discours du proviseur était interminable et ennuyeux ; malgré tout, ça faisait longtemps que Lena avait passé un aussi bon moment.

Elle examina les alentours d'un air détaché et ne tarda pas à apercevoir Margrethe à l'autre bout de la salle. Avec sa perruque noire et tout ce maquillage, inhabituel pour elle, elle était presque méconnaissable au premier abord. Elle portait une robe sublime, couleur vert émeraude, qui avait dû être confectionnée sur mesure. On reconnaissait aussitôt le personnage : Cléopâtre. La reine qu'elle ne deviendrait jamais. Elle avait l'air gaie et heureuse, assise bien droite sur sa chaise comme toujours. Mais n'était-elle pas trop près de son voisin ? Avait-elle amené son date ? Était-ce pour cette raison qu'elle ne s'était pas installée avec le reste de la bande ?

Lorsque la princesse planta soudain ses yeux dans les siens, Lena sursauta.

Était-ce une violation de leur accord qu'elle se soit assise à cette place ?

Non. Elles n'avaient plus d'accord. D'ailleurs, qu'est-ce que Margrethe aurait pu lui faire maintenant ? Son secret avait été révélé au grand jour. Juste avant que Lena ne se tourne vers la scène pour continuer à suivre le discours du proviseur, Margrethe lui fit un signe de tête. C'était presque imperceptible, mais réel.

Lena lui fit un signe de tête à son tour.

Toujours pas de Kalle en vue nulle part.

— Avant que je rende le micro à l'extraordinaire groupe qui va nous divertir ce soir avec une ambiance sonore de circonstance, une personne très spéciale a demandé à prendre la parole, annonça le proviseur depuis la scène. Je vous prie de réserver un bel accueil à votre camarade de classe et futur roi de Norvège, Son Altesse Royale le prince héritier Karl Johan !

En entendant ce nom, le cœur de Lena bondit dans sa poitrine.

Et atterrit au fin fond de son estomac.

Toute la salle applaudit. Quant à elle, elle se sentait d'un coup comme une idiote, assise là dans une robe de mariée blanche, entourée de tous ses amis à lui. Une intruse. Encore une fois. Kalle serait-il en colère de la voir ici ?

Il apparut sur le côté de la scène. Il portait un jean, un T-shirt blanc et une veste en cuir. Les cheveux un peu ébouriffés. Il était parfait. Mais en qui était-il déguisé, enfin ? Et puis…

Lena était intriguée.

Pourquoi avait-il une guitare ?

— Je vous remercie, monsieur le proviseur, dit Kalle dans le micro avant de lever une main en visière pour scruter la salle. Salut, Elisenberg ! Vous êtes tous superbes ce soir !

Beaucoup de gens brandissaient déjà leurs téléphones portables.

Sauf à la table de Lena.

Kalle fit un pas en arrière et garda un instant le silence, les yeux baissés. Puis il releva la tête pour scruter l'assemblée du regard. Une décharge électrique parcourut Lena lorsque, l'espace d'une nanoseconde, leurs yeux se croisèrent. Elle se sentit obligée de baisser la tête – mais la releva aussitôt, juste à temps pour voir Kalle revenir vers le micro. Il mit sa guitare en bandoulière.

— Vous savez tous que je n'ai pas spécialement de talent pour la musique, dit Kalle. Nous en avons déjà eu une illustration abominable sur une scène de ce genre à la même époque de l'année. Mais ce soir, j'ai quand même envie de vous chanter une chanson. Je vous promets de ne pas rapper si vous promettez de ne pas me huer et de ne pas me lancer des tomates.

Les rires fusèrent dans la salle.

Nouvelle vague de téléphones portables brandis en l'air.

Soudain, Lena fut saisie d'inquiétude.

Est-ce que Kalle était défoncé ? Il était totalement incapable de chanter juste ou de jouer un seul couplet à la guitare. Elle jeta un coup d'œil à Margrethe, qui semblait la perplexité incarnée. Pourquoi n'intervenait-elle pas ? N'aurait-elle pas dû, elle, son irréprochable sœur, mettre un terme à cette situation avant que Kalle se retrouve sur les réseaux sociaux et les journaux en ligne du monde entier ?

— La chanson s'appelle *Kom igen, Lena*, dit Kalle.

Et ce fut comme si quelqu'un avait mis le monde sur « Pause ». Le bourdonnement des voix, les rires, le crépitement des téléphones prenant des photos, les regards des autres autour de la table et dans la salle, tout ce qui se trouvait en dehors de sa bulle se figea.

Ils n'étaient que deux à l'intérieur.

Elle et le garçon qui se tenait sur scène, déguisé en Håkan Hellström.

Lena ne le quitta pas des yeux tandis qu'il baissait la tête vers les cordes de sa guitare et entamait la chanson qu'elle avait entendue des milliers de fois chez elle – mais jamais dans une version aussi lente.

Sluta dröm om det ljuva livet,
Vi kommer aldrig vara med om det
Och be aldrig mer om ursäkt
För sakerna du aldrig gjorde[1].

Håkan Hellström chantait peut-être un peu faux, mais le prince héritier était encore moins dans le ton. Il se trompait dans les accords aussi. C'était une catastrophe. Lena n'avait jamais rien entendu d'aussi beau.

Och jag vet att allt är falskt och bedrägeri
Men det struntar jag i, för vi dansar och du har så mjuka läppar
Åh, kom igen, Lena ! Vad skulle vi annars göra[2] *?*

Le groupe entonna le reste avec lui. Kalle sourit, l'air satisfait, et la regarda enfin droit dans les yeux. À l'extérieur de sa bulle, Lena devinait les téléphones braqués sur elle à présent.

Elle s'en moquait.

---

1. *Arrête de rêver à la belle vie*
On ne l'aura jamais
Et arrête de demander pardon
Pour des trucs que tu n'as pas faits
2. *Et je sais que tout est faux, tout est trompeur*
Mais je m'en fous parce qu'on danse et que tes lèvres sont si douces
Allez, Lena ! Qu'est-ce qu'on pourrait faire d'autre ?

Elle le dévorait des yeux.

Kalle brailla les derniers couplets de la chanson, ce qui provoqua d'horribles larsens, et le silence se fit dans la salle.

Un tel silence qu'on aurait entendu une mouche voler.

Puis la bulle de Lena explosa, ainsi que les rires et des applaudissements assourdissants.

Tout le monde se leva. Y compris Lena. Et même Margrethe. Le public applaudissait, sifflait et acclamait Kalle, resté debout, la guitare à la main, un sourire en coin.

Mais elle le voyait bien.

C'était à elle qu'il souriait.

Les applaudissements ne faiblissant pas, le groupe finit par reprendre son line up. Le batteur compta : un, deux, un deux trois quatre, et quelques instants plus tard, la musique inondait doucement la salle. Mais tout Elisenberg ou presque était occupé à regarder Kalle descendre les cinq marches de la scène et parcourir les trois mètres qui le séparaient de la table de la bande.

Il se planta face à Lena.

— C'était encore pire que *I like big butts and I cannot lie*, lui dit-elle.

— Mais le public était presque aussi enthousiaste, rétorqua-t-il.

Tous les deux sourirent et baissèrent les yeux.

— Donc, t'as un gamin ? dit-il.

— Pas n'importe lequel.

— Non, c'est vrai. Il est plutôt cool. Ce n'est pas très surprenant. Il a sûrement… un père plutôt cool.

Lena lui donna un coup de coude.

Puis, pour la première fois depuis des semaines, elle osa le regarder dans les yeux.

— Excuse-moi, dit-elle. De t'avoir menti.

Il garda le silence un court instant, puis répondit d'un air grave :

— C'est bon. Tu es pardonnée. À une condition.

— Laquelle ?

Des images d'une Margrethe à l'œil sévère, de consultants en relations publiques en panique au château royal, de contrats avec des clauses de confidentialité et une interdiction à vie des photos et des réseaux sociaux surgirent dans son esprit.

— Que tu prépares encore une fois ce fantastique pique-nique de Grandiosa que tu as laissé en plan au parc Frogner, et que *plus jamais* tu ne me forces à manger une seule tartine avec du maquereau à la sauce tomate.

— Quoi ! s'exclama-t-elle en riant. Mais tu t'es mis à aimer ça, non ?

— Euh, non, répondit Kalle en l'attirant enfin vers lui, tout contre lui. C'est toi que je me suis mis à aimer, Lena Karlsvik.

ÉPILOGUE

After

— Allez, Lena !

C'était Liv qui les appelait depuis la maison principale. Lena se laissa retomber en arrière, la tête sur l'oreiller. Ils fixèrent le plafond, essoufflés tous les deux, mais très calmes.

Après le bal, ils étaient passés prendre Liv chez Lena – cette fois, il n'avait pas fallu beaucoup d'efforts pour la convaincre de les accompagner. Sur le chemin de l'after chez Ingrid, ils avaient bu quelques shots dans le taxi van, et au moment où ils en étaient descendus, ou plutôt où ils s'en étaient extirpés en titubant, Liv avait presque atteint l'état d'ivresse des autres.

Sur la table de nuit, le radio-réveil indiquait 04:15. Les autres venaient de s'en aller, la fête était terminée. Y compris pour Liv, Arnie, Margrethe et Fanny, qui les attendaient pour partir avec Rolf.

— Kalle ! T'es où ? Viens !

C'était au tour d'Arnie de battre le rappel.

— Ils n'ont qu'à continuer à nous chercher, chuchota Kalle dans le cou de Lena.

Ils se tordirent de rire. Elle se pencha vers lui pour lui donner un dernier baiser avant de s'asseoir sur le bord du lit. L'oreiller – et Kalle aussi, d'ailleurs – était couvert de la poudre blanche de son maquillage. La robe de mariée de la mère de Lena gisait par terre. Elle n'était plus très blanche.

— Je crois qu'on devrait s'habiller et les rejoindre, murmura Lena. Dis…

Elle hésitait, les yeux rivés sur le mur.

Elle n'en avait aucune envie, mais il fallait bien le lui avouer.

— Tu sais, il n'y a pas qu'à propos de Theo que j'ai menti. Avant, j'avais aussi un compte Insta vraiment pourri…

Kalle passa une main dans ses cheveux ébouriffés et secoua la tête.

— Chuuut. On ne pourrait pas faire ce qu'on aurait dû faire depuis le début ? Se mettre d'accord pour dire qu'on s'en fout ? Tu sais avec qui tu viens de coucher, non ? Prince Fuckboy, célèbre pour ses photos embarrassantes et ses scandales !

Il l'attira vers le lit.

— C'est pour ça qu'on va si bien ensemble. On sait que tout ça, c'est que des conneries !

Leurs corps se lovèrent à nouveau l'un contre l'autre.

Mais un hurlement provenant de la maison principale les fit bondir.

C'était Fanny.

— Margrethe ! criait-elle, désespérée. C'est Margrethe !

Kalle se leva d'un bond, enfila son pantalon et sa veste en quatrième vitesse et ouvrit la porte de l'annexe à la volée, juste à temps pour entendre la porte d'entrée de la maison principale s'ouvrir avec fracas. Fanny, sur le seuil, tournait la tête dans tous les sens et appelait dans le noir :

— Rolf ! Kalle ! C'est Margrethe ! Je n'arrive pas à la réveiller !

hachette s'engage pour l'environnement en réduisant l'empreinte carbone de ses livres. Celle de cet exemplaire est de :
400 g éq. CO_2
Rendez-vous sur www.hachette-durable.fr

PAPIER À BASE DE FIBRES CERTIFIÉES

« Pour l'éditeur, le principe est d'utiliser des papiers composés de fibres naturelles, renouvelables, recyclables et fabriquées à partir de bois issus de forêts qui adoptent un système d'aménagement durable. En outre, l'éditeur attend de ses fournisseurs de papier qu'ils s'inscrivent dans une démarche de certification environnementale reconnue. »

Composition et mise en pages : Nord Compo

Achevé d'imprimer en France par le groupe
CPI Brodard et Taupin
N° d'impression : 3046895
Dépôt légal 1re publication : avril 2022
20.2866.3 - ISBN : 978-2-01-718142-2
Édition : 01 – Dépôt légal : avril 2022